Philippe Beaussant

Stradella

Gallimard

Philippe Beaussant a fondé le Centre de musique baroque de Versailles et le Centre des arts de la scène des XVIIᵉ et XVIIIᵉ siècles.

Il est notamment l'auteur de *Lully ou le musicien du soleil*, bourse Goncourt de la biographie 1992, d'*Héloïse* (Folio nº 2763), Grand Prix du roman de l'Académie française et de *Le Roi-Soleil se lève aussi*, paru en 2000.

On pourrait se croire dans l'un de ces dessins que Victor Hugo griffonnait dans les marges de ses manuscrits, où des toits pointus hérissés de cheminées, d'échauguettes et de poivrières affûtées comme des fers de lance, se dressent vers des ciels d'orage et crèvent de gros nuages d'encre de Chine comme les pertuisanes embrochaient les bedaines des hallebardiers de Charles Quint. Ou bien dans une gravure de Gustave Doré, avec l'entrelacement des ruelles qui plaque des panneaux de lune et creuse des trous d'ombre, où l'on devine le grouillement des vide-goussets, des tire-laine et des argotiers. C'est tout à fait cela, à ce détail près, qui est d'importance : cela se passe en Italie. Vous saurez pourquoi tout à l'heure. Mais ce n'est pas parce qu'on est en Italie que c'est plus rassurant, la nuit, quand tout va mal.

Or, justement, voici qu'on entend un bruit de pas précipités. L'espace d'un instant on aperçoit dans un rayon de lune la silhouette d'un homme coiffé d'un chapeau à large bord et vêtu d'une longue cape qui vole derrière lui comme une aile. Il tient une épée à la main et il a disparu dans l'obscurité avant qu'on ait eu le temps de deviner ce qu'il portait, précieusement serré contre sa poitrine. À peine s'est-il fondu dans l'ombre, que deux autres personnages, tout à fait semblables, surgissent à leur tour. Ils s'arrêtent un instant dans le carreau de lune, comme si le fait d'être eux-mêmes éclairés leur permettait de mieux voir dans l'obscurité. Ils parlent à voix basse et repartent aussitôt. On entend décroître le cliquetis de leurs éperons, puis le silence retombe sur la rue. On retient son souffle.

Du moins je l'espère. Il est absolument essentiel que cette histoire commence à la manière d'un roman de cape et d'épée. Ne me demandez pas pourquoi j'y tiens : je vais vous le dire.

J'ai lu *Les Trois Mousquetaires* lorsque j'avais douze ans. Je suppose que vous aussi, à cet âge ou à un autre, vous avez rencontré d'Artagnan, l'affreux bourreau de Béthune, la fascinante Milady, la douce Mme Bonacieux, le pâté en croûte sur le bastion de La Rochelle arrosé de vin d'Anjou. J'espère que vous l'avez fait assez tôt : les livres importants sont ceux qu'on lit avant quinze ans. Ils vous marquent pour la vie : et pour cette raison, il est indispensable qu'ils soient bons. Point n'est besoin de les relire quand on prend de l'âge. Peut-être est-il même prudent de l'éviter. Oublié, le livre a grandi avec vous, et ce que vous liriez aujourd'hui n'est plus ce qui vous a ému alors. Le livre est resté au fond de vous-même, il s'est transformé avec ce que vous êtes devenu, il n'a cessé de conduire, sans que vous le sachiez, les pentes secrètes de votre imagination et de votre cœur. Vous êtes l'enfant des livres, à peu près comme vous êtes l'héritier de votre premier *je*, de votre premier *non*, de votre premier *oui*, et du premier baiser qu'un peu plus tard vous avez donné et reçu.

Donc, à douze ans, avec jubilation, j'ai dévoré *Les Trois Mousquetaires*. Je ne me souviens pas de les avoir ouverts depuis et pourtant je puis vous dire avec précision l'étonnement des premières pages, celles où l'on voit le pauvre gentilhomme dans l'auberge de Meung-sur-Loire tandis qu'un inquiétant personnage déjà fait un peu peur et qu'on entrevoit Milady dans son carrosse. J'affirme qu'il n'est pas possible à un homme, et pour toute sa vie, de considérer la femme du même regard, s'il a rencontré ou non, à douze ans, Milady puis, quelques chapitres plus loin, Mme Bonacieux.

Mais ce qui est étonnant dans mon cas personnel, ce n'est pas que j'aie lu *Les Trois Mousquetaires*. C'est le carambolage, la collision, le télescopage fantastique qui s'ensuivit : d'Artagnan s'est cogné à Rodrigue. Que les trois mousquetaires soient quatre, passe. Mais pour moi ils furent cinq : car en classe de quatrième, lorsque j'avais douze ans, on étudiait *Le Cid,* qui avait le même grand chapeau, la même cape, la même épée et la même dégaine que d'Artagnan. Or, selon la vieille méthode d'alors, on apprenait par cœur des tirades entières du vieux Corneille. Je les sais encore, non pas à cause de ma mémoire, qui est mauvaise, mais à cause des punitions. « Beaussant, cent lignes pour demain. » « Beaussant, vous me copierez deux cents lignes. » Or, moi, j'avais découvert deux choses : premièrement qu'un alexandrin écrit un peu large remplissait à peu près l'espace d'une ligne de cahier d'écolier, et ensuite qu'il était beaucoup plus rapide de transcrire un texte su par cœur que de faire une copie, qui sans cesse oblige à s'interrompre pour jeter un œil sur la suite. J'ai donc copié et recopié un nombre incalculable de fois : *J'attire en me vengeant sa haine et sa colère* (une ligne), *J'attire son courroux en ne me vengeant pas* (une ligne), *Digne ressentiment à ma douleur bien doux* (une ligne), *À quatre pas d'ici je te le fais savoir.*

Si je ne sais plus par cœur les stances du *Cid,* c'est qu'elles sont écrites en vers inégaux, aussi inutilisables donc pour cet usage particulier que les fables de La Fontaine. Merci, monsieur Mazouillet, de m'avoir si souvent condamné à la copie : ce que je sais de poésie, c'est à vous que je le dois.

Mais attendez la suite. L'imagination d'un garçon de douze ans est inépuisable, puisqu'elle se nourrit même de punitions. Je ne suis pas d'un tempérament belliqueux; je serais même plutôt paisible. Mais je confesse être responsable de batailles effroyables, qui transformaient en Pré-aux-Clercs la cour de récréation du collège de Rumilly (Haute-Savoie). D'Artagnan, dont j'avais fait la connaissance pendant les vacances, ayant percuté Rodrigue à la rentrée, je les ai pris pour des jumeaux : l'un parlait pour l'autre, ayant sur lui l'avantage de le faire en alexandrins, ce qui est beaucoup plus sonore et définitif. *À moi, Comte, deux mots*. Et Michel me renvoyait : *À quatre pas d'ici je te le fais savoir*. Ils étaient dix autour de nous, qui nous regardaient. *Jeune présomptueux*. Quel mot! Je me le réservais, par goût, d'autant plus joyeusement outrageant pour l'adversaire en cape bleue et en galoches, que ces quatre syllabes délectables n'avaient pas d'autre sens que le bonheur de leur sonorité (présomptueux? qu'est-ce que ça veut dire?), énorme, ronflante, épique. *À quatre pas d'ici je te le fais savoir — À moi Porthos! Athos! Aramis!* Et c'est ainsi que Corneille rejoignait Alexandre Dumas, et que Rodrigue apparaissait flanqué de quatre collègues mousquetaires prêts à venger les soufflets (qu'est-ce qu'un soufflet? *Viens me venger. De quoi? D'un soufflet. L'insolent en eût perdu la vie!*). Et les soufflets pleuvaient, sous la forme de coups de coude, pendant la classe, pour préparer la récréation suivante.

Je ne me rappelle plus très bien quand Cyrano a

rejoint d'Artagnan et Rodrigue. Très vite, me semble-t-il. Il avait sur eux un immense avantage. Vous avez bien noté la progression qui s'était établie : au commencement sont l'aventure, le jeu, la joie de crier et de courir avec à la main une épée de bois, de se déguiser, ou plutôt de transfigurer ses propres vêtements (béret, cape bleue, galoches de bois du temps de guerre...) en un accoutrement de parade et de gloire. Ensuite vient le langage : alors éclate la supériorité de la belle phrase en alexandrins. D'Artagnan n'existe qu'autant qu'il parle comme Rodrigue. Aucune phrase, aucun dialogue d'Alexandre Dumas n'était capable de rivaliser avec *À quatre pas d'ici je te le fais savoir...* Or Cyrano de Bergerac ajoutait à l'exaltation héroïque un suprême raffinement : celui d'être capable non seulement de parler en vers, mais de les inventer à mesure, de compter les pieds en même temps qu'il se fendait en tierce, et de tomber juste sur la rime riche, à la fin de l'envoi.

Et puis Cyrano amenait avec lui Roxane. Pardon, Chimène : vous étiez trop secrète pour nous. Nous n'avions rien compris à Corneille : nous nous battions pour vous par devoir, non par inclination. Nous redoutions les charmes trompeurs de Milady, mais sans vraiment les craindre. Mme Bonacieux nous avait fait un moment rêver. Mais c'est Roxane que nous attendions. Les filles, en ce temps-là, ne peuplaient les collèges de garçons que par l'imagination. Nous les voyions dans les rues, les jours de promenade. Elles étaient à bicyclette, et nous en rangs par deux. Ces visions gracieuses, trop fugitives et aussi inaccessibles que Roxane à son balcon, n'en étaient que plus présentes dans nos combats pour rire, mais c'est pour vous, Roxane, que nous nous battions, un bout de bois à la main, la cape au vent, piétinant les feuilles mortes et criant, au hasard : *« À moi Porthos! As-tu du cœur? À la fin de l'envoi, je touche! »*

J'espère que vous trouverez donc naturel que ce livre commence comme je l'ai fait. Vous y ajouterez ce que vous voudrez de votre cru, de ce que vous avez lu quand vous étiez jeune, que vous pourrez aussi, s'il vous chante, emprunter à Gérard Philipe ou à Depardieu, et à la femme de vos rêves pour ce qui est de la belle Italienne que je vais faire paraître tout à l'heure, puisque, je vous l'ai dit, tout ce que j'ai à vous raconter se passe en Italie, pour que ce soit plus vif, plus gai, plus fou, plus triste aussi, quand viendra le moment.

Pour l'instant, la nuit est superbe, avec ce clair de lune qui découpe dans les ruelles de cette ville assoupie des pans de lumière bleue et des gouffres d'ombre. Les rues sont calmes à cette heure. Il fait si doux qu'on se sent dilater le cœur, plein de désirs de bonheur et d'aventure. On aimerait, puisqu'on se trouve en Italie, que quelque fenêtre s'ouvre, qu'une belle fille paraisse et qu'on puisse lui chanter une romance en s'accompagnant à la guitare. Tout cela, vous en conviendrez, constitue un énorme cliché. C'est usé jusqu'à la corde. Il y a cent ans qu'on ne commence plus un roman de cette manière-là. Et alors ?

Justement, dans ce silence, dans cette nuit de carte postale, on a entendu ces pas précipités, on a vu passer cet homme en grand manteau, tenant précieusement sur sa poitrine ce paquet, qui pourrait être un butin si c'est un voleur, ou un nouveau-né si c'est un père poursuivi par des assassins. Il s'est fondu dans l'obscurité. Ses poursuivants ont paru à leur tour, l'ont cherché et se sont évanouis on ne sait où. On entend leurs pas qui décroissent, et lentement le premier homme reparaît le long d'une maison, s'avance avec prudence, s'arrête, frappe doucement au carreau d'une petite fenêtre, et on l'entend appeler à voix basse :

— Silandra !

Il est essoufflé, et comme rien ne bouge, il recommence, un peu plus fort :

— Silandra !

On devine une voix de femme derrière les volets :

— Chi è ?

Il se produit alors quelque chose de tout à fait inattendu : des notes de musique, que vous croiriez venues d'une guitare que l'on pince. Mais si vous avez l'oreille musicale, vous aurez deviné qu'il s'agit

16

d'un luth. À travers son manteau, l'homme égrène quelques accords, comme un signe de reconnaissance, puis murmure :

— C'est moi, Sandro. Ouvre-moi vite...

À ce moment, en haut de la rue, voici de nouveau les pas des deux individus que nous avons entrevus tout à l'heure, bien reconnaissables au son de leurs éperons qui double dans l'aigu celui de leurs talons. L'homme s'est enfoncé dans l'embrasure de la porte. Plus rien n'existe que ce double bruit de pas qui s'approche. Vous avez peur, j'espère. Moi pas, car je sais que la porte va s'ouvrir derrière lui, elle s'ouvre, il entre. Il est sauvé.

Je vais faire de mon mieux pour vous décrire ce qui se passe maintenant, car c'est à la fois très intense, très inattendu, émouvant aussi et, véritablement, d'une beauté à couper le souffle. Il n'y a qu'en Italie qu'on puisse inventer une pareille scène.

Cela se passe à l'intérieur, de l'autre côté de la porte par laquelle l'homme est entré, et contre laquelle il est adossé. Pour la première fois on peut le voir, à la lueur d'une lampe à huile que tient une jeune femme, tout contre lui. Ce spectacle est tellement beau que je ne sais trop par où commencer ma description. Je pense qu'il faut d'abord parler de la lumière. Elle est infiniment douce, comme seule la minuscule flamme d'une lampe à huile est capable de la diffuser, lisse, dorée, un peu grasse, et je ne trouve pas d'autre mot pour la qualifier que

17

celui de *tendre*. C'est une lumière tendre. Elle glisse sur les deux visages penchés l'un vers l'autre, et elle est si modeste qu'en fait elle n'éclaire qu'eux et les cerne d'un grand cadre noir et profond. Le plus beau, ce sont leurs yeux : quatre petites étoiles jumelles, beaucoup plus vives et brillantes que la flamme qui les a fait naître, deux sur son visage à lui, tendu, creusé d'ombres, où l'on voit frémir et trembler quelque chose sur la joue et à la tempe, et deux sur celui de cette jeune femme aux joues rondes, surprise, rieuse, heureuse, avec déjà sur ses belles lèvres ces mots qui fusent.

— C'est toi mon Sandro... Tu m'as fait peur...

Et comme elle parle, cela fait un petit souffle léger qui fait frémir la flamme, de sorte que le tableau s'anime, que les ombres frissonnent sur le visage du jeune homme et accentuent cette inquiétude qui déjà creusait ses traits. Or à cet instant exactement, on perçoit de nouveau dehors des bruits de pas, des heurts et des crépitements d'éperons. L'homme met sa main sur la bouche de la jeune femme, puis sur la lampe qui ne laisse plus passer que le dessin rougeâtre et sinueux de ses doigts, de sorte que leurs deux visages qui se sont encore rapprochés, cette main, cette flamme invisible, la tension dramatique qui maintenant s'est inscrite dans leurs yeux, leur immobilité, tout cela plus que jamais ressemble à je ne sais quel tableau imaginaire qu'aurait pu peindre Georges de La

Tour, ou bien le Caravage, et que depuis un moment j'essaie de mettre sous vos yeux. Eux trois, je veux dire l'homme, la femme et la lampe, sont immobiles, aux aguets, de sorte que le tableau durera aussi longtemps qu'il vous plaira de le contempler, pour peu que vous vouliez bien fermer les yeux.

Entre-temps, les bruits de pas se sont éloignés. On n'entend plus rien à nouveau, si ce n'est un très profond soupir par lequel la jeune femme exhale toute sa peur. Elle a maintenant les yeux clos et elle a posé sa tête contre l'épaule de l'homme.

— Ah, mon Sandro... Qu'est-ce que tu as encore fait ?

Elle rouvre les yeux et le regarde avec un sourire. Il fait un mouvement de son bras gauche qui lui arrache une grimace. Elle sursaute, inquiète à son tour.

— Qu'est-ce qu'il y a ? O Dio ! Tu es blessé ?

Elle découvre le pan de la cape ; en effet, il y a du sang sur son habit. Aussitôt, elle s'agite, et l'on découvre ce que le jeune homme portait si précieusement serré contre sa poitrine : vous aviez raison, c'est un luth. Parfaitement, un luth, avec son manche, ses cordes qui résonnent faiblement au moment où elle s'en saisit.

— O Madonna ! Entre, viens ici...

Et lui, à voix basse :

— Ton homme n'est pas là ?

— Il est en mer, à Savona. N'aie pas peur, viens.

Pour la première fois, le visage du jeune homme paraît se détendre. Il la regarde et lui sourit, sa bouche à peine déformée par le pincement de la douleur.

Il a ôté sa main de la lampe : la lumière éclaire de nouveau leurs visages et fait briller leurs yeux. Silandra se détourne avec vivacité, fait quelques pas,

— Viens, viens, Sandro...

et pose la lampe sur une petite table encombrée d'un pot de cuivre bosselé, d'un verre, d'une assiette en faïence, d'un panier rempli de fruits, d'épluchures, et d'un chapelet d'ail. Le cuivre luit doucement et renvoie la lumière sur les objets, fait vibrer le verre à demi plein d'eau, et les brins d'osier du panier. Lorsqu'elle se penche un instant vers la table, son petit bonnet de nuit et sa grande chemise blanche font ressortir ses joues, sa bouche, ses yeux, jusqu'à ce qu'elle se détourne pour débarrasser une chaise dans l'ombre avec des gestes vifs.

— Assieds-toi là.

À la limite du cercle de lumière, on peut, pour la première fois, regarder l'homme. Il est jeune et grand, le visage puissant éprouvé par la fatigue. Autour de son cou, il porte une cravate de dentelle, et des escarboucles luisent sur son habit, contrastant avec la nature morte rustique des objets qui l'entourent. Elle s'est retournée, passe devant lui et le laisse un instant dans l'obscurité : elle l'aide à défaire son pourpoint et on l'entend gémir. Sa chemise est tachée de sang.

— Qui t'a fait ça ?

— Si je savais... Mais d'où cela vient, je le sais. Ils m'attendaient derrière le théâtre... Ils m'ont presque manqué.

Elle déchire la chemise et, avec la manche, essuie le sang.

— Tu as mal ? Attends, je vais chercher du vin...

Elle a repris la lampe et s'éloigne. La voici de nouveau : elle a ôté son bonnet, ses cheveux noirs se sont répandus sur ses épaules et encadrent maintenant sa beauté ronde, appétissante et heureuse.

— Ah ! Mon Sandro, tu finiras comme un brigand. La musique ne te suffit pas. Il te faut toujours dix aventures sur les bras.

— Si je n'avais pas d'aventures, je ne t'aurais pas connue, et ce soir, je serais mort.

Ils rient. Elle se penche vers lui et nous entendons un sonore bruit de baiser, plein et savoureux comme celui d'une nourrice. Comme elle se redresse, il veut lui mettre la main autour du cou pour la retenir, et gémit d'avoir bougé son bras. Elle s'affaire, verse dans un bol un peu de vin d'une fiasque qu'elle a rapportée, y trempe la manche déchirée de la chemise, essuie la blessure en silence et lui arrache un nouveau cri.

On entend un enfant pleurer.

— Ah, mon Sandro, ce n'est pas assez de mes

cinq là qui dormaient, il faut que je t'aie encore à
soigner. Je suis la mamma pour six et le plus fou
réveille mon petit. Tiens ce linge contre la blessure,
brigand.

Elle s'est éloignée. On l'entend chantonner dans
l'ombre.

Dormi, dormi, mio ben...

La voici de nouveau, un enfant dans les bras. Son
regard a pris quelque chose d'un peu lointain, de
tendre, de rêveur, comme ont parfois les jeunes
mères. Elle est belle comme la Vierge des pèlerins,
qu'on voit à Rome, dans l'église Sant'Agostino, à
gauche en entrant.

— Tiens, regarde. C'est le tien, celui-là. Un brigand comme son père.

— Il est à moi ?

— Regarde cette tête d'ange et de diable.

Elle l'embrasse, et ses baisers font le même bruit
sur la joue de l'enfant que sur celle de Sandro.

— Est-ce qu'il n'est pas beau ?

— Quel âge a-t-il ?

— Et tu ne te rappelles même pas ? Mauvais
homme, je devrais te jeter dehors.

Elle rit.

— Je me rappelle que tu as été très heureuse.

— C'est pour cela qu'il est si beau.

— Et que tu m'as mordu.

22

— C'était pour conjurer le diable.

Elle s'est dégrafée et donne le sein à l'enfant. Autour de la lampe retombe autour d'eux le silence, coupé par les petits bruits de bouche de l'enfant qui tète.

Je vous avais annoncé une scène de cape et d'épée. Elle a tourné court, comme vous voyez : les poursuivants ont perdu la trace. Tant mieux. Du Pré-aux-Clercs, nous sommes entrés directement chez Mme Bonacieux, mais à l'italienne : une Mme Bonacieux qui aurait cinq enfants, dont le dernier aurait pour père un d'Artagnan musicien, chanteur, luthiste, et qui s'en est tiré avec une blessure au bras. Ce sera pour une autre fois. Nous restons un moment avec eux, dans le silence de cette nuit redevenue douce, où la lampe sur la table dore les visages, caresse le beau sein rond de cette petite mère, glisse sur ses cheveux où vagabonde la main de Sandro. L'enfant s'est tu. Ils l'ont recouché, se sont retournés l'un vers l'autre et se sont souri. Sans qu'il soit besoin d'un seul mot, ils ont disparu derrière le rideau qui cache le grand lit. Pendant quelques instants, on n'entend plus rien, si ce n'est ce bruit qu'on ne connaît plus de nos jours : le bruit de paille que faisait alors un lit où l'on s'installe, quelque chose comme celui des feuilles mortes dans lesquelles on marche en traînant les pieds, en automne. Puis on perçoit un soupir, que nous attribuerons à Silandra, si vous le voulez bien, et ensuite ces mots que je ne veux ni ne peux traduire, parce que dans une autre langue que l'italien vous ne pourriez pas percevoir la délicatesse de ce mélange de bonheur léger et d'humour tendre. On entend d'abord la voix de l'homme :

— Permesso ?

La réponse a le goût d'un sourire :

— Avanti...

J'espère que vous savez assez d'italien pour aimer qu'un homme et une femme se disent de telles choses, en riant d'aise, derrière le rideau du lit.

Ne les dérangeons pas. Je ne souhaite pas jouer et encore moins vous faire jouer le personnage désagréable qu'on appelle en italien le *terzo incomodo*. L'amour, pour être savouré, doit se faire en secret.

Cela étant dit, il me faut vous avouer que depuis un moment je me sens mal à l'aise. Au détour d'une phrase, je suis demeuré le stylo en l'air, en me demandant si je n'étais pas en train de me fourvoyer. J'avais entrepris de vous raconter une histoire et voici que, dès la première page, j'avais déraillé, en vous parlant de d'Artagnan et de Cyrano. Avant même d'avoir introduit le personnage principal, j'avais dévié vers de vagues souvenirs d'enfance qui ne concernent que moi. Un romancier a-t-il le droit de mener ses lecteurs dans des confidences hors sujet ? J'avais fait pis : je laissais entendre que j'allais justifier mes choix. Me justifier ? Mais de quoi ? Quelle maladresse... Laisser entendre que je doute de mon droit imprescriptible de conduire le lecteur où je veux. On me dira que le droit non moins imprescriptible du lecteur est de fermer le livre ou de sauter les pages qui l'ennuient. J'en conviens : je le fais moi-même avec les auteurs les plus autorisés. Faites comme bon vous semblera. Je reconnais même que j'aggrave en ce moment mon cas en étalant mes doutes. Un metteur en scène n'introduit pas les spectateurs dans l'envers du décor, au risque de dévoiler la naïveté des ruses du trompe-l'œil et la quincaillerie des accessoires. Un cuisinier ne laisse pas les convives pénétrer dans l'office, s'il veut garder à ses sauces leur prestige et leur mystère. Encore que...

Je connais un petit restaurant où le patron (c'est bien évidemment un Italien : il s'appelle Lino), dès que ses fourneaux lui laissent quelque loisir, que le dîner touche à sa fin et qu'il ne reste plus dans la salle qu'un petit nombre d'amateurs dignes de son attention, n'hésite pas à s'asseoir à votre table et à vous livrer avec gourmandise ses secrets de fabrication. Ils deviennent dans sa bouche une sorte d'épopée, une chronique à tiroirs. « Est-ce que vous avez déjà goûté mes raviolis à la noix de Saint-Jacques ? » ou bien : « Est-ce que vous avez déjà entendu parler des *sardi a beccafieu* ? (En italien, on dit : *a beccafico*. C'est une recette sicilienne.) Ma mère était native de Santa Flavia, un petit village près de Palerme. Elle a rencontré mon père après la guerre, parce que mon père il était descendu là-bas (lui, il était milanais) pour faire le commerce de l'électroménager, vous voyez? Il voulait vendre des aspirateurs aux pauvres Siciliennes sous-dévelop-pées. Ah! Pauvre! Vous imaginez le grand *sconvolgimento* quand un Milanais a voulu lever une fille de là-bas! Mon père, il a dû changer de métier et déménager à Palerme, et ça, écoutez, c'est parce que j'étais déjà en route, moi qui parle : sans ça, jamais il ne l'aurait eue, sa Sicilienne. Il n'y avait pas le, *come se dice?* l'*interruzione* de grossesse, dans ce temps-là. Alors, je prends un peu de chapelure et je la fais blondir à la poêle, dans l'huile d'olive. Moi, je fais venir mon huile d'un petit producteur près de Caltagirone. La qualité de l'huile, c'est cin-quante pour cent. Quand ma chapelure est bien blonde, trois minutes, pas plus, en remuant tout le temps, un peu rousse, mais à peine, je la mets dans un bol, avec des anchois hachés menu, des raisins secs (des blonds aussi, c'est plus délicat, les noirs sont trop capiteux, ça tire trop vers le sucre). J'y mets des pignons de pin et, attendez... Mon secret, c'est... » Ses yeux pétillent en faisant le tour de l'auditoire qui le regarde en oubliant de manger. On dirait un prestidigitateur au moment du coup. « Mangez, mangez, ça va être froid. Si vous voulez goûter mes *sardi a beccafieu*, revenez demain soir, je vous en ferai. » Même si elle aboutit, comme chez Lino, à cette sorte de prise d'otage des clients, une telle manière de faire n'est pas fréquente dans l'art de la cuisine. Mais en littérature ? Le lecteur a-t-il à savoir comment se fabrique un roman ? Le romancier peut-il se permettre de l'introduire dans la forêt vierge de ses brouillons et de ses chapitres inachevés, dans le labyrinthe de ses repentirs, de ses errements et de ses états d'âme ? Douze ans, la cour de récréation, des jeux d'enfants, des pages de copie pour indiscipline, d'Artagnan, Cyrano... Est-ce avec ces puérilités qu'on bâtit un roman ?

Attendez la suite.

Lorsque j'avais dix ou douze ans, je passais mon temps à raconter d'interminables histoires. Je me vois, marchant sur la route avec ma petite sœur et mon bout de petit frère. C'était la guerre. Il n'y avait pas d'autobus et nous faisions chaque jour tous les trois une longue route à pied pour aller à l'école : une heure le matin à l'aller, autant l'après-midi au retour, de jour en été, de nuit en hiver : et j'ai l'impression d'avoir parlé tout le temps. Je me rappelle avoir raconté, comme un feuilleton, *Cinq semaines en ballon* et surtout *Deux ans de vacances* (quel titre, sur la longue route de l'école !), qui fut le premier livre que j'aie lu deux fois de suite, reprenant la première page à la minute où j'étais parvenu à la dernière du tome II, éprouvant pour la première fois cette sensation de manque, ce sentiment d'abandon et de solitude que l'on ressent lorsqu'on ferme un livre qu'on a beaucoup aimé, quand le mot FIN, imprimé tout seul au-dessous de la dernière ligne, vient mêler à un grand plaisir un goût de regret et je ne sais quel ressentiment à l'égard de l'auteur. Pourquoi FIN ? Ces amis qu'il vous a donnés, dont on a partagé pendant des jours les aventures et les émotions, avec qui on a pleuré et ri, dont on a retrouvé en soi-même les inquiétudes et les plaisirs, où s'en vont-ils ? Pourquoi s'en vont-ils ? Pourquoi Jules Verne s'est-il arrêté là ? Pourquoi me prive-t-il de mes amis ? Être enfant, conduire dans la tempête un grand bateau à voiles, conquérir une île déserte, inventer la vie, sans parents, sans instituteurs, sans ce qu'on appelait alors les *grandes personnes* : étonnez-vous qu'on recommence aussitôt, pour que cela continue. Je ne dis pas « qu'on relise », mais bien « qu'on recommence », comme si en relisant le livre avec assez de passion on pouvait devenir un peu plus l'un de ses personnages. Or, justement : je le recommençais à la page 1, et puis je le recommençais encore en le racontant aux petits. Je le recomposais en y ajoutant des épisodes qui ne figuraient pas dans le texte, mais dans ma propre vie, ou dans ma propre imagination. Il y avait un garçon de plus dans le récit de Jules Verne, et aussi une petite fille et un petit de cinq ans, et toujours pas de *grandes personnes*. Ne soyez donc pas surpris que je me mêle moi-même à l'histoire que j'ai entrepris de vous raconter : c'est ainsi que j'ai commencé quand j'avais dix ans. On ne me changera pas.

Je me rappelle aussi le cercle que formaient autour de moi mes camarades, pendant les récréations, quand nous ne jouions pas à d'Artagnan ni à Cyrano. Je parlais, je racontais. Je n'inventais pas davantage, ou tout autant, comme on voudra. Je prenais la trame d'un récit que j'avais lu, et je le recomposais après m'être installé à l'intérieur. Il me revient le souvenir d'une histoire de chasse à l'ours que j'avais trouvée je ne sais où, dans Tourgueniev ou dans Pouchkine, ou dans je ne sais quel auteur russe que je mêlais aux voyages de Michel Strogoff. Que je me souvienne mieux de mes publics que de mes contes tendrait à prouver, à douze ans, un certain art du cabotinage : c'est bien possible. Mais qu'est-ce qu'un conteur ? C'est celui vers qui convergent les regards : et plus ils brillent et plus il jouit de son pouvoir ; pourquoi le priverait-on de son plaisir ? Mais le contraire est vrai, puisque si les yeux brillent, c'est en raison du plaisir qu'il fait. Ce que je ressens encore, au souvenir de mon public, c'est l'impression encore toute fraîche aujourd'hui, et délicieuse, de distribuer des cadeaux, de partager quelque chose que j'aimais trop pour le garder pour moi. L'émerveillement des petits au long du chemin, l'attention de mes compagnons et leur plaisir me sont, après cinquante ans, la preuve que captiver, charmer, entraîner, conquérir par les mots et la voix, est le début de l'art.

Voici mon public. Ce sont les enfants de Silandra. Ils sont groupés autour de Sandro, assis au milieu de la chambre, où demeure le désordre de la nuit. On reconnaît tout ce qu'on a vu la veille au soir à la lumière de la lampe à huile que tenait Silandra : la table, les objets de cuivre, les épluchures et les fruits, dans une lumière plus légère, à peine plus incisive.

Je vois Adriana, qui a onze ans et ressemble à sa mère. Elle se tient debout près de Sandro, son petit corps appuyé contre le sien, sa main sur son épaule, petite fille, petite femme. Elle le mange des yeux. Giambattista a neuf ans : il est assis par terre avec une sorte de béret sur la tête, piqué d'une plume. Marcantonio a sept ans : on dirait, avec ses boucles noires, un chérubin peint par le Caravage. Claudio, cinq ans, suce son pouce en écoutant. Je ne sais rien de plus beau que le regard d'un enfant à qui on raconte une histoire. Il fixe Sandro avec des yeux grands ouverts, mais qui ne regardent pas ce qu'il voit : seulement ses songes. Enfin voici le plus petit, Sandro, qui porte en secret le nom de son père, et qui dort plus loin dans son berceau. Ce n'est pas tout. Je voudrais un auditoire beaucoup plus vaste, élargi hors de l'espace de la petite chambre de Silandra. Par la fenêtre ouverte, j'ajoute donc huit ou dix enfants qui écoutent aussi depuis la rue, grandes filles déguenillées portant leurs petits frères au nez sale, garçons en loques sortis cette fois (je récolte partout où je peux) d'un tableau de Murillo, gamins morveux qui se poussent du coude pour mieux voir. Je reconstitue mon auditoire d'autrefois, celui de la cour de récréation, et je le transporte en Italie, où vous voudrez, dans une ruelle qui pourrait être à Spoleto, ou à Pérouse, ou à Cortone, ou même à Rome, comme il vous plaira, il y a trois cent vingt ou trente ans.

— Mais il faut que je vous dise que la reine Orontea était très belle. Comme elle était reine d'Égypte, elle avait de longs cheveux très sombres qui descendaient en boucles sur ses épaules, comme toi, Adriana, et des yeux très doux quand elle souriait.

Pas besoin d'un geste ni d'un clignement d'yeux : c'est fait. Adriana, avec sa jupe sans couleur et ses cheveux sales, Adriana vient d'être sacrée reine d'Égypte. Mais ne nous trompons pas. Au XVIIe siècle, en Italie, une Égyptienne n'a rien à voir avec Champollion ni avec les Pyramides. La reine d'Égypte, c'est une Gitane de rêve, une bohémienne vêtue d'or, la princesse de ceux qui passent. C'est beaucoup plus que la reine d'un vrai royaume, et pourtant si proche et si quotidien qu'on peut en faire la matière d'un songe qui soit vrai. C'est pourquoi Sandro peut continuer, grattant de temps en temps des accords sur son luth, très simples et un peu rudes parce que son bras blessé le fait souffrir.

— Elle avait une petite couronne sur la tête et une grande robe toute d'or et de soie brochée. Quand elle a vu le pauvre jeune homme si beau et si pâle, tout plein de sang, elle a poussé un cri et s'est précipitée avec les jeunes filles. Elle l'a fait s'allonger sur un divan précieux tout en velours avec des coussins de brocart, et elle l'a soigné. Mets-toi là, Marcantonio. Là, couche-toi, ferme les yeux. Non : ne les ferme pas encore. Tu es tellement étonné de tout ce qui t'arrive... Tu ne sais plus où regarder. Giambattista, mets-lui un coussin sous la tête. Voilà. Pose ta main sur ta poitrine, Tonio. Tu as très mal, à cause de ces brigands qui t'ont blessé...

Comprenez-vous le théâtre ? Les enfants sont les meilleurs acteurs, parce qu'ils n'ont pas encore de rôle à jouer dans la vie. Nous sommes ici au cœur du théâtre. Cette pauvre paillasse, ces misérables vêtements que portent les enfants, cette chambre avec des pots de cuivre et des chapelets d'oignons roux, sont un palais, des habits merveilleux, un divan de velours et d'or. Sandro lui-même, de conteur qu'il était, est devenu metteur en scène. Il joue et se joue, puisque l'histoire qu'il raconte en l'empruntant à un vieux collègue nommé Cesti, dont on chante les opéras quelque part, à Venise, à Innsbruck, c'est son histoire à lui, lorsque avec son bras blessé il a frappé hier soir à la porte. Silandra l'ignore, mais elle aussi a été sacrée reine, sous la forme de sa belle petite fille accoudée contre Sandro.

— Elle était très émue. Elle essuyait le front d'Alidoro avec son mouchoir de dentelle.

Il prend le chiffon qui lui sert à envelopper son luth et le tend à Adriana. Elle avait déjà avancé sa main. La voilà qui s'approche du petit garçon couché et lui passe l'étoffe sur le visage.

— Elle le soignait si doucement, il se sentait si bien qu'elle s'est mise à chanter.

Sandro chante lui-même, à demi-voix, en s'accompagnant doucement sur le luth :

> *Dormi, dormi ben mio,*
> *Per te veglia Adriana.*

— Chante avec moi, Adriana.
> *Tu sei l'anima mia,*
> *Mia vita, mia vita...*

Avec son luth, avec sa voix, il la guide, la petite princesse en chiffons. Les enfants ont du génie ; et l'Italie du temps de Sandro, les histoires qu'elle nous raconte, ou plutôt qu'elle nous chante puisque c'est alors sa langue naturelle, ces opéras à dormir debout, ces chroniques de rêves et de chimères, Tancrède, Didon, Jason, Orlando, Rodelinda, Rinaldo, Ariodante, Orontea, pleins d'accidents et de rencontres, de magie et d'enchantements, de transformations et de métamorphoses, c'est un art qui ne se propose rien que de toucher ce qu'il reste

34

en nous de notre cœur d'enfant. Ce sont des songes. Ils ne font rien que tenter de rencontrer vos propres songes, et par conséquent de toucher jusqu'au fond ce que vous ne savez pas de vous-même.

Et c'est à cet instant qu'entre Silandra, sans couronne, sans brocarts, son panier à la main. Elle a son costume de femme du peuple, à la romaine. Elle resplendit de santé et de beauté dans la lumière du dehors. Elle demeure figée sur le seuil.

— Sandro !

Tout s'arrête.

— Mais tu es fou !

Sandro est si loin dans le songe, lui aussi, que l'entrée de celle qui l'a soigné comme Orontea le laisse tout interdit au milieu de son refrain, tandis que résonnent les cordes de son luth.

— Et alors moi, je me promène dans toute la ville, je pose des questions, j'interroge le concierge du théâtre au risque de me faire prendre, je cours chez mon beau-frère pour qu'on te trouve un cheval, et monsieur est là à faire de la musique. Et la fenêtre ouverte pour que tout le monde puisse voir que c'est bien toi et qu'on vienne te chercher pendant que je ne suis pas là...

Elle étincelle de fureur. Elle est encore plus belle. Elle traverse la chambre à grands pas et interpelle les enfants.

— Allez-vous-en, vous.

Elle referme la fenêtre.

— Non, restez.

Elle rouvre la fenêtre.

— Venez ici.

Elle referme et se tourne vers Sandro.

— Qu'est-ce que je leur dis ? Qu'il ne faut pas qu'ils racontent qu'ils t'ont vu ? Dans une demi-heure, tout le quartier le saura. Et mon homme à son retour.

Elle traverse de nouveau la chambre, son panier toujours à son bras, son fichu sur la tête, sa robe flottant autour d'elle quand elle vire pour aller rouvrir la porte. La chambre est tout à coup remplie d'enfants. Ils se taisent, intimidés par la colère de Silandra. Sandro est toujours assis, son luth sur les genoux, Adriana appuyée sur lui, plus que jamais ressemblant à sa mère. Marcantonio s'est assis sur le lit : il a l'air de s'éveiller. Claudio pleure, ne sachant comment s'accrocher aux jupons de Silandra.

C'est alors que le théâtre se remet en marche et que Sandro installe chacun dans son rôle. Il a repris son luth et se remet à jouer.

— Venez ici. Je vais vous raconter la fin, mais il faut que vous me promettiez de ne rien dire à personne. Moi aussi, figurez-vous, je suis ici en cachette et il y a des gens qui veulent me tuer.

Il montre son bras.

— Hier, ils m'ont blessé. C'est Silandra qui m'a soigné, comme la reine d'Égypte. Si ces brigands apprenaient qu'elle m'a caché, ils viendraient, ils

me tueraient, peut-être qu'ils lui feraient du mal, et
à vous aussi. Je vais vous confier un grand secret. Ce
soir, je vais me sauver et ils ne m'attraperont pas,
parce que Silandra m'a guéri.

On peut compter sur les enfants, si on les prend
au sérieux.

L'un montant l'autre, Sandro et son cheval sont sortis au petit matin par la porte de la piazza del Popolo, à une allure suffisamment raisonnable pour ne pas inquiéter. On lui avait remis sa bête (assez belle, à la robe foncée, un peu ombrageuse mais pas trop rétive, qui lui avait d'ailleurs coûté une somme également assez belle) et son passeport (qui, pour être passé dans un certain nombre de mains inter-médiaires, avait presque achevé de vider sa bourse) au fond d'une arrière-cour discrète dans le Traste-vere. Traverser les vieilles rues pleines de monde ne l'effrayait pas trop, mais il redoutait, évidemment, la sortie de la ville. Dans ce temps-là, il fallait être muni de bien des choses, pour voyager : et le plus impor-tant était la lettre de recommandation qui servait de passeport. Il avait raison de craindre. Le soldat de garde à la porte, par malchance, savait lire. Il consi-déra longuement le papier, puis Sandro, son visage, ses habits, puis son cheval, puis Sandro de nouveau, sans un mot et d'un air revêche. Il fallut à Sandro une bonne minute pour songer à mettre la main à sa poche et à l'avancer avec la tranche d'une pièce d'or entre l'index et le médius. Ce sont des choses dont il faut avoir une longue habitude pour les faire avec adresse et à propos : cela se voit trop, ou trop peu, c'est ce qu'il fallait faire ou exactement ce qu'il ne fallait pas faire. Le soldat n'abaissa pas une seconde les yeux vers la main à demi tendue, et lui fit signe de le suivre. Avait-il vu la pièce d'or ? Je n'en sais rien. Avait-il lu quelque chose sur la lettre ? Je n'en sais rien non plus. Mais, que voulez-vous, quand on sait lire, il faut que cela serve. On doit pouvoir faire respecter son importance. Celle d'une sentinelle qui sait lire se mesure à son pouvoir d'obliger celui qui passe à entrer dans le poste de garde. Sandro entrevoyait déjà la fin de son équipée, sans comprendre et redoutant le pire.

Le voici donc qui pénètre dans l'espèce de caverne qui sert de corps de garde. On distingue à peine, auprès d'une lucarne, les couleurs vives de l'habit d'un officier, et les plumes de son chapeau. On le devine assis à une table, ou plutôt un billot sur lequel on a posé une planche, avec en face de lui et à ses côtés trois malandrins qui peuvent être aussi des soldats. Mais ce qui étonne quand on entre, ce n'est pas tant l'obscurité : c'est le silence. Pas un mouvement, pas un bruit : les pas de Sandro et du soldat qui entrent, par contraste, font un vacarme d'enfer.

Pourtant personne ne bouge, pas même la tête. On se croirait au musée Grévin. Le soldat s'approche, pose sur un coin de la table, près du coude de l'officier, la lettre de Sandro. Rien ne se passe. L'officier doit être en cire, les autres aussi, et la faible lumière jaune qui tombe de la lucarne ne vous détromperait pas. Pourtant il finit par esquisser un mouvement de la tête ; il effleure d'un regard rapide la feuille de papier, jette un regard vide à Sandro, puis se détourne sans broncher.

En fait, il pense à sa dame de pique. Il lève les yeux vers son partenaire de droite. Il ne peut rien lire sur son visage, ou plus exactement je suppose qu'il enregistre qu'il ne peut rien y lire, et donc que l'autre a quelque chose à cacher. Qu'est-ce que cela veut dire ? Où est l'as de trèfle ? Où est le roi ? Faut-il passer, ou surenchérir ? Le soldat attend, debout près de la table. Je suppose que, par-dessus les épaules, il regarde les jeux. Sandro, derrière lui, a glissé ses mains dans sa ceinture : il doit avoir peur qu'elles ne tremblent. Et puis, voyez comment vont les choses. Le soldat a dû en avoir assez, et avoir envie de retourner au soleil. D'un geste à la fois enveloppé et rapide, il reprend la lettre sur le coin de la table et fait demi-tour.

Aussitôt, tout se dénoue d'un seul coup. On entend un hurlement. L'officier a abattu sa carte, les trois autres aussi, dans un grand vacarme d'exclamations. Je ne sais pas qui a gagné, mais tout le monde rit. Le corps de garde redevient soudainement un corps de garde, plein de bruit, de voix et de violence. On frappe sur la table, on s'esclaffe, on tape des pieds. Sandro et le soldat sont en train de retraverser la salle pour sortir, ils sont déjà tout près de la porte, quand l'officier, d'une forte voix, encore pleine de rire, hennit :

— Oh! Ne partez pas si vite!

Pas de chance...

Le soldat s'est arrêté. Sandro tourne la tête et au passage son regard croise celui du sbire. Je ne sais trop ce qu'il peut y lire : peut-être de l'ironie, comme si ce soudard lourdaud et renfrogné avait tout à coup pris conscience du jeu que lui fait jouer la dame de trèfle, Dame Fortune, la Donna Disgrazia.

— Montre-moi ce papier...

Il retourne à la table et, toujours sans un mot, il tend la lettre à l'officier qui s'appuie au dossier de sa chaise, allonge ses jambes, pousse en arrière son chapeau à plume jaune d'une chiquenaude, porte la feuille de papier très haut à bout de bras, au-dessus de sa tête renversée, dans le pan de lumière qui tombe de la lucarne, puis tourne la tête vers Sandro :

— Alessandro Stradella, c'est toi?

Sandro s'avance, les mains dans sa ceinture.

— Oui, c'est moi.

— Et tu es musicien?

— C'est mon métier.

— Et tu chantes, si je sais encore lire mes lettres,

dans le palais du révérentissime cardinal Barberini, et dans celui du très excellent connétable Colonna. Tu es bon musicien, alors, si tu travailles pour ces augustes seigneurs ?

— On le dit.

— Et qu'est-ce que tu joues ?

— Je chante et joue du luth aux fêtes qui se donnent dans leurs palais.

L'officier tape sur la table et se tourne vers ses partenaires :

— Vous avez entendu ce que j'ai entendu ? Et nous allions le laisser partir sans qu'il nous ait régalé...

Il se tourne vers le soldat de garde, qui est resté au milieu de la salle :

— Je devrais te mettre aux arrêts, maraud. Tu m'amènes un grand musicien et tu ne nous dis rien. Où est ton luth, Signor Musicante ?

— Sur mon cheval.

— Eh bien, donc va le chercher. Tu vas nous chanter une belle chanson : ce sera ton droit de passage. En échange, Beppe va nous apporter une fiasque de vin d'Orvieto que nous boirons en t'écoutant et tu en auras un verre comme de droit pour te tenir chaud au cœur pendant ta route. Allez va, Stradella, va. Va chercher ton luth.

Alessandro Stradella... C'est lui. Je me suis trahi. Je ne l'avais jusqu'ici nommé que par son prénom, ce

42

qui est juste puisque tout ce que je racontais se passait dans l'intimité. Mais il faut bien maintenant que je l'avoue : je tentais aussi d'éviter d'avoir à vous livrer son nom trop vite. Peut-être même souhaitais-je ne jamais vous le faire connaître. Ce nom m'embarrasse terriblement. Voici l'affaire.

Alessandro Stradella a réellement existé. Il était effectivement musicien, en Italie, au XVIIᵉ siècle. Il avait du génie. Il a véritablement eu une quantité incroyable d'aventures avec toutes sortes de belles dames romaines et vénitiennes. Il est vraiment mort assassiné par un jaloux. (Soit dit en passant, mourir pour mourir, autant vaut cette façon-là : c'est au moins la preuve qu'on a su faire plaisir à quelqu'un, suffisamment pour que quelqu'un d'autre, à la lettre, vous en veuille à mort. Mais passons...)

Sa vie fut si puissamment romanesque qu'on a déjà beaucoup jasé sur son compte : on ne prête qu'aux riches. À peine était-il mort que les imaginations s'enchantaient de ce destin plein d'ombre et de lumière, de génie, de femmes, d'opéras, de fuites, d'enlèvements et de cavalcades. Il a inspiré lui-même trois opéras et plusieurs livres, où mes prédécesseurs brodaient sans honte.

Pourquoi pas moi ?

Si je dis la vérité, personne ne me croira, tant elle est déraisonnable et extravagante. Si j'ajoute des épisodes de mon cru, personne ne s'en apercevra, si ce n'est quelques musicologues spécialisés. J'ai donc l'intention de persévérer et de vous raconter l'histoire de Sandro comme bon me semble, et sans jamais vous prévenir quand l'invraisemblable cessera d'être vrai.

D'ailleurs, lorsque j'écoute sa musique, qui est admirable, pleine de vivacité et d'ardeur, si forte, si allègrement vivante, avec de brusques plongées à vous donner le vertige dans une gravité si inquiète, je me demande si ceux qui ont écrit sur lui l'ont jamais entendue. Je devine, je pressens qu'à l'intersection de ce destin dont on ne raconte que les extravagances joyeuses et de cette musique à la fois débordante de verdeur et d'où s'épanche une si évidente douleur, il y a quelque chose de plus que ce qu'on a dit : exactement à la charnière. Et je voudrais bien savoir quoi.

Voici donc Sandro qui accorde son luth dans le corps de garde. Il tremble encore un peu des doigts, ce qui prolonge le temps qu'il met à ajuster son instrument, mais lui donne celui de se calmer.

La fiasque de vin d'Orvieto arrive à temps pour l'aider à se remettre tout à fait, mais aussi contribuer à mettre son auditoire en bonne disposition d'âme : de sorte qu'à peine a-t-il lancé les premières notes, pas du tout celles d'une chanson populaire, encore moins le couplet de corps de garde qu'on aurait attendu, mais un superbe *lamento* d'opéra, plein de belles passions amoureuses, de larmes et de soupirs *(Piangete, occhi dolenti, piangete!)*, que ces rustres qui l'entourent, avec leur béret à plume de coq, leur hoqueton et leur baudrier, vous pourriez les voir brusquement immobilisés, la bouche grande ouverte sous leur moustache à la Cyrano, pétrifiés, d'abord d'étonnement puis — oui, croyez-moi si vous pouvez — d'affection, de tendresse, d'un ramollissement général de leur substance. Les enfants sont le meilleur public et les meilleurs acteurs : mais la musique, quand elle est bonne, pénètre les esprits frustes plus facilement encore que les habiles. Lorsque Sandro se tait, l'un d'eux lui remplit son verre sans rien dire. Puis l'officier lève le sien :

— C'est ça que tu chantes aux cardinaux ? Alors, tu dois être riche ?

Sandro rit et chante autre chose. Le planton de garde a quitté son poste pour être de la fête, et voilà des badauds qui passent la tête par la porte ouverte. J'ai l'impression qu'on en a pour jusqu'à ce soir...

En tout cas, lorsque Sandro remonte sur son cheval deux heures plus tard et franchit la porte de la ville, le petit rassemblement qui s'est fait autour de lui et l'accompagne s'apparente à une garde d'honneur : s'il voulait s'échapper en catimini, c'est raté...

Je vais le laisser maintenant cheminer deux jours entiers, d'abord dans la plaine où il galope un peu plus vite qu'il ne faudrait pour passer inaperçu, puis dans les collines couvertes de hêtres et de châtaigniers, par des chemins de traverse évitant les villages et les bourgs. Il croise des paysans à pied, des femmes sur leurs ânes, vêtues de gris et de rouge, des moines blancs et bruns, pieds nus dans leurs sandales et portant leur besace, qui descendent sur Rome, venant de Spoleto ou de Pérouse. Il fait boire son cheval dans des ruisseaux au bord desquels jacassent les lavandières. Le second jour, il commence à redescendre vers Viterbe qu'il contourne et, à la fin de la soirée, alors que le jour baisse, il découvre au tournant d'un chemin ce qu'il cherchait : au flanc d'une douce colline rousse, une vaste maison entourée de cyprès et d'oliviers, comme on peut en voir au lointain d'un tableau de Poussin et qui, avec sa rangée d'arcades, serait bien digne d'y figurer. Il est vrai qu'elle a été bâtie en un temps où les hommes, à Fiesole, à Vignola, à Frascati, à Settignano, avaient compris ce grand secret : qu'une maison est faite d'abord pour que l'œil aide la pensée à guider le corps.

Sandro s'est arrêté au bas d'un escalier de pierre qui enserre entre ses deux volées un petit bassin en forme de conque d'où émerge la statue d'un dieu marin. Il a accroché le licol de son cheval à un anneau de fer que semble mordre une tête de lion. En montant les marches, il a découvert l'un de ces jardins d'Italie, où l'on ne sait si c'est la pierre, ou les arbres taillés, ou les fleurs, ou les balustres qui bruissent si doucement, ou bien si c'est la fontaine.

La voix que l'on entend à l'instant où l'on va passer le seuil, précédé d'un majordome, est aussi extraordinairement douce. Aiguë, presque féminine, mais si moelleuse, si caressante, avec des inflexions chantantes même pour dire seulement « Entre, Sandro, entre... », qu'on a la sensation d'être soudain enveloppé d'une musique impalpable, comme si un courant d'air tiède et parfumé avait fait le tour de votre visage pendant que ces mots vous parvenaient. On fait un pas de plus et, en effet, la musique est là, partout. Sur les murs peuplés de nymphes et d'amours aux tons roses et roux et aux gestes ronds qui forment des volutes, des spirales, et des torsades lentes et souples comme un adagio ; sur les pendentifs qui ont l'air de faire onduler la voûte comme si elle était liquide, et où des oiseaux, des écureuils, de petites hermines se glissent parmi des arceaux de feuillages ; sur le grand clavecin ouvert au milieu de cet espace mouvant et fluide où l'on ne sait plus ce qui est mur, feuillages, corps d'enfants et de déesses, voiles et vent, et qui lui-même est entièrement peint de personnages, de rochers et de cascades.

Or près du clavecin se tient assis un petit garçon bouclé à peine différent de ceux qui sont peints sur les murs et sur la voûte, penché sur un grand luth rond dont il caresse le long manche ; et juste à côté, enfoui dans un immense fauteuil aux courbes baroques, au milieu d'un amas de coussins dont il se distingue à peine, repose un gros homme rond et rose. C'est Gemelli, et c'est pour entendre cette suave mélodie : « Entre, Sandro, entre », que Stradella a fait tout ce chemin.

— Ainsi, te revoilà...

Quand Gemelli, du fond de son fauteuil, regarde quelque chose ou quelqu'un, c'est à peine si l'on voit s'élever ses grosses paupières : il y a seulement une petite étincelle noire qui semble les traverser et qui pique droit sur vous : je veux dire qu'elle vous pique. C'est indolore, mais cela fait sur vous un étrange effet, dont vous ne vous apercevez qu'après coup : et comme les paupières se sont déjà refermées, vous vous mettez à douter, vous vous posez des questions, vous êtes dans l'incertitude, un peu mal à l'aise, comme si quelque chose vous avait échappé, et vous ne savez pas quoi.

— Ainsi, tu reviens chercher asile auprès de ton vieux maître...

On regarde, on redouble d'attention : non, les

yeux sont fermés, il n'y a qu'un imperceptible sourire sur les grosses lèvres du gros homme. Mais si
l'on ne peut s'empêcher de se sentir penaud, c'est
qu'en outre, entre chaque phrase, Gemelli ménage
un silence, qu'on n'ose pas troubler soi-même et qui
vous laisse en suspens avec vos questions et vos
incertitudes.

— Les femmes te perdront, mon petit...

Comme avec effort, il soulève à nouveau les paupières : et vous voilà pareillement atteint par cette
espèce de petit laser, mais cette fois gai et pétillant.
Du coup, vous pouvez répondre :

— Mais, mon Maître, qui vous a dit...

Le regard s'est déjà voilé. On ne distingue plus
que le sourire ; du coup on ose quelque chose :

— D'ailleurs, cette fois, c'est une femme qui m'a
sauvé...

— Elles te perdront, elles te sauveront, elles te
reperdront...

Et après un nouveau silence :

— Mais celle qui compte, mon petit, c'est la dernière. Est-ce que ce sera celle qui sauve, ou celle qui
perd ? Il faudra faire bien attention, mon petit Sandro...

— Et comment saurai-je que c'est la dernière ?

— Naturellement, tu ne le sauras pas.

Pause.

— C'est justement la question...

Et puis plus rien.

Quand il cesse ainsi de parler, à petite voix mur-
murée, coulante et douce, les yeux clos, ses mains
grasses croisées doigt par doigt sur son gros ventre,
ses lèvres restent curieusement entrouvertes sur la
dernière syllabe qu'il a dite. Elles en gardent la
forme, figées soudain après ce dernier effort. Il
demeure ainsi on ne sait combien de temps, avec
sur la bouche le *o* de « Sandro », ou bien l'espèce de
sourire avec lequel il a fait entendre « *belli* », ou
« *miei* », ou encore le petit *a* exténué sur lequel
s'achèvent les doux mots féminins de la langue italienne.

Sa poitrine est si bien enfouie dans les dentelles
de son jabot et dans les plis du vaste manteau en
velours pesant qui le recouvre, qu'on ne le voit plus
respirer : c'est pourquoi chaque fois qu'il se tait
ainsi et demeure dans cette immobilité inexplicable,
étrange, interminable, chaque fois on a le même
petit coup au cœur. Chaque fois on a la sensation
qu'on vient d'entendre ses derniers mots, et qu'il est
mort. On reste suspendu, on guette son souffle, on
oublie de penser. Le temps passe, figé lui aussi. La
conversation de Gemelli ressemble à une succession
de derniers soupirs.

Mais non : il ne meurt pas. Il ressuscite. Il rouvre
à demi les yeux, ou bien les cligne deux ou trois fois,
les referme, et esquisse un sourire, comme s'il
demandait pardon de s'être absenté. Puis il lance
très doucement dans ce vide qu'il a fait naître entre

lui et vous, et aussi en vous, une phrase qui n'a pas l'air de faire suite à ce qu'il disait et qui tombe comme une météorite venue on ne sait d'où, du vide justement. Cette fois, pourtant, ce ne sont pas des mots qu'il laisse ainsi tomber : ce sont six petites notes de musique, qu'il chantonne avec le filet de voix qui lui reste, et qui coulent jusqu'à vous sans que vous en saisissiez d'abord le sens :

Bella ragion, dimmi...

Déjà il s'est tu. Mais il sait bien que Sandro connaît la suite. Il ne se trompe pas. Sandro prend le relais de son maître et fredonne à son tour : « Dis-moi, belle Raison, quand donc pourrai-je soustraire ce cœur au joug et à la servitude d'Amour ? »

Ce que j'aime, ce qui me plaît dans le face-à-face de ces deux hommes, c'est ce dialogue à demi-mot, ou à demi-note. Ils ont à peine besoin d'aller jusqu'au bout de leurs phrases. Il y a des mois, et peut-être davantage, qu'ils ne se sont pas vus ; il n'y a eu entre eux que ces petits lambeaux de dialogues, mais il ne faut rien de plus. Pourquoi Sandro est-il là ? Que lui est-il arrivé ? Peut-être le racontera-t-il demain, en riant, mais ce ne sera qu'une sorte de commentaire. Tout est déjà dit, deviné, compris, sans mots.

— Chante-le-moi, Sandro. Il y a longtemps que je n'ai pas entendu ce bel air que me chantait mon maître à moi, Giulio Caccini. Et puis tu me chanteras les derniers que tu as composés, pour que je sache si la femme que tu aimais était bien belle... Celle pour qui il y a, j'imagine, quelques spadassins à tes trousses...

— Ah! mon Maître si vous saviez comme elle...

— Chante, te dis-je. Je le saurai si ta musique est bonne. Et si elle l'est, je vais t'enfermer dans ta chambre jusqu'à ce que tu aies composé douze cantates : douze, pas une de moins. Je te donnerai alors une lettre et avec elle dans une main et tes cantates dans l'autre, tu t'en iras à Venise te présenter de ma part à un très noble et très redoutable personnage qui a un grand amour de la musique. Maintenant, chante.

Lorsque Sandro arrive à Venise, il fait comme vous, comme moi, comme tout homme débarquant à San Marco après avoir suivi le Grand Canal : il n'en croit pas ses yeux. Il fait presque nuit déjà et la ville (mais est-ce une ville ?) a commencé à se dissoudre peu à peu, comme si la mer et le ciel avaient à nouveau réuni les plus douces couleurs de coquille qu'à l'origine du monde ils avaient préparées, broyées et glacées pour célébrer la naissance de Vénus : vapeurs de perle et d'opale, où traînent encore quelques nuées de corail sur la lagune couleur d'huître et de nacre.

Le temps de débarquer, et déjà les dernières touches d'aquarelle se sont effacées sur San Giorgio Maggiore. Des lanternes, des falots et des torches se sont piqués sur l'eau, dansent et se dédoublent. Venise était à cette époque la seule ville d'Europe qui ne fût pas assujettie au couvre-feu : les places, les ruelles, les canaux, les passages étaient aussi animés à minuit qu'à midi. Sandro a suivi un instant la rive, puis il a tourné à gauche comme on lui avait dit de le faire vers San Zaccaria. Presque aussitôt, évidemment, il s'est perdu. Il erre un moment, tourne en rond, revient sur ses pas sans le savoir, traverse un pont, puis deux, puis un troisième, sans parvenir à décider s'il doit s'inquiéter, ou non. Il est perdu, il le sait, mais il s'amuse. À Venise, s'égarer est un plaisir; l'humour de l'errance y fait de l'erreur un jeu. Rien ne ressemble plus à un canal qu'un autre canal, à un pont qu'un autre pont. Un minuscule *campiello*, avec un puits et des fenêtres gothiques, est le jumeau d'un autre qu'on vient de quitter, à moins que ce ne soit le même que l'on ne reconnaît pas. Le jeu du théâtre est parvenu à Venise à un tel degré de perfection que le décor se met lui-même en scène, s'amuse à des arlequinades, arrange ses propres coups de théâtre, tire ses ficelles, se déguise, s'escamote, se parodie et joue des tours aux passants, après avoir pris le soin de les masquer et de les travestir. Sandro marche, se retourne, rit tout seul, demande son chemin et le perd aussitôt, s'arrête pour voir passer une gondole dans laquelle, à la lueur d'une torche, un homme masqué se penche vers une femme masquée, et donc nécessairement belle. Sandro s'est accoudé à la rambarde d'un petit pont, il attend le passage d'une autre gondole qui s'avance déjà, précédée de sa double torche, une en l'air et l'autre qui se multiplie dans ses reflets. Il s'étonne, s'enchante, et le temps passe.

Il vient de faire, tout au long du jour, ce qui était, en ce temps-là, la dernière étape obligée avant d'arriver à Venise : celle précisément qui aménageait et organisait avec un art consommé la montée progressive vers le théâtre ; la parade, si l'on veut, ou plutôt un prologue savant, destiné à faire sentir à celui qui approche que désormais tout sera jeu, rôle, décor, truquage, reflet, trompe-l'œil. C'est vrai partout dans le monde, mais ailleurs on le cache. Ici, on en joue.

Sandro a vendu son cheval à Padoue où il a passé la nuit et au petit matin a pris place dans une lourde barque à fond plat qui descend la Brenta jusqu'à la lagune. Bien avant le départ, debout sur le platbord, le patron déjà vocalisait un grand air d'opéra, à pleine voix :

Aria :

— Barca ! Barca di Padova per Venezia ! Barca ! Entrat'in barca ! Pigliate buon luogo mentr'é scarsa ! Barca ! Barca per Venezia !

Récitatif :

— Aspette ! mia barca val un buzzindoro ! Sù ! Vogaori col vostro remo !

Aria, da capo :

— Barca ! Barca per Venezia !

Je ne vous raconte pas ce voyage. À mesure qu'on descend, pour autant que je puisse utiliser ce mot pour un pays plat comme la main, tout entier fait de marais et d'étangs, où l'on distingue à peine, au-dessus des lignes de roseaux, quelques maisons de pêcheurs et, au-delà, le fronton des belles demeures de *villegiatura* des nobles vénitiens, la pièce de théâtre se précise et s'élabore. Il y a là des étudiants qui viennent de Bologne, des marchands milanais, des soldats à l'accent tudesque ou napolitain, des Romains, des Florentins, des moines, des vieilles assises sur leurs paquets, et quelques jolies filles de Padoue, de Venise ou de Chioggia. On parle, on boit à des fiasques qui passent de main en main, et surtout on chante : on n'a pas tardé à remarquer la forme du paquet que porte Sandro et qui contient son luth. Il a dû s'exécuter et chanter quelques airs, accompagner un marchand florentin qui chantait d'une belle voix de basse :

Cuor mio bello mi dirai
Bella bocca che tu hai...

puis un étudiant vénitien qui jetait des regards en coin vers la plus blonde :

Tixe belle, tixe zovene,
Tixe fresca come un fior...

La journée s'est ainsi passée en chansons et en rires, mais de plus en plus mollement, sans qu'on y songe, de plus en plus semblable à ce pays uni et doux comme l'eau des marais, dans une tiédeur moite et indolente. Peu à peu, à mesure que le soir tombe, une sorte de paresse des membres, de l'esprit et du cœur semble s'être emparée de Sandro. À trois pas de lui, vers la proue, ceux que tout à l'heure il accompagnait sur son luth continuent à plaisanter et à chanter, le vin aidant, et la promiscuité du voyage. Il est accoudé au plat-bord. On ne sait trop ce qu'il regarde. On dirait qu'il n'entend pas. Avez-vous déjà vu un chanteur d'opéra, derrière les coulisses, lorsqu'il est sur le point d'entrer en scène? Sur le plateau, dans la lumière, à deux mètres de lui, on joue, on chante je ne sais quel grand air : et lui, dans l'ombre, dans cette espèce de grenier ou d'entrepôt qu'est un théâtre vu de dos, il fait les cent pas, au milieu du bric-à-brac de ces objets en désordre qui, tout à l'heure, au troisième acte, construiront l'espace du rêve et qui, maintenant, de ce côté-ci, ont l'air de sortir d'une mauvaise brocante. Depuis que le régisseur l'a appelé (« ça va être à vous »), il erre, sans paraître écouter ce qui se chante, le regard vague. Voilà exactement Sandro, à la fin de cette journée. Il ne le sait pas, mais cela va être à lui. On dirait qu'il végète, comme si son corps pressentait l'imminente accélération du destin. Il prend du champ. Il se laisse descendre, pas plus pressé que les chevaux qui, sur la rive, tirent la barque vers Venise.

Ils y parviendront à la nuit, comme je viens de le dire. Sandro continuera à perdre son temps, la surprise aidant, le plaisir, l'eau, les ombres, les reflets, et cette sensation exquise que l'on ressent, quand on arrive à Venise de nuit, de pouvoir enfin perdre son temps. Il va lui falloir deux heures entières pour trouver son chemin jusqu'à Santa Maria Formosa et découvrir le logis du musicien pour lequel Gemelli lui a donné une lettre, au troisième étage d'une vieille maison, où il parviendra passé minuit, accompagné de deux porteurs de torches, d'un joueur de guitare et de trois ou quatre masques à qui il a demandé son chemin, et qui l'ont accompagné par plaisir.

J'ai des raisons importantes pour lui faire commencer précisément là son aventure vénitienne : j'y suis allé moi-même. J'ai logé exactement dans cette maison, au coin du campo et de la calle Lunga, et justement au troisième étage. Elle peut dater du XVIe siècle, et même sans doute est-elle plus ancienne. Elle est devenue aujourd'hui un petit hôtel très ordinaire et pas trop cher, que vous ne trouverez dans aucun guide en raison de sa modestie. C'est là que j'ai découvert, un soir d'été, comme Sandro va le faire, le grand théâtre de Venise.

Lorsque, ce jour-là, j'avais débarqué (à vrai dire, à Venise, on débarque toujours, même quand on arrive par ce train qui, depuis Mestre, a l'air de naviguer comme un bateau entre des rangées de pilotis où perchent les goélands, jusqu'à cette gare qui n'a pas une odeur de gare, mais une odeur de mer, et qu'on a déjà oubliée quand on en descend les marches comme celles d'un débarcadère); lorsque, donc, j'avais débarqué, il était tard déjà, et la nuit depuis longtemps tombée. Venise ne m'était apparue que dans le frissonnement de ses lumières sur le Grand Canal, le temps d'un vaporetto jusqu'à San Marco. À la différence de Sandro, je connaissais par cœur le chemin et j'avais longé, comme lui mais sans erreur, d'abord la riva degli Schiavoni; puis, comme lui, j'avais tourné à gauche et m'étais enfoncé dans les ruelles jusqu'au campo Santa Maria Formosa. J'avais déposé ma valise à l'hôtel, dans ma chambre au troisième étage, et j'étais ressorti aussitôt pour humer l'air et savourer le bonheur d'être là. Puis, je m'étais couché.

Par la fenêtre ouverte, j'écoutais en m'endormant les voix vénitiennes, en bas, dans la ruelle. Quand on s'éloigne des canaux à grand trafic et du ronronnement des moteurs, le bruit des voix qu'on entend à Venise ne ressemble à celui d'aucune autre ville au monde. À l'exception du pas des marcheurs, les voix vénitiennes ne sont mêlées, la nuit, d'aucun autre son. Elles sont acoustiquement pures. Elles sont prisonnières de la rue qui les renvoie vers le haut, élargies, dilatées, amplifiées, leur mélodie transmise avec des inflexions plus larges et plus généreuses. Lorsque la nuit s'est avancée et que les touristes sont couchés, les exclamations et les dialogues deviennent des coups de théâtre, ménagés avec un art admirable de la suspension, de la surprise et de l'emphase. La parole devient discours, avec périodes, apostrophes, prosopopée, tirades et cadences. Étonnez-vous que ce soit à Venise qu'au XVIIᵉ siècle l'opéra ait pu naître et élaborer l'art de construire une scène, d'amener un récitatif et d'introduire un air. Les yeux fermés dans l'obscurité de ma chambre au troisième étage, j'entendais, encore plus présentes que si elles s'étaient trouvées à côté de moi, deux femmes, côté cour : à coup sûr, me disais-je, voici la Demoiselle et sa Confidente. L'affaire qu'elles se racontaient était pleine de coups d'éclat, de péripéties et de grands effets. Le cas était grave : je devinais des mouvements d'indignation, des inflexions d'orgueil outragé ; puis, tandis que le ton des voix décroissait peu à peu avec leurs pas, un récital de dépit. Un peu plus tard, côté jardin, deux hommes, dans un contrepoint si clair que pas une syllabe ne se perdait : c'était la scène II, celle où le Valet rend compte à son Maître de sa longue faction sous la fenêtre de la Belle, ou de son entrevue avec le Tuteur jaloux et ladre.

Il n'est pas besoin de connaître la langue italienne. Je pense même que, moins on la sait, et mieux on goûte ce qui se dit, que d'ailleurs on connaît par cœur, puisque toutes les comédies que l'on a pu voir sur un théâtre, dans n'importe quelle langue et dans n'importe quelle ville, ont en réalité été écrites à Venise. C'est elle qui a inventé le son de voix que les acteurs doivent prendre pour jouer, et que l'édifice qu'on appelle théâtre a pour fonction de propager d'une manière spéciale. Venise est la ville où le murmure d'un dialogue *sotto voce* dans un coin de la scène parvient exactement jusqu'à votre loge de troisième galerie. C'est la seule ville au monde où l'on ait pu imaginer qu'un monologue intérieur muet puisse être entendu par le public.

Ayant ainsi écouté à la scène I le dialogue de la Demoiselle et de la Confidente, puis à la scène II celui du Maître et du Valet, je me suis endormi en songeant que de l'autre côté de la ruelle se trouvait nécessairement une Demoiselle, et que lorsque demain j'ouvrirais les volets, la nécessité théâtrale voulait qu'elle fût à sa fenêtre, occupée justement à attendre que je les ouvre. Goldoni l'affirme. Casanova s'en porte garant. Da Ponte l'atteste. Toutes les pièces de théâtre le veulent ainsi : elles sont peuplées de jeunes filles derrière des jalousies, qui attendent la scène III. Mais ce n'est pas la littérature qui les a inventées, c'est Venise : le théâtre n'est vraiment vrai qu'à Venise. J'en eus la preuve le lendemain.

Lorsque au matin j'ai ouvert mes volets, elle était là. Je le jure. À la fenêtre en face de la mienne, si exactement vénitienne que je n'aurais pas pu l'inventer, que je ne l'aurais pas osé, par respect pour mes lecteurs, et de peur de tomber dans ce que mon professeur de français appelait un *cliché.*

Visage ovale, yeux noisette, cheveux blond soutenu — je n'ose employer le mot juste, qui serait
blond vénitien : on me taxerait d'exagération. Mais ce
n'est pas moi qui exagère, c'est l'auteur de la pièce,
puisque au théâtre l'accumulation est un effet de
l'art et non un défaut. Accoudée aux draps et aux
oreillers qu'elle avait mis à la fenêtre comme font
chaque matin les bonnes ménagères, elle regardait
en bas le théâtre de la rue.

Bien entendu, ma surprise une fois passée, je lui
ai souri. Elle a souri aussi et j'ai regretté de ne pas
avoir à ma disposition mon accessoire de théâtre,
c'est-à-dire le chapeau qu'à une autre époque j'aurais
eu sur la tête, et qui m'aurait permis de la saluer : en
donnant au geste quelque ampleur, on peut faire
ainsi un beau début.

Nous avons parlé et, comme je connaissais trop
peu sa langue pour que ce qu'elle me disait eût un
sens, la langue italienne, adoucie par le zézaiement
vénitien, a pris aussitôt entre nous la totalité de son
pouvoir, qui est de permettre les dialogues ima-
ginaires. La musique de cette langue ne réside pas
seulement, comme on le croit, dans sa mélodie,
dans ses accents, dans sa capacité d'exclamation
et de commentaire. La langue italienne est proprement, essentiellement, étymologiquement musicale,
en ce que les mots y possèdent le pouvoir de mettre
en branle quelque chose qui se trouve en nous-
même, dans notre faculté d'invention. C'est le secret

de l'opéra. Le décor pour moi était planté ; la situation parfaitement claire : il n'y avait plus qu'à composer les variations sur le thème, à réciter, ou à chanter, puisqu'en italien c'est la même chose. Je n'avais besoin de déchiffrer dans ce que me disait, ou me chantait, la belle à la fenêtre rien d'autre que son nom. Et comme Venise exagère, elle me fit comprendre qu'elle s'appelait Antonella. C'était parfait.

La ruelle n'avait pas beaucoup plus de deux mètres de large. Nous étions au troisième étage, sous les toits. En tendant le bras, j'aurais presque pu lui remettre directement la *lettera amorosa* : mais il s'en faut toujours d'un rien, et c'est pourquoi la nécessité théâtrale a imposé ce personnage qu'en italien on appelait au XVIIe siècle la *Vecchia,* cette vieille femme qui, contre quelques écus, va porter le message, et que très laidement nous traduisons par *entremetteuse.* L'existence de la Vecchia est indispensable pour la scène IV et ce qui va s'ensuivre.

En ce qui me concerne, la scène IV fut un fiasco. Lorsque je descendis prendre mon petit déjeuner, avec les tournures aimablement contournées et les figures de politesse baroque qui convenaient à la situation et où excelle tout Italien, le gérant de l'hôtel me demanda si j'accepterais de changer de chambre et d'étage pour laisser place à un groupe de touristes américains. Comme je ne pouvais lui exposer les raisons d'un refus, je me retrouvai le soir devant une fenêtre donnant sur le campo Santa Maria Formosa, avec vue sur l'église, qui est belle, au deuxième étage et sans augmentation de prix.

Mais Sandro vit, lui, au beau milieu du XVIIe siècle. Cette même maison où je suis venu loger, et qui fait déjà depuis cent ou deux cents ans le coin du campo et de la calle Lunga, appartient alors à un négociant nommé Chianchiano. Il loue ses deux boutiques, l'une, celle sur la place, à un perruquier où viennent les *zentiluomini*, et l'autre, celle sur la rue, à un corsetier où fréquentent les *zentildonne*, ce qui, vous l'avouerez, est un excellent calcul. Lui-même habite le premier étage ; il loge au second son neveu Zorzetto (petit Georges), sa femme et tous leurs enfants, tandis qu'au troisième, sous les toits, demeure Bernardo Moretta, chanteur, organiste et maître de chapelle de Santa Maria Formosa, qui voit l'église de ses fenêtres à vingt mètres : ainsi, il lui suffit d'attendre que sonne la cloche de la *Santa Messa* pour descendre et être à l'heure à la tribune de son orgue. Ce n'est pas un mauvais musicien. Il était même bon quand il était jeune : c'est alors que Gemelli l'a connu, et c'est pourquoi il lui a adressé Stradella.

Une lettre de Gemelli fait un effet extraordinaire, que ce soit à un musicien comme Moretta, ou à un grand personnage comme le Sénateur Grimani que nous rencontrerons plus loin. Bien que Sandro fût arrivé fort tard, comme moi, il a été reçu avec des proclamations d'amitié. En l'honneur du vieux chanteur, il a fallu ouvrir une bouteille de vin de Montefiascone, parler musique, opéra et madrigaux. Au milieu de la nuit, Bernardo a conduit Sandro dans la petite chambre où se trouve son clavecin, et l'a couché sur une sorte de canapé, entouré de partitions en désordre, de violes de gambe dans leur étui, de saqueboutes et de cornets à bouquin parmi lesquels il s'est endormi, la tête un peu lourde du Montefiascone et de son voyage.

Il s'est pourtant réveillé tôt le lendemain matin, au son des cloches qui appelaient Moretta à son orgue. Il s'est levé et, pour s'éveiller, il a improvisé un moment sur le clavecin, distraitement et sans recherche, puis s'est décidé à sortir faire un tour dans cette étrange ville qu'il n'a qu'entrevue dans la nuit. Il a mis ses chausses, revêtu son pourpoint et ajusté son chapeau sur sa tête : et c'est alors, seulement alors, qu'il ouvre la fenêtre.

Antonella est accoudée aux draps et aux oreillers, et regarde en bas le théâtre de la rue. Ses cheveux, que cette fois j'ose dire *blond vénitien*, sont tressés autour de sa tête et mêlés de rubans du bleu qui convient exactement. Elle est vêtue d'une robe saumon assortie à son teint et qui, penchée en avant comme elle l'est, rend plus charmant encore son décolleté cerné de dentelle. Sandro peut donc prendre son chapeau dans sa main droite et, avec un très beau sourire, honorer la belle du grand salut que je n'ai pas pu faire. Elle répond, cache d'un léger mouvement rond de la main l'échancrure de sa robe, et ils commencent à parler, *allegro cantabile*. Cinq minutes n'ont pas passé que, pour lui prouver qu'il est bien le musicien qu'il a dit être, assis sur le rebord de la fenêtre, il lui chante à demi-voix en improvisant sur son luth, mieux que sur le bateau de la veille :

Ecco la bell'aurora
Che produsse colui
Ch'il vostro sol adora :
Oggi nacqui, ben mio, per viver vostro...

Ne me demandez pas ce qui se passe quand on est devant une page blanche et qu'on essaie d'imaginer un nouveau personnage pour le roman qu'on est en train d'écrire. Je n'en sais rien.

De toute façon, c'est lui qui commande. Il apparaît tout à coup, à l'instant précis où vous avez besoin de lui, parce que l'intrigue que vous avez en tête exige qu'intervienne à ce moment particulier un homme de tel ou tel aspect, doué de tel caractère, affligé de telle manie, portant le poids d'un certain passé qu'il va vous falloir inventer. Vous frappez les trois coups sur votre petit théâtre imaginaire et, à votre grande surprise, la plupart du temps, il entre. Non seulement il entre, mais vous le reconnaissez, vous l'adoptez, car au détail près, au moral comme au physique, il est tel que vous le souhaitiez, et ressemblant.

Naïf, vous vous frottez les mains et vous bénissez le ciel de vous avoir fait don d'un génie si facile et si inventif. Profitez vite de cet instant de bonheur : cette première minute sera aussi la dernière. Vous devez savoir qu'à partir de la suivante vous ne serez plus le maître à bord. Vous avez mis quelques mots dans la bouche de ce personnage si allègrement surgi des coulisses de votre imagination : il récite cette première phrase à la perfection. Il continue : mais la suite est de lui. Il improvise. Il exige, figurez-vous, d'être (ce sont ses termes) *cohérent avec lui-même*. Désormais, chaque trait de plume (votre plume), chaque détour de phrase (sa phrase) le confirme dans ce qu'il est et aliène un peu plus votre liberté d'auteur.

Écrire un roman, il faut le savoir, consiste à faire sans cesse éclore des vilains petits canards que l'on n'a pas couvés et à jouer à l'apprenti sorcier, sans autre pouvoir que d'aligner des mots pour raconter ce que l'enfant (votre enfant) a encore fait sans demander la permission.

Comme on est le père et qu'il est le fils, il arrive qu'on s'émerveille et qu'on se mette à jouer le rôle du parent gâteau. Qu'il est doué, cet enfant, qu'il est malin, quels mots charmants il invente à chaque instant... Il arrive aussi qu'on pique une colère, à contretemps bien entendu, et qu'on se trouve dans la situation pénible et ambiguë d'un parent faible. Ce petit ne marche pas droit. Il déçoit les espoirs que j'avais mis en lui, il n'y a rien à en tirer. Mais, que voulez-vous, c'est mon enfant et je l'aime. Il se peut aussi qu'un jour les choses tournent mal et que vous proférez : « Va-t'en, je te déshérite. » Si, à bout de patience, vous avez le malheur d'ajouter « et je te donne ma malédiction », ne vous étonnez pas trop s'il répond en vous regardant dans les yeux : « Je n'ai que faire de vos dons... »

C'est ce qui vient de se produire.

Sans aucune peine, j'avais imaginé le personnage du Sénateur vénitien qui va jouer un si grand rôle dans le destin de Sandro. Ce haut personnage, vous l'avez deviné, est celui à qui est destinée la lettre que Gemelli a écrite et pour qui Sandro a composé ses douze cantates. Une minute m'avait suffi pour l'entrevoir et l'adopter : tout était là, son allure, son port, sa démarche, sa voix, son costume. Déjà j'écrivais, si confiant dans mon plaisir que je me représentais ce que serait le vôtre lorsque vous me liriez. J'aurais dû me méfier, et particulièrement de ce dernier point.

C'est que ce personnage, je le connaissais. Je l'avais vu, proprement vu : je ne l'inventais pas plus que je n'ai inventé la mignonne Antonella à sa fenêtre, à qui Sandro chantait à l'instant son aubade. Tout comme elle, il était lié à un souvenir si plaisant que de le retrouver dans ma mémoire, lui rendre vie et vous l'offrir constituait déjà une succession de petits bonheurs. L'écrire n'était plus que la prolongation et l'achèvement des autres : et par conséquent, pour vous, lire ne pouvait être qu'un plaisir réciproque, renforcé encore par la surprise.

Cela se passait à Venise, bien entendu, dans un minuscule théâtre de quartier, je ne sais plus où, du côté de l'Arsenal, une sorte de salle des fêtes aux murs de ciment ripolinés en beige et vert, rien moins que ce qu'attend un touriste ordinaire, l'esprit encombré de Musset et de George Sand, de Fenice et de Malibran. J'étais debout au fond, épuisé par de trop longues courses dans les ruelles (où marche-t-on autant qu'à Venise en une seule journée?), il faisait trop chaud dans cette salle comble (avez-vous noté qu'une foule compacte dans un lieu trop exigu répand un fumet différent selon les provinces et les pays : gras et rance sitôt qu'on passe le Rhin, plus relevé et plus rond quand on descend vers les pays à goulasch, plus acide si l'on tend vers le nord, musqué au contraire lorsqu'on s'approche des Marches de ce qui fut l'Empire ottoman, et que ces effluves sont le calque exact du bruit que fait la même foule assemblée, rauque et grasseyant ici, plus âpre et plus agressif, ou plus fondu et plus feutré, ou plus chantant, orchestré d'éclats et d'envolées. Fermez les yeux, bouchezvous les oreilles et respirez : vous saurez où vous êtes...).

Ma fatigue tomba d'un coup lorsque apparut, au lever du rideau, le Docteur, puis Pantalon. Le plaisir du théâtre vient de la surprise. Mais le plaisir de ce concentré de théâtre que Venise a inventé vient de ce qu'on sait tout d'avance, et que la surprise surgit dans ce qu'on sait par cœur. Dans la *commedia dell' arte*, on rit avant que le personnage ait ouvert la bouche, comme font les enfants qui demandent qu'on leur raconte la même histoire et la préfèrent à une nouvelle qu'ils ne connaîtraient pas encore. Le bonheur que j'avais pu éprouver en voyant paraître Antonella, l'avant-veille au matin, accoudée à sa fenêtre exactement comme le voulait la partition, se redoublait ici à la vue du Docteur, énorme, tout gonflé de suffisance et de bonne graisse universitaire. «*Jam propinquat hora*» (il frappait sur son livre). « Déjà l'heure approche où je vais rencontrer la belle Aurélia. Ô Vénus, sois-moi propice afin que *haec res bonum habeat initium,* car le fidèle Pasquarel m'a conseillé de me déguiser en femme afin de n'être point reconnu » : et il ressortait en riant de son énorme voix. Entrait alors la quintessence du vieillard quinteux et grotesque, libidineux et égrillard, barbiche en pointe et voix éraillée : « Oh, comme je suis impatient de bécoter son doux minois et de taquiner ses tendres tétons. Mais Pasquarel m'a dit de me déguiser en femme pour attendre à loisir la venue de la belle Aurélia dont je suis amoureux. » Au théâtre, la symétrie est un effet de l'art : c'est tout le contraire du roman. La comédie se nourrit de ces répliques alternées, de ces répétitions où un seul mot changé met en branle le rire. Et lorsque le Docteur et Pantalon voilés sortaient enlacés (« Quel doux minois se cache derrière ce voile

— Ô ma vie, montrez-moi le chemin des délices... »), ces deux vieillards fous nous émerveillaient par leur capacité de faire quelque chose de rien.

Et voilà pourquoi, lorsque j'ai sonné mon Sénateur vénitien pour lui faire tenir sa partie dans cette histoire, il est entré sans se faire prier, grotesque et dérisoire : silhouette, démarche, voix, accent, costume, barbiche en pointe et sourcils en broussaille, né sur la lagune au temps où Sandro s'y promenait en rêvant d'Antonella, il était déjà là. Il attendait seulement son heure. Sans plus de réflexion, je l'avais adopté, et je l'avais seulement baptisé, du nom que les anciennes chroniques qui racontent les aventures d'Alessandro Stradella lui donnaient déjà au XVIIᵉ siècle : il s'appelait donc Pignaver, qui est le patronyme d'une très vieille famille vénitienne.

Eh bien voilà : j'ai tout jeté au feu, et je recommence. Ma faute était de trop aimer le théâtre. J'avais confondu les genres. La vie (je veux dire le roman), c'est tout autre chose. Au théâtre, plus le personnage préexiste au lever du rideau, plus il est neuf, si l'acteur est bon. C'était le cas : l'inimitable Ferruccio Soleri m'avait rempli la tête d'un vieux Vénitien de théâtre, et mon Pignaver, né sur les tréteaux de Venise, était faux sur le papier. Au détour d'une phrase, la marionnette laissa tout à coup tomber sa tête et ses bras, comme quand on retire les trois doigts qui faisaient jouer Guignol.

J'en ai été longtemps désolé : car je l'aimais bien, j'aimais sa barbiche et sa goutte au nez. Un barbon amoureux, est-ce donc un type littéraire usé jusqu'à la corde ? Non, bien sûr : on en voit tous les jours et c'est un sujet inépuisable que la douleur d'aimer hors de propos et de s'acharner à nier le temps qui passe en se disant « c'est la dernière fois », alors que la dernière fois est déjà passée. Mais lorsque je vais vous présenter, dans quelques pages, mon Ortensia, quelle femme jugerez-vous qu'elle est, si l'amant vénitien que je lui ai donné n'est que vieux, sot et riche ? De quoi ne la suspecterez-vous pas ? Quels calculs serez-vous tenté de mettre dans sa jolie tête, où entreront sans que vous y songiez diamants, ducats, parures et brocarts ? Et ce sera ma faute. Ortensia ne sera pas ce que je veux, parce que Pignaver aura faussé le jeu avant même qu'elle ne paraisse. Comment respecterez-vous Sandro, qui n'aura eu d'autre mérite que d'offrir un peu de plaisir à une belle jeune femme chargée de bagues et sevrée de frissons ?

Pour être certain de ne pas revenir en arrière, j'ai changé aussi son nom. D'ailleurs, les plus récentes recherches historiques et musicologiques affirment que Pignaver n'était pas le bon : mon chroniqueur s'était trompé, et tous ceux qui ont écrit après lui. Mon Sénateur s'appellera donc Grimani ; c'est le nom d'une autre grande famille vénitienne, et vous pouvez voir son palais, au bord du Grand Canal, entre le Rialto et l'Accademia. Il en possédait d'ailleurs un second, figurez-vous, juste derrière l'église Santa Maria Formosa, à deux pas de chez Antonella. On peut le voir encore des fenêtres de l'auberge où j'ai dormi. Tout cela est excellent.

Je donne à Grimani l'âge de Sandro. Ils pourront ainsi lutter à armes égales : mais sur ce point seulement, car le Sénateur possède par ailleurs une inimaginable fortune venue du commerce d'Orient et le pouvoir sans limites d'un membre du Conseil des Dix.

Sandro a le génie pour lui. La puissance contre le génie : c'est encore un bien vieux cliché, bien romantique et passablement usé. Mais celui-ci est toujours vrai. La partie, en tout cas, sera mieux équilibrée. Ce sera à Ortensia de choisir.

Voici donc le Sénateur Grimani assis sur le
devant de sa loge, dans le théâtre qui porte son
nom, l'une des dix salles d'opéra que Venise, folle
de musique, droguée de voix et de chant, toujours
en manque de rêve et, depuis qu'elle n'est plus la
maîtresse des mers, toujours en mal de chimères,
s'est construites au XVIIe siècle pour étancher sa soif
de beauté et de magie. Le Sénateur y est chez lui.
D'ailleurs tout le théâtre lui appartient : c'est son
père qui l'a fait bâtir, et lui-même l'a fait décorer à
neuf, il y a quelques mois à peine. Il a fait repeindre
les cloisons, redorer les lambris et la petite balus-
trade sur laquelle il pose le bout des doigts, et son
fauteuil à haut dossier. Derrière lui, sur des tabou-
rets, sont assises cinq ou six personnes, dont deux
dames, chacune flanquée d'un jeune gentilhomme
debout un peu en retrait. Tout au fond de la loge, à
côté d'un gros petit abbé en perruque blanche, se
tient Sandro, debout aussi, dans la pénombre. Je

devine, aux légers brasillements des boutons de son habit chaque fois qu'il esquisse un mouvement, qu'il a dépensé ses dernières pistoles chez un tailleur. Il tient les bras croisés sur sa poitrine, son tricorne sous le coude, et regarde devant lui le profil du Sénateur.

C'est un très grand et très bel homme : grand front, grand nez fin, grande bouche. La perruque haute lui sied bien et le grandit encore. Même assis, il donne l'impression de dominer tous les personnages qui l'entourent, mais cela tient moins à sa taille qu'à sa posture : le dos droit comme une tige de fer, le cou suspendu au plafond par un fil invisible, le visage raide. Quand il tourne la tête, c'est comme si elle pivotait sur un axe, très lentement, et ce mouvement n'est pas précédé, comme nous faisons, vous, moi, nous tous, par celui des yeux qui recherchent toujours d'avance ce que nous avons l'intention de regarder : chez lui, ils demeurent immobiles et ne se fixent sur vous que lorsque tout le mécanisme a terminé sa rotation. Mais alors ils se rivent sur vos propres yeux, et vous avez peur. Vous avez tort, d'ailleurs, car à considérer sa bouche et le mouvement de ses lèvres, il y a quelque chose de secrètement anxieux et d'inquiet dans ce personnage, une appréhension de ce qui pourrait arriver. C'est cela justement, je crois, qui fige ses traits, comme s'il craignait, en manifestant une émotion, qu'on ne la lui dérobe pour en faire usage contre lui. Mais je rêve peut-être : que pourrait craindre un homme qui siège au Conseil des Dix, comme fit son père et comme fera son fils, et dont personne dans tout Venise n'oserait contester la moindre décision ?

Légèrement de profil, il considère avec plus que de l'attention, avec une concentration qui se marque sur sa bouche, ses sourcils, son front, ses joues, la chanteuse qui vient d'entrer en scène, suivie de sa jeune suivante. Elle semble assez belle, bien que, de si loin, sur un théâtre mal éclairé par des chandelles, on ne puisse guère débrouiller ce qui tient à la beauté de la femme et ce qui relève des mouches, des fards, de la poudre, des crèmes, des sourcils peints, du tour de tête, des cheveux vrais, des cheveux faux, de l'éventail, du décolleté, des paniers, de l'or, des brillants, des perles vraies et des perles fausses. C'est égal : le petit orchestre vient d'attaquer lorsqu'elle est entrée un *ritornello* si émouvant, avec deux lignes de violons qui ne cessent de s'effleurer et de dissoner l'une contre l'autre si délicieusement qu'on en frissonne. On fermerait volontiers les yeux pour mieux écouter et pour retrouver en soi-même l'exquise volupté de ce qu'on entend. Lorsque l'orchestre se pose enfin sur un bel accord mineur, la dame ouvre la bouche, et c'est dommage. Sa voix a dû être belle, elle l'est encore presque, mais plus tout à fait. Le Sénateur est d'accord avec moi : je le vois à ses lèvres ; c'est décidément par là que cet homme se trahit. Nous avons tous ainsi une petite partie de notre visage ou de notre corps par laquelle nous laissons filtrer des choses que nous voudrions vraiment garder cachées, ou que même nous avons à peine pressenties : un coin de lèvre qui sourit quand elle ne devrait pas ; une ride près des yeux, ou pire, d'un seul ; quelque chose sur la joue qu'on ne surveille pas, et qui tremble ; ou bien les mains. Heureusement, la plupart des gens regardent mal.

L'air que chante cette dame est très court et, tandis que l'orchestre reprend seul, le Sénateur se retourne, lentement comme j'ai dit, massivement, et fait un imperceptible signe de la main. L'abbé donne un léger coup de coude et pousse Sandro en avant. Le Sénateur le fixe longuement, pendant qu'il s'avance et s'incline, puis il dit à mi-voix, sur fond d'orchestre :

— Signor Stradella, j'ai lu la lettre que m'a envoyée le chanteur Gemelli. Il me dit grand bien de vous.

Sandro incline la tête, les yeux baissés.

— C'était un grand musicien et nous ne regretterons jamais assez que dans sa vieillesse il ne puisse plus nous charmer comme il savait le faire. Mon père l'a longtemps protégé.

— J'ai eu l'honneur de l'avoir pour maître, Votre Seigneurie.

— Je sais. Il me l'a écrit. Saviez-vous que c'est lui-même qui chanta il y a vingt ans, ici, dans ce théâtre, le rôle de Giasone, avec un art qui fait paraître bien misérable la voix du malheureux que nous avons entendu tout à l'heure ? La musique se perd, Signor Stradella. Elle se perd gravement.

Sandro fait à nouveau un petit signe de tête, mais il se tait : ce n'est pas à lui d'émettre un jugement. À cet instant, l'orchestre laisse à nouveau place à la chanteuse, qu'accompagnent le clavecin et la viole de gambe. Le Sénateur se détourne pour la regarder, et revient aussitôt à Sandro :

— Cette œuvre était dédiée au très révérend et regretté abbé Andrea Grimani, mon oncle. J'étais trop jeune alors pour venir entendre la musique du Signor Cavalli. Mais elle est si belle que c'est l'opéra que je redemande le plus souvent.

Il fixe Sandro :

— Je donne des concerts dans mon palais. Ils sont meilleurs que ce que nous entendons ce soir. J'aime la bonne musique. Cette chanteuse n'est pas digne de celle que nous écoutons.

Cette fois, Sandro peut répondre sans crainte.

— Gemelli mon maître m'avait affirmé que Votre Seigneurie était un connaisseur.

Rien n'a bougé sur le visage du Sénateur, à part le petit frémissement de la lèvre. De l'orgueil ? Pas pour si peu. Du mépris, à cause de cette réponse trop facile que Sandro vient de faire ? C'est trop peu aussi. Non : je crois seulement que Sandro lui a plu. Il ne faut jamais se fier à des yeux inexpressifs.

Mais tandis qu'ils parlaient, on a été distrait de ce qui se passait sur la scène, eux les premiers : la suite nous prend tous de court. Comme il convient à cet art baroque qui aime les contrastes vifs, la jeune suivante s'est avancée et a attaqué un air déluré et piquant, qui vous saute aux oreilles. Avec une vivacité inattendue, le Sénateur s'est détourné de Sandro en faisant de la main, ou plus exactement avec le bout des doigts, un geste incroyablement impérieux, qui impose le silence et l'immobilité. Il écoute. Regardez sa bouche : il est tendu de tout son être, et rien ne vibre sur son visage. Cette concentration est si forte que c'est lui qu'on a envie de regarder, et non cette petite femme qui chante sur la scène.

— Voyez-vous cette jeune chanteuse, Signor Stradella ?

— Elle m'a paru...

Il faut que Sandro pense vite, me semble-t-il, et qu'il trouve très vite les mots justes. Le Sénateur a posé sur lui ses yeux qu'on croit ternes, et il attend.

— Dites, Signor Stradella...

C'est étonnant : on a l'impression d'assister à un duel. Tout se dit à voix basse ; c'est feutré comme le velours qui décore la loge et tapisse les sièges. Un mot de trop, et c'en est fait de Sandro.

— Votre Seigneurie vient de prouver l'excellence de son jugement. Cette jeune femme est pleine de promesses, mais il me semble, Votre Seigneurie, que ce rôle n'est pas fait pour elle.

Bien répondu, Sandro.

— Je m'intéresse à elle. Les rôles dans lesquels on la confine sont indignes de son talent et de sa beauté. Signor Stradella, j'ai décidé que vous alliez lui transmettre l'art que Gemelli vous a enseigné. Je veux que dans six mois elle chante ici les premiers rôles. Vous viendrez demain à quatre heures dans mon palais et vous lui donnerez sa première leçon. L'abbé qui est là vous accompagnera.

Je ne sais rien de plus fascinant qu'une leçon de chant, quand le maître est bon. C'est plus beau, parfois, qu'un concert. Quelque chose se passe sous vos yeux, à portée de vos oreilles, qui ressemble à un accouchement. La beauté du chant naît devant vous, et quand je dis *naître*, je parle bien de faire sortir d'un corps quelque chose de vivant, comme un enfant sort d'un ventre. D'ailleurs le maître de chant a des mots de sage-femme. Il parle, justement, de ventre, de contractions, de respiration, d'appui. Il dit : « Prends ton souffle, mon petit, gonfle-toi bien, respire, accroche-toi, prends ton appui, mais pas là : appuie-toi sur tes hanches... Cela vient, cela vient, corragio !, n'aie pas peur... » Il a des inflexions tendres pour dire : « Mais qu'il est beau, mais qu'il est beau ton *fa* dièse, ma jolie... Allez, repose-toi, reprends ton souffle, recommence... »

Rien ne se passe entre Sandro et Ortensia qui puisse, bien entendu, ressembler à cette intimité maternante, affectueuse, charnelle, faite de petits gestes de vieille nounou et de petits mots ordinaires, du maître de chant et de son élève. Ils se tiennent à respectueuse distance l'un de l'autre. Il n'est pas imaginable qu'il la touche, ni qu'il lui parle de son ventre. Il n'est même pas possible de supposer que leurs regards puissent manifester quoi que ce soit. L'abbé, d'ailleurs, est à trois pas, derrière son pupitre, assis de biais, son violoncelle contre sa jambe gauche, puisqu'en ce moment il ne joue pas, son archet au bout de sa main droite qui pend. Il tient les yeux vers sa partition, le regard vague, sans qu'on sache s'il pense à autre chose ou bien s'il relit les noires et les croches qu'il sait par cœur. Mais ce n'est pas l'abbé qui est en cause. Si rien ne se passe, si pas un coup d'œil, pas un accent de voix ne déraille entre Sandro et Ortensia, c'est seulement parce que rien en effet ne peut arriver. Ils sont le maestro et son élève, dans un palais vénitien dont le maître est un redoutable Sénateur qui en ce moment même siège au palais des Doges. Plus tard, dans l'après-midi ou le soir, l'abbé lui fera son rapport, dans l'admirable petite salle qui ressemble à un tableau de maître, à une nature morte qu'aurait pu peindre Vermeer de Delft ou Pieter De Hoogh. Il est vrai que la lumière d'Amsterdam est si peu différente de celle de Venise, que le coffre sculpté portant un astrolabe et un globe terrestre pourrait se trouver dans l'une ou dans l'autre ville, où règnent les marchands, et aussi les livres précieux, la vasque d'argent ciselé et les majoliques. Il n'y a de vénitien que le petit tableau précieux qui fait face au Sénateur, dont les verts sont trop vifs et les bleus trop ardents et qui représente la Vierge et des saints. Je le soupçonne d'être de Véronèse et il ne peut être flamand. Non plus d'ailleurs que le Sénateur, avec sa perruque haute et les broderies au fil d'or de son habit, qui posera son regard froid sur l'abbé.

— Comment s'est passée la leçon, aujourd'hui?

— Tout à fait bien, Votre Seigneurie.

— Que voulez-vous dire, par « tout à fait bien »?

Le gros abbé ne lèvera pas les yeux pour répondre, faisant seulement du bout des doigts un petit geste.

— Je veux dire que la Signorina Ortensia a divinement chanté, à son habitude, et que le Signor Stradella, qui me paraît un véritable maître, a donné à la Signorina les meilleurs conseils pour améliorer son chant, si tant est... (et avec un petit sourire en dessous)... qu'il en ait besoin.

La bouche du Sénateur : c'est elle qu'il faut regarder toujours. Le reste est de marbre.

— Comment est-il?

— Un vrai maître, Votre Seigneurie, le plus fin musicien qu'il m'ait été donné d'entendre depuis la mort du Signor Cavalli.

— Comment est-elle?

— Parfaite, Votre Seigneurie, comme vous savez.

Regardez la bouche. On pourrait presque croire qu'elle a frémi.

— Oui, je sais. Je craignais seulement qu'il ne fût trop jeune. Vous continuerez à me faire votre rapport après chacune de ces leçons, l'abbé.

Je ne vais naturellement pas vous raconter chacune de ces leçons. Sandro vient tous les jours à quatre heures. Son gondolier le laisse à la porte et l'attend. Sandro monte dans la galerie, salue l'abbé déjà assis devant son pupitre, son violoncelle à la main, tout accordé, se met au clavecin, et le valet qui est allé prévenir la Signorina la précède et s'efface. Elle s'avance à travers la galerie, d'une démarche si souple qu'on croirait qu'elle glisse sur le marbre du pavement. Elle a les yeux baissés, elle tient entre ses doigts un côté de sa jupe et, au salut profond que lui fait Sandro, comme on doit faire à la maîtresse d'un si haut personnage, elle répond par une demi-révérence (pas plus, pour un maître de chant). L'abbé s'est levé et s'incline. Le valet est debout au fond contre la porte. Un garçon de bibliothèque est immobile parmi les livres. Bien que cette rencontre se reproduise chaque jour, on dirait un cérémonial. Il est vrai que c'en est un. Pas un mot ne se prononce. Que pourrait-il se passer ?

Je ne peux vous décrire Ortensia. Que vous montrerais-je qui ne puisse vous décevoir ? Si je vous dis que je souhaite mettre sur son visage tout ce que j'aime de l'Italie, vous me reprocherez de faire un mauvais portrait de Claudia Cardinale, et cela n'atteindra rien de ce que vous pouvez imaginer par vous-même. Je vais me contenter par conséquent de vous mettre en garde et vous dire ce que vous devez éviter de vous représenter. D'abord ses cheveux. Puisqu'elle est vénitienne, il faut que vous l'envisagiez avec la même cascade d'or roux que Titien a donnée à la *Jeune fille au miroir* du musée du Louvre. Pour l'instant, je regrette de ne pouvoir vous la montrer répandue sur ses épaules, mais je vous promets de le faire plus tard, beaucoup plus tard, dans cette chambre d'auberge où Sandro la conduira quand ils auront fui Venise, et où ils passeront leur première nuit. Mais lorsque Ortensia paraît dans la galerie, ses cheveux sont admirablement ordonnés sur sa tête, et ce n'est pas à Titien, mais plutôt à Véronèse que je dois vous faire penser, à cause de ses multiples petites tresses entrelacées, de ses boucles habilement désordonnées et des perles qu'elle y a disposées.

Pour les yeux, qu'elle a maintenant levés, j'abandonne. Je ne sais même pas de quelle couleur ils sont : gris, gris-vert, gris-vert-bleu. C'est ce qu'on appelle, je crois, des yeux pers : couleur de la lagune quand on sort du Bacino et qu'on s'en va vers Murano, avec des nuances de dunes et de sable.

Comme elle aime avec passion le bel air de Cavalli que Sandro lui a demandé d'étudier et qu'elle a répété seule avant de venir ; comme cet air est justement celui que chantait la prima donna, l'autre soir à l'Opéra, et que de le chanter maintenant constitue une sorte de petite victoire particulière d'Ortensia sur celle dont elle n'était alors que la suivante de théâtre, ces yeux, lorsqu'ils se lèvent sur Sandro, sont délicieusement doux : mais vous devez savoir qu'ils peuvent en une seconde, sans changer de couleur, sans que rien ne bouge sur son front, se transformer en une matière émaillée de la plus incroyable dureté, pour redevenir l'instant d'après aussi veloutés et aussi tendres.

Il ne me reste plus que sa voix : et pourtant il me faut à nouveau vous mettre en garde. Si ses cheveux sont vénitiens, sa bouche l'est aussi lorsqu'elle parle et ainsi elle zozote, elle zézaie, elle a un cheveu, justement, sur la langue. Si on ne savait pas, on croirait entendre une enfant gâtée. Elle dit la *Zuecca* pour la Giudecca ; quand elle appelle son valet, elle crie *Zanni*, alors qu'il s'appelle Giovanni ; et sa camérière, qui se nomme Giulietta, devient *Zulietta* dans sa bouche. C'est plein de charme enfantin et infiniment trompeur, car il va falloir quand elle chantera que je vous fasse sentir la force, la violence, même dans l'expression de la grâce, même dans celle du désespoir, comme elle va le faire dans un instant lorsque Sandro se sera assis à son clavecin.

Le salut fait, la révérence fléchie, l'abbé à sa place derrière son pupitre, c'est de lui maintenant qu'il faut que je vous parle, bien qu'il n'ait pas grand-chose à faire dans cette histoire. Il n'est qu'une sorte de témoin muet. Il ne dira pour ainsi dire pas un mot. Il est petit et gras, poupin et rose. Même quand il ne joue pas, il tient les yeux baissés sur sa partition, qu'il sait pourtant par cœur : il ne jette un coup d'œil à Sandro que pour prendre son départ et tirer l'archet. Mais vous le devinez trop fin pour n'avoir pas compris qu'il guette les moindres signes du trouble que dès la première leçon il a déjà surpris. Sandro égrène un accord, enchaîne quelques notes de prélude et aussitôt qu'Ortensia ouvre ses belles lèvres, que je ne vous ai pas décrites pour vous laisser libre de les imaginer, l'abbé, tirant son archet, n'écoute en vérité que pour tenter de savoir si c'est la voix, ou bien les yeux, ou bien la gorge que cerne la dentelle au point de Venise, qui mure le visage de Sandro dans une froideur si insensible. Un chat ne baisse jamais les paupières : sans quoi je vous aurais dit que l'abbé est un gros chat qui attend.

Mais cette fois, Ortensia n'a pas chanté trois notes des vocalises par lesquelles commence la leçon, que Sandro cesse de jouer et qu'il parle, sans lever la tête, lui non plus.

— Votre voix, Signorina...

Et puis rien.

Elle est debout; elle s'est tournée vers lui, accoudée au clavecin dont elle caresse les cordes avec le bout des doigts.

— Ma voix ?

Sandro fixe son clavier. Il fait trois accords, et puis prend un chemin de traverse :

— On a tort, Signorina, de vous faire chanter des rôles légers. Les bergères, les nymphes, les soubrettes. Les femmes aimables.

— Je ne suis pas aimable ?

Avez-vous vu ses yeux ? Tout à coup durs comme l'émail.

L'abbé, lui, a souri, mais en cachette. Sandro n'a pas l'air d'avoir entendu. Ou bien il n'a pas compris. Tout à coup, il lève la tête et rit, à retardement. Et alors, il se lance :

— J'ai composé une cantate à votre intention, Signorina. Vous apprendrez le premier air. Je veux que vous l'appreniez seule, sans moi. Je veux l'entendre venir directement de votre... (il hésite) de votre pensée.

Et après un silence :

— Pour ce soir, nous allons prendre l'aria du Signor Cavalli que je vous ai indiquée hier.

Il cherche la partition parmi celles qui sont sur le clavecin. L'abbé feuillette les siennes. Ortensia ne bouge pas : elle la sait par cœur. Ses doigts quittent seulement le clavecin qu'elle touchait et lorsque s'enchaînent les premiers accords du prélude, ses yeux sont redevenus non pas seulement doux mais, après qu'elle les a fermés une seconde, presque sombres.

Oreste ancor non giunge
E pur ogni momento
Accresce il mio tormento...

Quelle voix ! On se demande comme elle peut se former dans un corps si frêle. Vous avais-je dit qu'Ortensia est menue et fine, les mains et les poignets, le cou ? C'est depuis qu'elle chante qu'on s'en aperçoit. C'est à peine si sa voix vibre. Mais en deçà du son, pour ainsi dire en sous-œuvre, il y a comme une seconde note, qui ne semble pas venir de ce qui est écrit sur la partition, mais du noyau de son corps. On ne l'entend pas, on ne fait que la deviner. Elle file parallèlement à la note qu'elle croit chanter et que vous croyez entendre, insaisissable, embusquée sous la musique : et c'est elle qui vous ébranle, vous qui écoutez, jusqu'à votre propre noyau. Elle vous ferait trembler si vous regardiez Ortensia à cet instant. C'est pourquoi Sandro ne la regarde pas : car voilà justement le point. Devant la note, en avant du chant, il y a ces yeux, il y a ces cheveux, il y a ces seins qui reprennent souffle et qui...

Au milieu de la phrase, Sandro s'arrête et cesse de jouer. Il n'a pas fait de fausse note dans son accompagnement, mais son visage a eu l'exacte grimace involontaire d'un musicien qui s'est trompé d'accord, et qui a eu mal : un rictus, un pincement à la joue. Il garde la paume de ses mains appuyée sur le rebord du clavier, les doigts repliés. Il ne lève pas la tête et, après un moment, sans bouger, il dit, comme se parlant à lui-même :

— Ce que je me demande...

Il se tait. Ortensia s'est de nouveau tournée vers lui. Elle ne comprend pas. On n'entend jamais sa propre voix.

— Quoi donc, Maestro ?

— Ce que je me demande... Votre voix, Signorina... La question que je me pose...

Il tourne en rond. Il caresse de nouveau son clavier, et puis se lance d'un coup :

— Votre beauté, Signorina...

Cette fois, l'abbé a sursauté. Les yeux d'Ortensia errent entre le vert de la lagune et le gris des nuages.

— Votre beauté tient-elle seulement à la forme de votre visage, ou bien...

Il tapote maintenant à petits coups de sa main droite sur sa poitrine, comme faisait Gemelli.

— Je veux savoir si votre voix... naît...

Vous voyez : sans y penser, il a pris lui aussi le vocabulaire de la sage-femme...

— ... dans votre gosier, ou bien...

Il serre l'étoffe de sa chemise.

— Là.

Cette fois, il lève les yeux sur elle.

— Demain, je veux entendre ma cantate. Je l'ai composée pour savoir cela.

Ils se regardent. Longuement. On dirait que c'est un défi qu'ils se lancent : et si c'est bien cela, ils ne se doutent sûrement pas jusqu'où il les mènera.

Non, décidément, l'abbé ne mentait pas en faisant son rapport : seulement, ce qu'il avait deviné, il ne pouvait pas le dire.

Je comprends très bien les incertitudes de Sandro, et son trouble. Si vous aimez la musique (je n'en doute pas, sans quoi vous auriez cessé de me lire depuis longtemps), dites-moi : quel est le lien, quel peut être le rapport entre la voix d'une femme et la femme qui chante ? C'est un mystère. Peut-être même est-ce un piège. Saura-t-on jamais ce qu'en réalité Mozart aimait ? Est-ce la voix de soprano qui chavirait son cœur ? Ou bien Aloysia Weber, pour laquelle il a rêvé, pensé, composé, écrit la Reine de la Nuit ? Est-ce pour Nancy Storace ou pour la voix de Nancy Storace qu'il a conçu le bouleversant dialogue *Ch'io mi scordi di te*, où s'entrelacent le chant et le piano sous le regard de l'orchestre, comme les voix de Sandro et d'Ortensia au-dessus du violoncelle de l'abbé, avec, écrit de sa main sur la partition, ces mots : « Für Mademoiselle Storace und mich » ? Ou bien les deux ensemble ? Bien sûr, les deux ensemble. Je pose cependant la question : est-il possible de tomber amoureux d'une voix, sans la femme ? Je crois que oui : cela m'est arrivé, quand j'avais vingt ans. Je ne la connaissais pas, je ne l'avais jamais vue, je ne l'ai rencontrée qu'au travers d'un disque, un vieux 33 tours mono. Elle n'avait aucune notoriété internationale et d'ailleurs à cette époque j'ignorais le nom des vedettes de l'opéra, et même l'opéra. Si elle avait chanté un grand rôle, Elvire ou donna Anna, sans doute m'aurait-elle intimidé, et mon amoureuse chimère n'aurait pu prendre son envol. Sur la couverture du disque, elle avait, j'en conviens, un nom qui pouvait bien ajouter au charme de sa voix une brume de poésie lointaine : Natalia, ou Basia, ou Katia, je ne sais plus, suivi d'un patronyme en « ovna » ou en « tchka ». La couleur de son nom s'est ainsi alliée, sans doute, au timbre de sa voix, qu'elle avait chaude et ronde, à peine tremblée, mais un peu, juste ce qu'il fallait pour me troubler quand elle descendait dans les graves.

Ainsi se composait une mixture d'exotisme, de sensualité, mais désincarnée, de volupté, mais imaginaire, de poésie, mais sans frontières. Ce qu'elle chantait était beau, et elle le parait d'une tendresse chaleureuse. C'était léger, impalpable, insaisissable, chimérique et exquisément sensuel. Je n'ai plus écouté ce disque depuis quarante-cinq ans, mais je sais que je lui dois d'avoir ressenti pour la première fois le bonheur du chant, et d'être devenu curieux de l'opéra, dont j'étais alors ignorant. On peut bien tomber amoureux d'une flûtiste, d'une violoniste, d'une violoncelliste, mais ce qu'on aime alors, c'est une femme : une femme qui joue d'un instrument et qui a le don de vous charmer avec la musique qu'elle sait faire naître à l'aide de cet objet en bois. La chanteuse, je l'ignorais et cette Katia ou Tania me l'a fait deviner à distance de la manière la plus délicate et la plus pudique, à travers un disque, c'est avec ses lèvres, sa gorge, le souffle même de sa vie, avec son corps et son ventre, qu'elle vous émeut, même si le chant qu'elle projette dans l'espace qui vous sépare d'elle prend au contact de l'air sa véritable nature, qui est aérienne et immatérielle, et qui tient du vol des anges et des séraphins. Le sexe des anges, parlez-m'en! C'est aussi impalpable qu'un coup d'aile, qu'un nuage sous la lune, qu'une vocalise en *ré* mineur, et aussi exquis qu'une caresse sur un sein.

La cantate que Sandro avait composée « pour savoir cela », qu'en attendait-il? Pour qui l'avait-il faite : pour la voix d'Ortensia, ou pour elle? Pour découvrir, justement, le nœud, l'attache, le joint secret, l'articulation exacte de sa gorge et de son être? Et lorsqu'il le lui a dit, qu'a-t-elle compris? Que le morceau serait difficile à chanter? Le regard qu'ils se sont jeté à cet instant, j'ai cru y lire un défi : mais je ne sais pas trop ce que cela veut dire. Un défi, cela peut être : « je les aurai, tes doubles-croches », ou bien : « je t'aurai ». Mais je suis sûr qu'Ortensia n'a pas pensé cela. Pas encore.

À la leçon du lendemain, elle a chanté la cantate, et il n'a presque rien dit que les petites choses ordinaires, avec le langage déférent qu'on avait alors :

— Prenez garde, Signorina, à cette tierce majeure : il est difficile de l'intoner juste.

et :

— Il serait préférable, Signorina, de faire ici un *passaggio*.

et encore :

— Veuillez remarquer, Signorina, la courbe de cette phrase. Il convient de la chanter d'un seul tenant, il faut vous projeter dedans en visant la dernière note, comme si vous étiez un écureuil qui calcule son élan et le proportionne à la distance de la branche sur laquelle il se prépare à bondir.

J'aime bien la manière dont les maîtres de chant racontent des histoires pour faire comprendre ce qu'ils veulent qu'on fasse avec sa voix.

Mais je ne vous l'avais pas encore fait remarquer : Ortensia, aujourd'hui, s'est placée derrière Sandro et non pas, comme les autres jours, dans la hanche courbe du clavecin. Il ne peut pas la voir, non plus que l'abbé. On dirait qu'elle a voulu chanter pour elle-même, hors des regards ; et, comme elle l'a apprise par cœur, elle a gardé les yeux fermés pendant presque toute la durée de la cantate.

Le silence qui suit la dernière et longue note est

bien étrange. Personne ne bouge. L'abbé a laissé pendre son archet au bout de son bras ; il regarde Sandro, avec un léger sourire : il est heureux, certainement, de cette belle musique, et il serait prêt à le dire avec chaleur si on le lui demandait, et à complimenter Ortensia. Mais Sandro ne bouge pas et ne dit rien. Ortensia a rouvert les yeux après le dernier accord, puis les a refermés : elle attend. Elle est repliée en elle-même, avec tant de force qu'on dirait que son visage a soudain maigri, et que ses yeux se sont cernés.

C'est alors que Sandro, sans se retourner, dit avec brusquerie :

— Nous allons chanter le duo du Signor Claudio.

Aussitôt, il frappe sur son clavier une espèce de berceuse en forme de prélude. Il n'a pas besoin de partition, elle non plus : ils la savent par cœur. Ce n'est pas la première fois qu'ils la chantent, ni d'ailleurs qu'ils interprètent un duo. Ils l'ont fait souvent ; et comme tous les duos sont d'amour, et que tous les compositeurs qui écrivent un duo d'amour le font dans le but de faire frissonner ceux qui écoutent, il y a eu d'étranges moments dans la galerie du palais Grimani, où des effluves tendres passaient sous la voûte peuplée d'amours, de nymphes, d'Échos, de Lédas, d'Aréthuses, de Niobés, de Daphnis et d'Aristées.

Mais ce soir, c'est bien autre chose, et je crois que

toute la tension accumulée dans leur silence est en train de se dénouer d'un seul coup. Tout va aller très vite, maintenant. Sandro ne regarde pas son clavier, ses doigts frappent les notes et ses yeux se promènent au-dessus du pupitre, sous le triangle du couvercle incliné, au bout de la galerie, ou plus loin, ou nulle part. Ortensia, si elle avait les yeux ouverts, ne verrait que son dos, le col de son habit, sa petite perruque courte et bouclée. Ils ne se voient pas, ne se touchent pas, et la musique qu'a écrite Monteverdi fait que leurs deux voix se croisent, se tressent, se chevauchent, s'éloignent l'une et l'autre l'espace de trois notes pour se précipiter à nouveau l'une vers l'autre et se coller l'une à l'autre. Elles sont dans l'air comme deux danseurs sans corps, légers, légers, qui s'approchent avec une sorte de mollesse, s'effleurent et se repoussent sans s'être touchés : et en effet le buste d'Ortensia esquisse une danse imperceptible, il ondule au rythme de la pulsation tendre de cette musique amoureuse. Sandro, sans la voir, épouse cette sorte de berceuse qu'il ne sent que par la vibration de la voix, derrière lui, et il la suit. Aucun d'eux ne sait ce qui se passe : c'est la musique qui fait tout, mais il suffirait d'un incident pour qu'ils en prennent conscience. Et justement, Monteverdi se prépare à le leur fournir. Tout d'un coup, il détache les deux voix l'une de l'autre, les éloigne, et les fait se répondre, une fois, deux fois, trois fois :

Pur ti miro, pur ti godo...

Il leur fait se passer et se repasser les mots, il organise des feintes, des esquives, des ripostes, des parades :

Pur ti stringo, pur t'annodo...

Une seconde, c'est comme si la voix d'Ortensia esquissait un pas de pavane, s'offrait de la manière la plus impudique, pour s'effacer à l'instant où la voix de Sandro allait la saisir. Puis la musique les précipite de nouveau l'une vers l'autre et de nouveau les mêle dans une subtile, voluptueuse et presque lascive dissonance, avant de les réunir, après le frisson. Quelle musique... A-t-on jamais mimé l'amour comme a su faire celle de ce temps-là, et comme Monteverdi vient de le faire dans ce duo de Néron et de Poppée ?

Ils se sont tus.

Alors, dans un souffle, on entend Ortensia :

— Stradella, emmène-moi.

Et elle répète :

— Emmène-moi.

Il ne se retourne pas. Il regarde toujours loin devant lui, et tout à coup, sans bouger :

— L'abbé, qu'est-ce que je réponds ?

L'abbé tousse, pose son archet sur son pupitre, remue les pieds, et se lance, d'un air faussement enjoué, pour cacher son trouble.

— Mon habit m'interdit de répondre oui. Alors je me tais.

Stradella, à mi-voix, comme se parlant à lui-même :

— Dans trois jours. Le temps de...

Il ne peut pas finir. Brusquement, elle fait un pas derrière lui, s'accroche à lui, cache son visage dans son cou. De la main, sans se retourner, il lui caresse les cheveux.

— J'écrirai pour toi des musiques qui feront trembler d'amour ceux qui les entendront. Ils sécheront de désir.

L'un des privilèges du romancier, c'est de pouvoir jouer avec le temps, sans règle ni loi. Tout est permis à son caprice : il l'allonge, ou le resserre et le contracte. Il brûle les étapes, et deux pages plus loin, se remet à flâner. Quand il trouve le temps long et s'ennuie (il prétend alors que le lecteur va s'ennuyer), tout à coup il s'arrête, et sans autre explication, il vous écrit, à vous, lecteur : « Cinq ans passèrent sans qu'aucun événement marquât dans l'existence d'Eugénie... » ou bien : « Six mois après cet événement, Derville, qui n'entendait plus parler ni du colonel Chabert ni de la comtesse Ferrand... » ou : « Il y avait un grand mois que je n'avais vu Madeleine... » ou encore : « Trois jours après, je quittai les Trembles en compagnie de Mme Ceyssac et d'Augustin... » Trois jours, un mois, six mois, cinq ans... Quelle désinvolture ! Est-ce là une manière de traiter notre maître à tous, le temps, que de le découper ainsi en rondelles dont on subtilise quelques-unes avec autant d'arbitraire que de légèreté ? D'autres fois, sans plus de raison, le romancier le déploie, il l'étale, le distend, l'enfle, le boursoufle, et il lui faut alors cinquante pages pour rendre compte d'une chiquenaude, avant de conclure sans honte : « Toute cette aventure n'avait pas duré une minute ; les blessures de Fabrice n'étaient rien... »

Mais ne croyez pas qu'il s'en tire à si bon compte. Il existe en littérature une justice immanente ; il faut payer tôt ou tard. Le malheureux romancier, qui a ainsi joué avec le temps qui passe, lorsque le moment est venu où il lui faut se promener dans l'espace, que de peines, que de fatigues, incapable qu'il est de faire comprendre sans lourdeur et maladresse à ses lecteurs que deux choses se passent en même temps mais dans des lieux différents... « Tandis que Stepan Arkadiévitch allait à Pétersbourg, Dolly se rendait à Pokrovskoié... » ou : « Pendant que Fabrice était à la chasse de l'amour dans un village près de Parme, le fiscal général Rassi, qui ne le savait pas si près de lui... » ou : « Pendant que Leuwen recevait de son père ses premières leçons de sens commun, voici ce qui se passait à Nancy... » Impossible d'échapper à « pendant que » et à « tandis que... ».

Comme j'envie les cinéastes ! Deux séquences de dix secondes et, passez muscade, nous avons vu la belle dans les bras de l'amant et le jaloux qui monte l'escalier : expliquez-moi par quel mystère le « pendant que » est inutile. Mais tout se paie, disais-je, et même avec intérêts composés : si l'espace fait aux cinéastes le cadeau gracieux, qu'il ne fait pas aux romanciers, de sa plasticité, le temps à l'inverse les laisse bien penauds, obligés qu'ils sont d'inscrire en toutes lettres sur l'écran « Deux ans plus tard » ou « Cinq ans ont passé », parce qu'ils sont incapables de le montrer. Étrange, n'est-il pas vrai ? Le roman dispose du temps, mais pas de l'espace ; et le cinéma qui se joue de l'espace ne sait comment composer avec le temps...

Pour moi, vous me voyez assez tenté de jouer double jeu. Je vais donc tricher double : je prétends vous faire naviguer dans le temps et dans l'espace comme il me plaît et au rythme qu'il me plaira. Vous avez bien noté que je viens de laisser filer les six semaines où Sandro, chaque jour à quatre heures, est venu s'asseoir derrière son clavecin à côté de l'abbé ; où Ortensia est entrée, les yeux baissés, précédée du valet Zanni, a fait sa révérence, ses vocalises, et puis chanté son air. J'ai ainsi négligé de vous décrire, ou au moins de vous suggérer, la progression insensible du désir, chaque jour plus dense, comme un parfum pénétrant par bouffées, qui flottait dans l'air entre eux, autour d'eux, oppressant, puis étouffant, puis suffocant, suivant les envolées du chant d'Ortensia et les dissonances acides ou voluptueuses que glissait Sandro dans l'accompagnement, jusqu'à ce dernier après-midi où elle a tout à coup brisé son chant pour interpeller Sandro avec les mots de sa gorge au lieu des notes de sa partition, et gémir à son oreille : « Emmène-moi, Stradella, emmène-moi... » Bien entendu, je l'ai fait exprès. Ai-je abusé de mon privilège ? Est-ce que je continue à en abuser en vous suggérant maintenant ce que je ne vous ai pas raconté tout à l'heure ? Je vais aggraver mon cas : après avoir joué avec le temps, je vais vous demander de faire ricocher votre imagination comme une balle de tennis dans l'espace qui sépare le Grand Canal du rio dei Mendicanti et du Fondamenta Nuove. Ici, le grand salon où le Sénateur attend avec ses invités le concert qui n'aura pas lieu et frappe les bras de son fauteuil avec nervosité (mais pas encore avec impatience, le malheureux...). Là-bas, l'étroit canal coupé de petits ponts où avance doucement cette gondole dans laquelle est assis Sandro en cape noire et masqué de velours, avec, à ses côtés, pelotonnée contre lui, Ortensia habillée en garçon, un masque aussi sur les yeux et un petit tricorne sur la tête. Je voudrais vous épargner les fatigants « pendant que » et « tandis que » : il suffira que vous sachiez qu'ici et là-bas (ou là-bas et ici, comme vous voudrez vous placer) tout s'emboîte et se poursuit de minute en minute, dans la plus exacte concordance.

Là-bas, dans le grand escalier du palais Grimani, illuminé de torchères et de flambeaux que tiennent des laquais debout de marche en marche, on peut voir monter une dame en grand manteau noir, tricorne et masque blanc à la vénitienne, qui vient de quitter sa gondole au bras d'un homme également masqué. On comprend, en la suivant des yeux, quelle finesse, quelle malice recèle le domino vénitien sur un visage de femme. Est-elle jolie ? Vous n'en savez rien et vous êtes obligé de l'imaginer. A-t-elle de beaux yeux ? Il faut vous approcher pour le savoir : et nécessairement, alors, ils seront beaux, vivants et brillants dans les interstices de son masque. Celle-ci monte un escalier : quoi de plus difficile à faire avec grâce (descendre, c'est autre chose, comme on sait) ? Ainsi, tout ce qu'on ne peut voir sur son visage se réfugie dans le mouvement de sa main gauche, qui tient un pan de sa robe, de sa main droite qu'elle tend à son cavalier, et de son pas. Et cette femme, que nous sommes bien obligés de croire belle, rit aux éclats à ce que lui murmure le gentilhomme qui tient sa main :

— Je vous jure, Signorina, que si la chanteuse favorite du Sénateur Grimani se permet un bémol de trop...

Elle le coupe :

— Deux bémols, carissimo. Accordez-lui deux bémols. D'ailleurs vous n'oseriez pas siffler dans ce palais comme vous le faites au théâtre...

Ici, sur le canal qui reflète par petites vagues la lumière rosée et renvoie sur les masques blancs des lueurs douces, Ortensia a mis sa main sur la poitrine de Sandro et blotti sa tête contre son épaule. Son tricorne s'est mis de travers. Sandro la repousse doucement et fait « chut ». Derrière eux, le gondolier, qui en a vu d'autres, rit tout seul. Mais voici qu'en se penchant pour pousser la longue rame, tout à coup il remarque une plus grande gondole, à quatre rameurs, qui les rattrape.

— La police, Excellence...

Sandro se retourne.

— Cette gondole, Excellence, porte la flamme rouge de la police de la lagune.

On n'a pas le temps de réfléchir, dans ces cas-là. Sandro regarde venir la gondole officielle, où déjà on aperçoit, debout à la poupe, un officier en justaucorps rouge. Mais vous-même, j'en suis certain, vous n'avez pas eu la présence d'esprit de mesurer l'invraisemblance que je viens en apparence de commettre. Au palais Grimani, tout le monde attend. On vient à peine d'entrevoir, traversant les rangs des invités, le majordome qui porte la nouvelle dont dans quelques secondes il va assommer le Sénateur : Ortensia a disparu. Comment se peut-il qu'on ne sache encore rien au palais, et que déjà la police soit aux trousses des fugitifs ? Mais vous n'avez pas encore eu le temps de vous poser cette question ; il est donc inutile que j'y réponde pour l'instant. Déjà, le gondolier a mis en panne : un homme de sa corporation ne désobéit pas à la police. La grande gondole s'avance bord à bord et l'officier s'adresse aussitôt à Sandro par-dessus le bordage :

— Qui êtes-vous ?

Sandro, pâle et raide :

— Alessandro Stradella, musicien.

— Où allez-vous ?

— À Mestre et de là, à Padoue.

— Veuillez me montrer votre passeport.

Sandro sort de sa poche la lettre qu'une fois de plus il a payée fort cher. L'officier la déplie d'un petit mouvement sec des doigts. Il dévisage Sandro comme s'il pouvait percer du regard le masque qui le couvre. Il jette sur le papier un bref coup d'œil distrait, presque sans cesser de fixer Sandro ; puis ses yeux se tournent vers Ortensia :

— Qui est ce jeune homme ?

— Mon copiste de musique.

— Comment se nomme-t-il ?

Peut-on improviser, quand on est ainsi dévisagé par un officier de police en justaucorps rouge ? Mais voici qu'après trois secondes une esquisse de sourire adoucit les lèvres de cet homme, qui semble tout à coup s'amuser. Il murmure :

— Il se nomme Ortensia, Monsieur.

Sa voix est extraordinairement grave, avec une sorte de percussion sur chaque syllabe, comme si sa langue frappait au fond de sa gorge un minuscule tambour. Il prononce « Ortensia Monsieur » sans pause ni virgule, jetant les mots par blocs.

— Nous savons tout Monsieur. Vous devez savoir que la Sérénissime République dispose de la police la mieux faite du monde. Mais aussi la plus intelligente, car elle sait quand il convient de fermer les yeux.

Son sourire est maintenant délibéré. Il s'amuse beaucoup.

— Monsieur, la Sérénissime vous sait gré de ce que vous faites et de lui épargner ainsi ce soir le scandale de ce concert public. Ma mission n'était que de m'assurer de votre départ. Allez, Monsieur, et ne revenez pas. Ni ce jeune homme.

Et il se détourne.

Là-bas, au palais Grimani, l'abbé garde le nez penché vers sa partition, comme nous l'avons si souvent vu faire, quand il ne voulait pas voir. Lui aussi sait. Au fait, ne serait-ce pas lui qui... Ah! traître! Le Sénateur pianote toujours sur le bras de son fauteuil, la tête contre le haut dossier, le regard fixé sur l'immense bouquet qu'il avait fait placer à côté du clavecin. Les valets circulent, portant des plateaux couverts de fruits, de petits gâteaux et de verres remplis de vin doré. Au fond de la salle, on entend fuser un rire de femme. Le Sénateur sursaute. Et pendant ce temps, le majordome en perruque blanche a fini de traverser les rangs des invités : le voici qui s'approche sans bruit du fauteuil du Sénateur, se baisse vers lui et lui murmure quelque chose à l'oreille.

Voilà : c'est l'instant.

Le Sénateur a lentement fait tourner la mécanique de sa tête. Sa bouche fait une grimace involontaire : comme vous le savez, c'est le signe, le seul signe possible par lequel se puisse trahir le coup de poignard qu'il vient de recevoir. Le majordome s'est redressé, il reste debout auprès du fauteuil, la main gantée sur le haut du dossier. Quelques assistants ont cru remarquer quelque chose ; ils se sont tus et regardent. Le temps passe. Le Sénateur ne bouge pas. Puis le même rire de femme que nous avions entendu lance en l'air ses petites fusées, et tout le corps du Sénateur, depuis sa main crispée sur le fauteuil, jusqu'à sa bouche toujours tirée vers la joue par un rictus, tout tressaille et tremble : il se lève et se retourne lentement, d'un bloc, vers l'assistance.

— Que Vos Excellences Illustrissimes veuillent bien me pardonner...

C'est incroyable : de nouveau, sur son visage, plus une faille. Dans sa voix, pas un tremblement. Mais cela ne dure pas au-delà de quelques secondes :

— On m'annonce que la Signorina Ortensia ne...

Cette fois, il est cassé. Il ne peut pas aller plus loin. Mais si : il se reprend, il fait un incroyable effort.

— La Signorina Ortensia... a ressenti...

Et puis voyez : son regard errant au-dessus des têtes vient de se fixer sur les miroirs qui tapissent le fond de la salle, de grands miroirs comme on n'en fait qu'à Venise. Probablement s'y est-il vu. Peut-être y a-t-il saisi sur son visage les marques de sa rage, ou bien, pis, dix fois pis : sur ses épaules, sur sa perruque, sur toute sa personne, celles de son ridicule. Une seconde pour encaisser ce *nouveau coup*, et aussitôt sa voix se raffermit.

— ... si fortement l'honneur de chanter devant une si auguste assistance qu'elle vient, me dit-on, d'éprouver un malaise.

Un murmure s'élève dans l'assistance et retombe aussitôt, car personne ne veut perdre un mot de la suite.

— J'ai fait mander les médecins et j'espère... C'est une émotion si forte pour une jeune chanteuse... que de se produire pour la première fois devant un public si éclairé et si profondément connaisseur de l'art musical...

Sincèrement, j'admire cet homme. Seriez-vous capable de prendre sur vous à ce point, et de bâtir des phrases quand tout tremble au fond de vous-même, que tout se détraque ? Moi pas.

— Dans un instant, j'aurai l'honneur d'offrir à Vos Excellences Illustrissimes le plaisir d'une comédie *all'improvisto* et j'espère que, si Vos Excellences Illustrissimes...

Le reste se perd dans le brouhaha. Je redoute

d'entendre à nouveau ce rire de femme : y résisterait-il ?

Sur le canal, l'officier en justaucorps rouge était sur le point de faire signe à ses rameurs, quand il se retourne comme si une idée venait de lui traverser l'esprit. Il murmure à Sandro :

— Si vous voulez bien prêter quelque attention à mes paroles, vous saurez, Monsieur, qu'il serait peu sage de vous diriger vers Padoue. Vous y feriez de mauvaises rencontres, tout autant qu'à Ferrare, à Trévise ou à Vicence. On va partout vous précéder, Monsieur : de peu, mais assez. Évitez donc les villes et les grandes routes.

Et, baissant la voix avec un sourire :

— C'est là le conseil que vous donne la police de la République, afin de n'avoir plus à être occupée de vous. Je vous salue, Monsieur.

Il faut croire que je ne parviendrai pas à écrire le roman de cape et d'épée que je vous avais annoncé en commençant : chaque fois que mon récit s'achemine, fût-ce de loin, vers une escarmouche ou une échauffourée, il prend la tangente et esquive la mêlée. Mais avouez tout de même que, cette fois-ci, je vous ai surpris. Auriez-vous cru que la police la plus sévère qui fût en ce temps-là pouvait prendre soin elle-même de la sauvegarde des fuyards ? La police, à Venise, est la plus redoutable du monde, l'officier a raison. Elle sait tout. Rien ne lui échappe. Tout se juge à huis clos, et sans appel. Elle a inventé ce qu'aucune police au monde n'avait su faire : des petites boîtes aux lettres en forme de gueules de lions, où n'importe qui peut déposer un billet anonyme sur n'importe quoi. Mais c'est aussi la plus souple, à proportion qu'elle est plus secrète. On ne juge pas selon la loi, mais selon l'intérêt de la République : et quand quelqu'un dérange, plutôt que de le mettre en prison ou de lui couper la tête, quoi de plus sage, en effet, que de l'aider à s'en aller ? Mais qui donc a pu dénoncer Sandro ? Est-ce l'abbé ? Il est seul à avoir pu deviner, au long des six semaines de leçons de chant, et à avoir entendu « Stradella, emmène-moi ». Pourtant, je ne crois pas. Il n'y a qu'à voir la tête qu'il fait en ce moment, tout seul à côté du clavecin, feuilletant ses partitions comme il a fait sans cesse chaque fois qu'il était embarrassé, c'est-à-dire tous les après-midi. Je ne le crois pas à cause de son sourire quand il a dit, souvenez-vous : « Alors, je me tais. » Serait-ce un laquais qui a trahi ? Le garçon de bibliothèque ? Ma foi, je n'en sais rien. D'ailleurs, cela n'a pas d'importance.

Sandro a fort bien compris l'avis de l'officier en justaucorps rouge. Non seulement il n'a pas pris la direction de Padoue, mais il s'est gardé d'aller jusqu'à Mestre. Sur le conseil du gondolier, qui de nouveau riait tout seul chaque fois qu'Ortensia posait la tête contre l'épaule de Sandro, ils ont abordé à San Giuliano, un petit village de pêcheurs, de passeurs, de trafiqueurs et de maltôtiers. Il s'y trouve aussi un maquignon qui loue, échange et vend des chevaux à ceux qui prennent pied sur la terre ferme : car vous imaginez bien qu'à Venise on ne trouvait pas plus de chevaux au XVIIᵉ siècle que de voitures aujourd'hui, et pour la même raison. Ce maquignon attend son monde assis devant son écurie, et surveille de sa chaise le trafic des gondoles et des barques : si l'une approche, c'est qu'elle amène un client. Il la voit venir de loin, et bien avant qu'elle n'ait touché terre, il sait à qui il a affaire : riche ou pauvre, marchand ou chapelain. Il sait aussi qu'un sur dix au moins des voyageurs qui s'adressent à lui a des raisons de partir qui valent qu'on songe à en tirer quelque profit. Il a une manière particulière de regarder à droite et à gauche, mais pas en face, tandis qu'il pose des questions qui ont l'air serviables et professionnelles.

— Si Votre Excellence souhaite des bêtes rapides, je peux lui en proposer, que je vais lui montrer. Mais je crains que le jeune gentilhomme n'ait pas l'habitude de monter de telles bêtes.

Bien entendu, il ne regarde pas Ortensia : ses petits yeux tournent autour d'elle, tandis qu'il formule poliment des suggestions prévenantes afin, je

112

le suppose, d'apprendre encore quelques petites choses sans les avoir demandées :

— Ne vaudrait-il pas mieux des montures plus paisibles, avec lesquelles nul accident ne serait à craindre ? Je proposerai dans ce cas à Vos Seigneuries ce cheval-ci, une bête aimable et douce, et celui-là. Vos Seigneuries pensent-elles se diriger vers la montagne ? Il faudrait alors...

Il en fait trop. Sandro erre parmi les boxes, regarde et flatte les chevaux, et rit tout seul en lançant de fausses pistes dont il sait bien qu'elles seront ainsi comprises. À bon entendeur, bon menteur.

— Nous allons vers Vicence, et de là à Crémone. Donnez-nous des bêtes solides, capables de longues étapes. Je paierai ce qu'il faut.

Mais il est bien vrai que lorsque vient le moment de hisser sur le dos du cheval le jeune gentilhomme Ortensia qui n'en a jamais approché de sa vie, elle pousse de petits cris de terreur qui font trembler Sandro et qui ont le don de rendre plus pensif encore le maquignon. Il a déjà doublé le prix, mais se demande en la voyant s'il n'aurait pas dû exiger davantage. Il regarde Ortensia s'éloigner d'un air mécontent. Que pouvait-il gagner qu'il n'ait pas demandé ? Et que pourrait-il gagner encore, s'il n'est pas trop tard ?

Le cabinet de travail du Sénateur est toujours aussi harmonieux, beau et noble, avec son petit

tableau de Véronèse et ses objets précieux. Le Sénateur, de nouveau assis dans son vaste fauteuil en
tapisserie de Florence, est impassible. On dirait que
le désarroi, la colère, l'humiliation, tout ce qui, il y a
un moment à peine, figeait ses traits et pinçait sa
bouche, s'est maintenant apaisé. Que ces gens,
habitués par leur rang ou leur fonction à maîtriser
non pas leurs sentiments, mais l'expression de leurs
sentiments, sont difficiles et imprévisibles... C'est
fatigant. Comment imaginer le bouillonnement de
haine et de folie, la marmite de bile effervescente
qui roule et fermente derrière ce visage calme?
C'est seulement tout à l'heure, à mesure qu'il par-
lera et que les mots, en se tirant les uns les autres, se
mettront à lui échapper, c'est seulement alors que
nous pourrons commencer à mesurer l'angoisse,
l'espèce de terreur née du vide (un vertige justement) qui est apparue chez cet homme, non pas de
la trahison, ne croyez pas cela, non pas de l'infidé-
lité, mais de l'humiliation publique. Considérez cet
enchaînement tragique. Cet homme, qui n'est pas
mauvais, ni méchant, mais qui ressent si profondément, au cœur de sa splendeur, cette faille secrète
de timidité, de précarité, d'irrésolution, de mollesse,
peut-être d'essentielle médiocrité, cet homme se
console par la possession d'un unique joyau : Ortensia. Elle est comme une rivière de diamants au cou
d'une femme maigre qu'obsède la pensée de sa poitrine creuse et de ses seins flasques : elle le rachète

d'un coup de toutes ses faiblesses ; et pour mieux se racheter lui-même aux yeux du monde, il a décidé de la faire voir et, contre toutes les lois de la bienséance, de la faire entendre de tous, dans son propre palais, et de la faire ainsi admirer par tous ceux auprès de qui il lui est arrivé de se sentir médiocre, faible ou coupable. Ortensia n'est pas seulement son orgueil et sa vanité : elle est son salut, son rachat, sa rédemption à la fois publique et secrète. Elle est en train de le précipiter aux Enfers.

Oui, pardonnez-moi : j'ai pitié du Sénateur, et je redoute les sottises qu'il va proférer tout à l'heure.

Debout à côté de lui, la main posée sur le dossier du fauteuil, se tient un jeune homme qui nous intrigue dès le premier regard. Il porte beau, il est élégamment vêtu, quoique sans l'ostentation propre à un patricien de grande famille vénitienne. Qu'est-ce qui nous trouble sur son visage ? Qu'est-ce qui nous gêne ? Il n'a rien qui soit désagréable : le nez est fin, la bouche... Les yeux... Tiens... Ils ont exactement la couleur de ceux d'Ortensia : vert, gris-vert, lagune... Vous avez gagné : c'est son frère.

Face à eux, cinq ou six personnages se serrent au fond du cabinet, dans un curieux mélange. Deux d'entre eux pourraient avoir l'air de spadassins, genre capitaine Fracasse, mais à l'italienne. Ils sont armés, portent l'épée au côté et un poignard à la ceinture. Un autre pourrait être un marchand, avec sa toque noire et son manteau. Deux autres ont l'air louche, mal vêtus et le regard faux. Le Sénateur tapote toujours avec nervosité le bras de son fauteuil.

À la porte, deux autres hommes s'avancent en murmurant :

— Ne t'inquiète pas.

— Je ne m'inquiète pas. Puisque c'est toi qui me le proposes, c'est que...

— Tais-toi. Entre.

Ils se placent au fond du cabinet, sans saluer les autres personnages présents.

Le Sénateur brise le silence et se tourne vers le frère d'Ortensia.

— Est-ce tout, Seigneur Torcello ?

— J'en attends encore deux ou trois, Votre Seigneurie.

— Sont-ce des gens sûrs ?

— J'en réponds à Votre Seigneurie. Ils seront muets.

Deux hommes entrent encore, en ôtant leur masque et portant leur manteau sur le bras.

— Messieurs, je vous ai fait venir ici, en la présence du Seigneur Torcello, qui est mon ami, et à qui l'on a fait une inexpiable offense.

Mouvement de tête de Torcello.

— Une offense si grave et si préjudiciable à son honneur et à la réputation de sa noble famille, que j'ai voulu, par amour pour lui, contribuer à sa juste vengeance. Elle est le fait d'un infâme et d'un suborneur, détestable et parjure, sur la personne de sa propre sœur. Cette demoiselle, belle et parée de toutes les éminentes qualités de l'âme et de l'esprit...

L'un des hommes, au fond, lance un bref coup d'œil à son voisin : nous y voilà...

— ... a été honteusement abusée et enlevée, oui, messieurs, enlevée, par le fait d'un musicien ignoble et licencieux ; enlevée, dis-je, fait auquel je suis d'autant plus naturellement sensible que cette demoiselle, la Signorina Ortensia, était ma protégée à cause de la qualité de son art, et qu'elle avait reçu de moi éducation, fortune et joyaux...

Je vous l'avais prédit : il commence à se trahir. J'admirais jusqu'à présent qu'un homme pût maîtriser ses phrases et ses mots, c'est-à-dire se maîtriser lui-même, avec autant de rigueur. Pour un homme de ce temps-là, ces expressions harmonieuses et ces périodes oratoires sont presque un langage automatique : mais les mots sont comme l'eau qui court, elle entraîne tout.

— Messieurs, cela crie vengeance, et je vous ai réunis afin que vous m'aidassiez à retrouver ce fourbe, ce séducteur...

Lorsqu'on a chevauché depuis Venise en tirant vers le nord, comme l'ont fait, tendus et raides d'angoisse, Ortensia et Sandro, on vient brutalement se cogner à la montagne, qu'on voit surgir de la plaine devant soi, comme un mur. La route commence alors son escalade en serpentant vers Asolo, si abrupte et si escarpée qu'on ne résiste pas au bout d'un court moment à l'envie de s'arrêter et de se retourner, tellement forte est la sensation, derrière son dos, d'avoir quitté un monde. On se redit deux ou trois fois : « Attends encore un peu, ce sera plus étonnant dans trois minutes, quand tu seras arrivé à ce cabanon que tu entrevois à droite, au-delà du tournant, sous le figuier... », mais malgré soi on tourne la tête et on demeure le souffle coupé. Jusqu'au fond, jusqu'au bout, jusqu'à l'horizon indistinct dans la brume fine, toute la plaine est là, bleu tendre et gris argent, ciselée de canaux brillants, tout entière offerte, qu'on saisit du regard comme quelque chose qu'on tiendrait dans la main. On a beau être en fuite, même si depuis des heures on rentre la tête dans les épaules en imaginant derrière soi les cinq ou six cavaliers le pistolet à la main et le poignard à la ceinture, on arrête son cheval et on regarde. On n'ose parler. Sandro ne dit rien ; il fait venir sa monture au flanc de celle d'Ortensia et, sans un mot, prend sa main et la baise. C'est le premier geste tendre qu'il ose depuis le matin : et tous deux restent ainsi, le regard perdu dans le brouillard doré par le couchant qui leur cache Venise, tout au fond, à gauche.

Ce qu'ils ne savent ni l'un ni l'autre, c'est qu'ils ne se sont pas arrêtés tout à fait par hasard à cet endroit précis. C'est à peine s'ils ont pris garde au bruit léger qui leur parvient d'un peu plus haut dans la montagne. Ils l'ont entendu, oui, certainement ; mais ils n'y ont pas encore prêté attention, car on ne le distingue pas encore bien clairement : une musique, dirait-on. Cela passe par bouffées, avec le vent. Ils n'y songeront que dans un moment, après avoir repris leur chemin, imprudemment la main dans la main. Alors le bruit des voix se précisera : c'est bien un chant. Il s'en détachera même le son d'un violon. Ils se regarderont avec surprise. Le hasard fait bien les choses, et il faut croire qu'il n'est pas utile qu'aux romanciers. Jugez vous-même. Il se trouve qu'à l'entrée du village d'Asolo dont ils s'approchent est située l'auberge, et qu'elle est fort vaste, à cause du nombre des visiteurs qui, au siècle précédent, venaient faire leur cour à la reine de Chypre Catherine Carnaro, qui avait établi sa résidence dans cet endroit sauvage et y réunissait des poètes, des peintres et des musiciens. Or, une auberge, Sandro en a le souci depuis longtemps, à mesure qu'il voit la fatigue tendre le visage d'Ortensia qui encaisse mal les pas de son cheval. Et depuis aussi longtemps, Sandro s'interroge : une auberge, est-ce prudent ? Mais où dormir ? Où laisser reposer le pauvre dos d'Ortensia ? À mesure qu'ils approchent, les éclats de voix, les chants, le violon, la guitare se précisent et même, depuis quelques instants, à travers les arbres, des lumières, dans le soir tombant.

Dix pas les séparent encore de la ligne de cyprès qui cachait la façade de l'auberge ; et alors se produit le petit chef-d'œuvre que réservait le hasard. Lorsqu'elle apparaît, la grande maison ocre percée d'arcades semble osciller. Elle flotte dans l'air. Les arbres, les cyprès et les mûriers tanguent et roulent. Sous les combles du toit, sur la terrasse, le linge qui sèche ondoie et vole. Est-ce le vent ? Ou bien la maison danse-t-elle aussi au rythme du violon ? Deux pas encore et l'on découvre le maître de danse qui fait mouvoir les arbres et les murs : c'est un immense feu, au milieu de la cour, autour duquel évolue une ronde de paysans et de paysannes. Sandro éclate d'un grand rire : une fête de village ?

C'est ce qu'il leur faut. Ce n'est pas au milieu des danseurs qu'on pensera à les chercher. De joie, il éperonne son cheval ; l'autre bête suit et voilà Ortensia désarçonnée qui tombe sur les cailloux du chemin en poussant un cri. Sandro saute à terre, se baisse pour la relever, la prend dans ses bras et voici, tout danger oublié, ce qui va être leur première étreinte. Mais non : déjà trois ou quatre paysans accourent. On la relève. On la porte. Dieu merci, ce n'est rien : c'est à peine si le gentil cavalier boite légèrement de la jambe droite...

Sandro demande à parler au maître. On les fait entrer dans la grande salle de l'auberge et là, croyez-moi, c'est l'enfer.

Je me suis souvent demandé pourquoi les peintres italiens ne s'étaient jamais intéressés à de semblables scènes. Ce qu'il faut à un Florentin, à un Lombard, et même à un Napolitain frotté d'Espagne, ce sont des sujets à faire rêver. Il leur faut des héros dont les toges, les tuniques et les panaches s'envolent au vent, des belles entourées de petits amours roses, des Didons, des Cléopâtres, ou bien alors des saintes en pâmoison, des Vierges aux drapés bleus cernés d'anges blonds. À l'exception du génial Caravage qui transfigure tout ce qu'il touche et construit des épopées avec des souillons et des guenilles, la vie ordinaire n'intéresse pas ces Italiens ; et quand ils se penchent sur elle, comme à Venise ce brave Longhi, ils sont ternes et maladroits. Un Italien de ce temps-là ne sait pas ordonner une fête de l'œil avec du quotidien. Pour peindre la scène que je voudrais, dans cette auberge de ripaille où viennent de pénétrer Sandro et Ortensia, il me faudrait inventer je ne sais quel Allemand ou Flamand curieux de tripots, qui aurait été exilé à Venise et qui ne saurait pas faire la différence entre le barouf à Chioggia et la kermesse de Gershenkirchen. On l'aurait aussitôt surnommé « Mathias il Tedesco » ou « Giovanni di Delft » et il aurait su, lui, peindre la grande salle de l'auberge d'Asolo mieux que n'importe quel peintre italien et bien mieux que je ne saurais la décrire.

C'est une vaste caverne sombre au fond de laquelle un brasier envoie dans tous les coins des flamboiements et des éclats et où une douzaine de diables s'affairent à contre-jour, léchés eux aussi par des incandescences et des feux follets. On s'y croirait, si l'on ne s'avisait que tous ces diables sont femelles, jeunes et vieilles, qui raclent, lardent, brident, troussent, hachent, portent des pots et des marmites, que les trois vieilles Parques que l'on aperçoit dans un coin, à la limite de l'ombre, sont occupées à plumer je ne sais quels oiseaux dont les duvets s'envolent autour d'elles, et que la fournaise elle-même crépite de la graisse qui dégoutte d'un énorme cochon sauvage des montagnes, de trois ou quatre chevreaux embrochés et de chapelets de volailles. Le bruit est lui aussi d'enfer, féminin et haut perché, et il redouble lorsque Sandro paraît et demande l'hôte.

— Paron Toni! Paron Toni! Vegni quà, Paron!

Cela s'augmente encore lorsque entre le gros homme, rougi par le reflet des flammes et par le vin, capable de porter trois fiasques dans chaque main. Il tangue et roule comme un bateau. Celui-là me plaît. Il rachète un peu le maquignon de San Giuliano, qui avait la roublardise triste : j'ai toujours préféré me faire rouler par un bon vivant. Pour l'instant, tout en s'avançant vers Sandro, il tâche de faire silence dans les Enfers.

— Ola! Zitto, donne! Cossa diavolo...

Mais il a aperçu Sandro dans le cadre de la porte, Ortensia près de lui, et il s'élance à travers les Enfers.

— Excellence! Excellence! Luccietta, metti zoso quien fiaschi! Ah! Excellence, quelle confusion, quelle confusion! Que puis-je faire pour Vos Excellences?

Mais le bonhomme s'esclaffe quand il entend Sandro.

— Y aurait-il à manger et à coucher pour moi et ce gentilhomme?

— Ah! Excellence, pour ce qui est de manger, voyez vous-même. Mais pour ce qui est de coucher, je suis au regret de décevoir Votre Excellence, qui me fait l'honneur d'entrer dans mon auberge. Tout est plein... Tout est plein... Au regret, Votre Excellence... Que pourrais-je faire pour contenter Votre Seigneurie ? Mais je n'ai plus rien, plus rien, je n'ai plus de place, et j'aurais honte de...

— Pas même un petit coin avec une paillasse ? Nous avons fait, ce gentilhomme et moi, une longue route, et je paierai bien.

Le gros homme est terriblement embarrassé, je le vois bien. Il en bégaie. On lit sur sa figure sa perplexité, qui naît évidemment de l'éclat du bel habit de Sandro. Du moins tout d'abord : car son regard glisse aussitôt sur celui d'Ortensia et c'est elle, assurément, qu'il considère avec le plus d'attention.

— Une longue route, Votre Excellence ?... Depuis Padoue, peut-être, ou bien depuis Venise ? Ah ! Que puis-je faire ?

C'est bien Ortensia qu'il regarde. J'ai idée qu'elle lui paraît bien frêle et bien fluette pour un cavalier. Ce n'est pas seulement la qualité des habits qu'il soupèse de ses petits yeux rieurs, c'est bien autre chose. Il cherche. Il n'a peut-être pas encore tout à fait compris, mais il flaire, il pressent, il devine qu'il n'est pas de son intérêt de laisser ces deux gentilshommes repartir dans la nuit.

— J'ai bien une grande salle avec peut-être, oui, un peu de place, en se serrant, mais j'aurais honte, Votre Excellence, j'aurais honte de recevoir Vos Seigneuries parmi les valets et les laquais des gentilshommes qui me font l'honneur de loger chez moi pour la fête de la Divine Ascension de Notre Seigneur que nous célébrons ce soir. J'aurais honte, vraiment...

— Montrez, montrez toujours, notre hôte.

L'hôte fait une moue décourageante et des petites courbettes.

— Si Vos Seigneuries voulaient me faire l'honneur de me suivre, je leur montrerais ma grande salle, mais j'ai honte, vraiment... Lucietta, apporte-moi la lanterne, presto, presto, que je conduise Leurs Excellences, ah, quel dommage que Vos Excellences ne soient pas arrivées ce matin, j'aurais eu tant de plaisir à les loger dignement, j'ai honte maintenant, vergogna, vergogna...

Et tandis qu'il précède ses hôtes dans un raide et étroit escalier voûté, il poursuit en soufflant la litanie de ses doutes et de ses hontes. Il faut dire que la surprise qui nous attend là-haut passe de loin ce que nous pouvions imaginer, et qu'elle ferait à tel point la joie de Mathias il Tedesco ou de Giovanni di Delft que j'ai vraiment envie de les faire paraître dans cette histoire. Non seulement je vois leur tableau comme s'il était là, mais je sens tout le plaisir qu'ils auraient éprouvé à contempler la scène que découvrent Sandro et Ortensia au débouché de l'escalier. Est-ce une salle? Une grange? Une halle? On ne sait où l'on est. On comprend seulement que l'une des cloisons est faite de planches à claire-voie, dont les interstices lancent partout, sur les murs, sur les poutres du toit, de grandes stries de lumière venues du feu, en bas dans la cour. Ces longues zébrures mouvantes s'agitent et ondoient, comme la danse d'un immense tigre de flammes à l'intérieur duquel on serait entré comme Jonas dans sa baleine. Dans l'ombre, près du sol, on ne distingue qu'une sorte de chaos, à peine éclairé par des flaques de lueurs renvoyée par les murs : des tas de paille, des ballots, des sacs, des fagots et, dirait-on, des corps d'hommes couchés, qui ont l'air de bouger à cause du feu mouvant, mais qui en réalité ronflent. Oui, ce sont des hommes qui dorment, la tête sur leur balluchon et leur chapeau sur la tête, des voituriers, des cochers, des valets, des vagabonds, on ne sait combien. Quelle chose incroyable et admirable que le sommeil... Mais qu'en savons-nous, nous autres, qui avons le privilège de dormir dans une chambre ? Depuis quand avons-nous ainsi accoutumé de nous isoler au moment où nous sommes faibles et impuissants, à la merci de tout ce qui passe, de tout ce qui tombe, à la merci de ce qui surgit en nous, les mauvais rêves, les voleurs et les rôdeurs ? Depuis quand ne supportons-nous plus qu'on nous voie quand nous avons fermé les yeux, qu'on nous entende quand nous vagissons, et mettons-nous entre nous et les autres hommes quatre murs et des portes fermées ? Il faut remonter bien loin dans le temps, ou bien aller fort loin dans le monde (c'est la même chose) pour retrouver des hommes qui s'assemblent pour dormir.

J'ai connu un lieu qui ressemblait à cette grange de l'auberge d'Asolo. J'y ai dormi. C'est la nuit la plus étrange qu'il m'ait été donné de vivre, celle qui m'a procuré l'incroyable sensation d'être projeté hors du temps, hors de l'histoire. C'est la nuit la plus archaïque que j'aie connue. Cela s'est passé il y a quarante-cinq ans, et j'en garde toutes les sensations et toutes les images. C'était un jour d'été, dans les montagnes rudes du bon roi Henri IV. Paraissez, Basques et Navarrais... Chaque été, je faisais alors un voyage, tout seul, sac au dos et godillots aux pieds. Je partais à la mi-juillet ; je revenais fin août. Le monde était encore naïf. Je marchais, je dormais dans des granges, je soupais dans des fermes. On invitait à la table le voyageur tardif. Je me rappelle avoir marché cinq jours, dormi à l'abri et mangé à ma faim, matin et soir, sans avoir une seule fois demandé ni à coucher ni à manger. Il suffisait de suivre au bord de la route. Le paysan arrêtait son char à bœufs, je montais sur la banne, nous disions quelques phrases pour entrer en matière et il me ramenait chez lui. C'était ainsi au temps ou Sandro et Ortensia cheminaient, ayant quitté Venise et abordant vers les montagnes sauvages des Dolomites. Ce n'était pas un temps meilleur, ni pire : meilleur en ceci, mauvais en cela ; mais c'était, lorsque j'avais vingt ans, la fin d'un âge, qui plongeait ses racines dans l'immémorial et qui disparut brusquement quand j'eus atteint la quarantaine.

Je me souviens très bien de la tête de l'homme. Elle était rêche et fruste, avec des rides comme des fissures, des sourcils buissonnants qui cachaient des yeux noirs et brillants. Il roulait les *r* comme le torrent qui longeait notre route roulait ses cailloux. Il portait à l'épaule une sorte d'outre en peau, à demi vide. Nous nous sommes installés naturellement dans les rôles que nous confiait la distribution, dans les personnages que les siècles nous imposaient : moi voyageur, donc narrateur, conteur, récitant. Je retrouvais l'office déjà oublié de mes douze ans, qui consistait à marcher au bord de la route en racontant des histoires. Puis, nous sommes arrivés à sa maison, en contrebas de la route, reliée à elle par un chemin de terre, le toit fait de ces plaques d'ardoise ou de schiste qui pèsent des tonnes et durent des siècles, qu'on appelle en Auvergne des lauses et qui doivent avoir en Navarre je ne sais quel nom remonté de la préhistoire. La femme parut sur le seuil, noire et forte autant qu'il était maigre et long. Autour d'elle, contre elle, sous elle, me regardant venir, des enfants : cinq ou six garçons, autant de filles. La nuit tombait. Nous avons mangé la soupe, j'ai raconté mes voyages. J'ai bu à l'outre, sans la toucher des lèvres, un gros vin noir et épais, mais j'ai le souvenir surtout de la goulée d'eau-de-vie qui me brûla le gosier, tandis que l'homme tenait en l'air une vessie de chèvre qu'il pressait de ses mains pour faire gicler un jet dans ma bouche.

Alors vint la nuit : et c'est à ce moment-là que je remonte bien au-delà du temps. Je supposais qu'on allait m'inviter à dormir dans la paille de la grange. J'aimais cela, le bruit, l'odeur, le picotement du foin sur les mains. Pas du tout : dans ce pays sauvage, après la soupe partagée, on m'invita à coucher aussi. Mais d'abord on chanta : le père et les garçons entonnèrent je ne sais quelle mélopée, incantation, complainte, avec des ornementations exotiques et baroques, des enluminures, des passementeries mélodiques qui ourlaient la voix et faisaient balancer les têtes. Après que la voix du père se fut tue et qu'il se fut levé, lui, les fils, la mère, les filles, et moi, nous nous sommes dirigés vers un lieu qu'il me fallut un temps pour identifier : je n'appelle pas cela chambre, ni lit ; ce n'est pas non plus un dortoir, ni une litière. Je n'ai pas de mot. Dans une salle, sur une vaste... comment dire, dois-je dire « paillasse » ? recouverte d'un drap unique, sous une couverture unique, allaient dormir le père et les garçons, tous rangés comme des cuillers dans un tiroir, et moi au bout. Dans la salle voisine, communiquant par une porte ouverte, la mère et les filles. De part et d'autre, on se déshabillait en silence, avec de brèves phrases murmurées, pas même des rires s'il me souvient bien. Puis le père a demandé si tout le monde était couché, et il a dit une prière à haute voix, à laquelle répondirent la mère, de l'autre côté, et les enfants. J'étais plongé d'un coup dans l'immobilité des siècles. Le père a soufflé la lampe à pétrole (les femmes se déshabillaient-elles dans le noir ?). J'avais les yeux ouverts, et je me demandais depuis combien de millénaires ces gens dormaient ainsi. Il me remontait des images, des paysans sortis de tableaux de Le Nain, auxquels je m'avisais que le père et la mère ressemblaient, avec leur barbe, leur fichu, leurs sabots. J'essayais d'imaginer des chaumières médiévales, et même des châteaux, où l'on dormait ainsi, les uns contre les autres pour se tenir chaud, des huttes gauloises et préhistoriques, des cavernes magdaléniennes et, mon Dieu, dois-je vous dire que je me sentais bien, et que j'ai dormi d'un trait jusqu'au matin, jusqu'au bol de lait chaud, avant de repartir au petit jour avec mon sac à dos. Je ne me trouvais pas différent des pèlerins, compagnons, caravaniers, moines errants et autres nomades qui parcouraient les siècles et les provinces, il y a mille ans, il y a dix mille ans, bâton en main et balluchon sur le dos et qui, comme je l'avais fait cette nuit-là, rapprochaient pour le temps d'une étape le monde des sans-terre, des transhumants, de celui d'autres hommes, laboureurs de champs, semeurs de froment, tailleurs de vigne, bouviers et gardeuses d'oies : deux cycles de l'histoire des hommes. Tout en marchant dans le petit matin frais, je me donnais des allures de Lévi-Strauss en herbe et je philosophais sur le décours du temps. Je me disais que les siècles jouent à saute-mouton. On croit que le monde est simple et que l'histoire marche du même pas. Comme on se trompe...

Les sans-terre de la préhistoire rencontrent les culs-terreux, la pierre taillée se carambole avec le char à bœufs et la charrue se cogne au bulldozer. Dans certains coins du monde, que l'on dit reculés, l'âge du fer n'est pas encore achevé, les troupeaux n'en finissent pas de transhumer, les caravanes de traverser les déserts en refaisant les gestes de l'homme et d'avant l'homme, alors que nous n'avons pas encore fini de sortir de nos métairies, et que déjà on ferme les mines de fer. À peine commençons-nous à informatiser le monde que, sous nos yeux, se met en place le nouveau Moyen Âge qui nous scandalise quand par hasard nous acceptons de l'entrevoir, incapables que nous sommes d'imaginer qu'il puisse naître en dépit de nous et des centrales nucléaires qui n'existaient pas il y a quarante-cinq ans, lorsque je cheminais dans les montagnes navarraises, encore tout étonné de ma nuit hors du temps.

Ortensia et Sandro, tout comme moi et avec la même surprise, contemplent le spectacle. La différence, c'est qu'ils attendaient le palais de leur première nuit d'amour. Ils se regardent et ne savent pas s'il faut rire ou pleurer de cette chambre nuptiale qu'on leur propose. Ils ont chevauché tout le jour et fui Venise, les palais, les marbres et les ors pour cette nuit : et il est bien vrai que s'il y a une seule nuit dans toute une vie où l'on aimerait être séparé des autres hommes, c'est celle-là. Un homme, au fond de l'ombre, ronfle comme un rhinocéros. Je crois qu'Ortensia est sur le point de fondre en larmes.

Ils ont l'air si penauds l'un et l'autre que l'hôtelier, qui tient la lanterne haut levée devant eux, commence à se préciser dans sa tête ce que, depuis tout à l'heure, il entrevoit. Il pense vite, pour un gros.

— À moins que... À moins que... Deux seigneurs sont arrivés ce soir. Très illustres, très riches. Je leur ai donné les deux chambres de mon hôtellerie. Deux, Excellence, je n'en ai que deux. Mais peut-être, s'ils voulaient bien, pour l'amour de vous, accepter de partager la même, et s'endormir dans le même grand lit, cela me libérerait l'autre ? Voilà. Voilà.

Il rit tout seul de son idée et je vois briller ses yeux à la lueur de la lanterne.

— Vos Excellences consentiraient-elles aussi à dormir ensemble ? Je ne puis rien leur proposer d'autre...

Et puis la raison de sa brillante idée fait tout à coup surface :

— Demanderai-je pour cela seulement quatre écus à Votre Seigneurie ?

— S'il n'y a pas d'autre moyen, répond Sandro

avec un calme qui vous surprendra, nous pourrons dormir ensemble, le cavalier et moi.

Ses yeux frétillent aussi quand il se tourne vers Ortensia :

— L'accepterez-vous, mon Gentilhomme ?

Mais Ortensia a trop de mal à retenir un rire nerveux pour pouvoir répondre. Et, tandis que le gros aubergiste pesamment redescend l'escalier en répétant : «Je vais leur demander. Pour l'amour de vous, Excellence, pour l'amour de vous», dans son dos Sandro et Ortensia échangent leur premier baiser en étouffant leurs rires.

Un groupe d'hommes est à nouveau rassemblé dans le précieux cabinet du Sénateur Grimani. Ce ne sont plus les mêmes que tout à l'heure. Ceux-ci paraissent encore plus louches que les précédents. Il semble que Torcello soit descendu d'un cran ou même de plusieurs dans la canaille des bas quartiers de Venise. C'est un curieux tableau que ce ramassis de défroques, de livrées et de masques, de ruffians et de *bravi* dans un lieu si recherché, où il n'est pas un objet qui ne soit rare et beau, livres précieux, vases d'argent, bronzes et ors.

Mais il y a quelque chose encore qui a changé : c'est le Sénateur. Impassible toujours, comme nous le connaissons. Pas un muscle qui bouge sur sa face. Pourtant, ce que nous savons de ses traits, cette gravité et cette fermeté hautaines, s'est altéré en une fixité qu'un rien transformerait maintenant en grimace : il s'en faut d'une tension infime encore sur sa joue, qui tendrait un peu plus sa lèvre de côté, d'un déplacement du sourcil droit qui s'est élevé plus haut que l'autre et fait un trait oblique sur son front. Et puis voyez ses doigts qu'il ne surveille pas et qui, comme des griffes sur les bras du fauteuil, égratignent la précieuse tapisserie, tandis qu'il parle, sans élever la voix mais en cassant les phrases de ce discours fou qu'il tient aux rustres devant lui, sans les regarder, perdu qu'il est dans l'imagination des infamies qu'il se ressasse au fond de lui-même et dont, presque oublieux de son humiliation, il travaille à se faire horreur :

— ... Ce scélérat plongé dans le stupre et la lubricité, l'esprit plein de concupiscence et de lascivité, a osé porter la main sur la pudeur d'une demoiselle innocente et vertueuse. Aussi ai-je fait alliance avec la juste colère de mon ami le Seigneur Torcello...

Il divague. Il fait pitié.

Dans la chambre d'auberge, une servante à l'air bougon dispose une fiasque de vin blanc, un jambon de San Daniele, des fromages, et sort sans pouvoir s'empêcher en refermant la porte de jeter un regard soupçonneux sur Ortensia. Une seconde encore, le temps d'écouter son pas s'éloigner, et de toute la force de ces heures passées ensemble sans oser s'approcher, de tout le désir renforcé par la peur, Sandro et Ortensia se précipitent l'un sur l'autre avec un irrépressible fou rire qui gêne leur baiser. Ils se sont agrippés, accrochés l'un à l'autre avec leurs bras, leurs mains, leurs jambes. Leurs bouches se cherchent, et puis non, c'est impossible : ils rient trop. C'est comme si toute l'inquiétude, la fatigue, l'attente, les instants de panique lorsqu'un cavalier galopait derrière eux, et puis l'accablement de s'être retrouvés il y a un instant dans l'espèce de dortoir sordide où les conduisait l'hôte, tout se dénouait à la fois en une explosion : ils rient, ils tremblent de rire, ils claquent des dents de rire, et leur rire se redouble de ce baiser qu'ils ne parviennent pas à se donner à cause du rire. Quand il n'en peut plus, Sandro éloigne Ortensia d'une main et, par-dessus son épaule, saisit la fiasque de vin, boit une gorgée au goulot, s'étouffe et tousse en remplissant les verres qu'il fait déborder. Ce geste leur rend la respiration. Il repose la fiasque, saisit Ortensia de ses bras et la projette sur le lit qui craque comme une grange à foin dans la tempête, paille et bois.

C'est à cet instant exactement, alors que Sandro, le visage redevenu tout à coup grave, ouvre doucement le pourpoint d'Ortensia, bouton après bouton (il y en a beaucoup sur un habit d'homme, en ce temps-là), et que de la raide tunique paraît le buste ravissant et les tendres seins, c'est à cette minute qu'à Venise les ongles du Sénateur arrachent un petit morceau de tapisserie à l'accoudoir de son fauteuil et que, les yeux fixés sur le tableau qui lui fait face, il martèle de sa voix raide, presque sans élever le ton :

— Je vous ordonne de faire diligence pour accomplir la vengeance du Seigneur Torcello, qui est aussi la mienne. Tuez le séducteur, assassinez l'infâme. À cheval, messieurs. Prenez autant d'hommes qu'il en faudra : ma bourse vous est ouverte. Il ne manque pas d'espions ni de mouchards à Venise, ni d'hommes de main. Recrutez, enrôlez, racolez. Mettez-en sur toutes les routes. Envoyez-en partout, à Mantoue, à Vicence, à Padoue, à Vérone. Qu'on visite sur l'heure les bateaux en partance, qu'on galope jusqu'à Chioggia, qu'on recherche partout un musicien et une jeune fille. Qu'on me rapporte ce musicien mort ou vif, et si possible mort. Que la jeune fille qui m'a...

Il ne sait plus ce qu'il dit.

— ... Qui a été indignement trompée soit ramenée, enchaînée s'il le faut, enchaînée et vivante. Intendant!

Il frappe dans ses mains.

— Apportez-moi cinq cents ducats d'or! Je veux une armée sur les routes!

Je vous avais promis de vous décrire la chevelure d'Ortensia. Je vous avais d'ailleurs averti que je ne pourrais le faire que lorsqu'elle l'aurait dénouée et la laisserait flotter sur ses épaules, et que ce ne pourrait être qu'ici, dans cette chambre d'auberge. Je dois maintenant tenir parole. Jusqu'à cet instant, nous n'avons pu admirer ses beaux cheveux que savamment ordonnés autour de son front, réunis sur l'arrière de sa tête par un minuscule diadème d'où s'échappaient des réseaux de perles, et qui mêlaient à cette composition l'indiscipline non moins minutieusement ajustée de petites cascades ondulant au long de ses tempes. Lorsqu'elle baissait la tête, lorsqu'elle faisait à Sandro sa révérence au commencement de chaque leçon de chant, elles glissaient et venaient caresser ses joues, et le petit temple ciselé précieusement fiché au sommet mêlait les scintillements de son or à celui, à peine plus soyeux, plus satiné, en demi-teinte, de ces ondes. C'est bien pourquoi, s'il vous en souvient, j'avais évoqué alors celui qui a le plus tendrement aimé et caressé, de l'extrême pointe de son pinceau, les cheveux des belles Vénitiennes : Paolo Caliari, dit le Véronèse. J'aurais même dû être plus précis, et vous dire : les plus beaux cheveux peints par Véronèse, ceux qu'on voit au plafond de la salle des audiences au palais des Doges, sur la délicate, douce et timide figure de l'*Allégorie de la jeunesse*.

Mais voici maintenant Ortensia qui repose. Ses yeux sont fermés : ou plus exactement, devrais-je dire, ses paupières baissées doucement, comme pour retenir en elle quelque chose qui risquerait de s'enfuir si elle les ouvrait. Ce n'est pas du tout la même chose et cela s'accorde exactement à ce que font paraître ses lèvres, qui ont beaucoup plus que la forme d'un sourire : celle d'un recueillement heureux. Et autour de ses yeux, autour de cette bouche, autour des joues et sur le cou, voici, répandue sur l'oreiller, la toison d'or.

Je suis bien aidé pour vous parler d'elle. La chambre qui vient d'accueillir non leur premier baiser, qu'ils se sont donné dans l'escalier obscur, si vous vous souvenez bien, derrière le dos pesant de l'aubergiste, mais leur premier corps à corps, dont Ortensia savoure maintenant, les yeux clos et ce grave sourire à la lèvre, l'exquise fatigue ; cette petite chambre reçoit par sa fenêtre cintrée l'écho adouci et chatoyant du grand brasier, en bas, dans la cour. Ils n'ont pas eu besoin de rallumer la bougie que Sandro tout à l'heure a fait tomber imprudemment sur les carreaux de terre rouge en lançant ses bottes par-dessus le bois du lit, et je n'en ai pas davantage besoin pour contempler le visage d'Ortensia, ni vous pour l'imaginer. Figurez-vous au contraire cette lumière dorée qui redescend sur lui après s'être encore adoucie en se réfléchissant sur le mur blanc de chaux, mouvante, ondulante, sans cesse en train de changer l'angle de sa caresse. Ce n'est même plus une lumière : c'est un reflet, ton sur ton : or, or roux, or fauve, vieil or, bronze, avec de temps en temps un jet de safran, lorsque, avec le claquement d'une bûche, les phosphorescences qui montent du sol, dehors, se mettent à brasiller. Elles dessinent chaque mèche comme si elles tournaient autour d'elle, la prenant à revers après l'avoir lissée, effaçant l'ombre dont elles avaient un instant caressé le front, pour modeler une volute sur la joue avant de la gommer aussitôt. Vous pouvez contempler aussi longtemps que vous voudrez : elle ne bouge pas.

C'est ce que fait aussi Sandro. Il est debout, penché en avant pour ajuster ses chausses après avoir remis sa chemise. Il sourit en la regardant. Il se relève et s'approche. D'un doigt, il recourbe une mèche qui traversait la joue jusqu'au coin de la lèvre. Il murmure un petit air qui lui traverse l'esprit, comme s'il entreprenait de composer la cantate secrète qu'au lieu d'écrire cette page j'aurais aimé faire moi-même, à la louange des cheveux d'or :

O chiome erranti, o chiome
Dorate, innanellate,
O come e volate e scherzate...

Sous la caresse de ce doigt, Ortensia ouvre les yeux. Elle ne voit de Sandro que son ombre chinoise et lui sourit. Ils ne parlent pas tout de suite, tout entiers pénétrés de cette langueur tendre dans laquelle ils se sentent flotter. Puis Ortensia murmure en baisant la main qui caresse sa joue :

— Tu es déjà levé ? Tu as mis tes habits ?

Tout à coup, elle se redresse, effrayée.

— Tu veux déjà partir ? Tu crois que...

— Non. Je voudrais seulement descendre. Je voudrais être de leur fête. Écoute-les. C'est le jour de nos noces. Écoute comme ils sont heureux. Ils ne le savent pas, mais c'est pour nous qu'ils chantent...

Ils restent un moment en silence. Par-dessus la rumeur des voix coupées d'exclamations, le violon déroule une espèce de tarentelle vive et aigre, scandée de claquements de mains et ponctuée de rires ; puis le grésillement d'un fagot qu'on jette fait entrer une onde dorée sur le visage d'Ortensia, saluée dehors par un grand crescendo de cris et d'appels.

— Viens, lève-toi. Nous allons danser en l'honneur de nos noces...

Ortensia renfonce sa tête dans les oreillers. Je ne suis pas certain qu'elle soit prête pour le bal. Tout à l'heure, lorsque Sandro, après lui avoir ôté ses bottes avec un jeu de grimaces et de taïaut, avait entrepris de lui tirer ses chausses comme on ôte un gant, ils avaient ri de découvrir sa cuisse bleue et jaune comme celle d'une salamandre. Elle est rompue de fatigue par sa première expérience de hardi cavalier, et par sa chute. Elle avait oublié la douleur. Ou bien l'avait confondue avec son plaisir, puis l'avait endormie tandis qu'elle somnolait elle-même, concentrée sur sa délicieuse lassitude, la joue contre l'épaule de Sandro : et voici la brûlure qui revient, inattendue et aiguë, à l'instant où il la tire par les mains, la saisit par la taille et la sort du lit. La pensée qu'elle est bien plus heureuse encore que tous ces gens, là-bas, qui chantent et dansent, n'a pas même la force de parvenir jusqu'à sa bouche : elle n'éprouve qu'une sourde envie de pleurer, de s'agripper au torse de Sandro et de ne pas bouger. Pourtant, sans rien dire, elle le laisse lacer les cordons de sa chemise, lui remettre ses chausses et pousser sur ses bottes. Elle le laisse la soulever jusqu'à sa bouche et la tenir ainsi en suspens, je veux dire suspendue, suffoquée et suffocante, puis la porter, sans quitter ses lèvres, jusqu'à l'escalier où elle reprend pied, transforme en sourire sa grimace de douleur et descend les marches d'un pas presque égal.

— Zitto! Zitto! E co belo che el xe!

C'est un fait, quand Sandro passe le pas de la porte, il fait sensation. Il éclate de force, reluit de bien-être et de désir apaisé. Ortensia paraît à son tour, et son apparition redouble les clameurs. Elle semble plus menue d'être à ses côtés, dans son joli costume de garçon qui accentue la féminité de ses traits. Un remue-ménage se fait parmi les paysans attablés : on se retourne, on les contemple, on les appelle (« Ben Vegnuo, Paron! Vegni quà! Vegni con mi, Paron! »). Mais je serais bien en peine de vous dire si tous ces braves gens qui se poussent du coude et se penchent vers leurs voisins sont vraiment dupes du déguisement d'Ortensia, ou bien si les applaudissements ne sont pas redoublés d'un peu de malice bien entendue. On a dû beaucoup parler d'eux pendant tout le temps qu'ils ont passé là-haut, et beaucoup rire. J'en veux pour preuve la petite provocation qui se prépare là-bas, lorsqu'une belle et gaillarde paysanne, bien plantureuse et l'air enjoué, accourt vers Sandro et lui offre un gobelet de vin cuit, tandis qu'un petit Adonis de village, cheveux en désordre et les pieds nus, s'avance vers

Ortensia, le regard un peu fourbe et dans la main une poignée de *fritele di miele* ou de *foccacine*.

— Prenez, prenez, Seigneur cavalier, faites-moi l'honneur de manger de ma main...

Ortensia sourit, inquiète. Mais, tandis que Sandro empoigne sa belle croquante avec un grand rire de gorge et l'entraîne vers l'aire où l'on danse sans plus regarder son compagnon, elle, le visage fermé, refuse la friandise et fâche son galant supposé.

Voilà : Sandro est au milieu des gens attablés qui rient et crient sur son passage. Il a déjà pris l'accent des campagnards et leur répond avec des éclats joyeux, frappant les épaules d'une main et de l'autre tenant le bras de la belle à qui s'adresse une bonne part des ovations et des quolibets. Arrivé près du feu de fagots qui embrase toute la cour, brusquement il se met en position et entame un *passamezzo* endiablé, frappant dans ses mains et donnant de la voix pour affermir la cadence du joueur de *chitarra* perché sur un chariot orné de branches et de feuillages, à côté du violoniste. La danse générale a repris son train. Elle l'a redoublé.

Ortensia s'est assise sur un banc de bois près de la porte pour reposer sa jambe meurtrie. Je crois qu'elle n'en peut plus, la pauvre. Et voilà Sandro qui l'abandonne. Elle ne quitte pas des yeux son amant d'une heure (oui, d'une heure : celui qui vire-volte là-bas en riant de toutes ses dents, un poing sur la hanche et frappant de la paume celle de cette belle campagnarde, il n'y a pas une heure qu'Ortensia était dans ses bras; il n'y a pas douze heures qu'elle quittait pour lui Venise et le palais du Sénateur, le cœur sur les lèvres d'angoisse et d'émotion). Elle est si absorbée par cette accablante mixture d'épuisement physique, de douleur, de fièvre, d'excitation, de béatitude indolente, de somnolence mêlées à cette forme particulière de jubilation intérieure qui naît de l'audace, elle est si tendue vers ce Sandro que, sans l'entendre, elle voit rire en renversant sa tête de plaisir, qu'elle n'a même pas entendu approcher une petite pastourelle brune et rose qui depuis un moment se tient à ses côtés, toute timide, et qui la contemple en silence.

— Siorino...

Ortensia sursaute comme quand une guêpe vous pique. Elle tourne la tête brusquement et fixe sans le voir le plateau que lui présente la mignonne, rougissante comme une enfant de Marie, couvert de feuilles de vigne avec des petits dés de citrouille grillée, comme on en raffolait en Italie, en ce temps-là :

— Siorino, ve piase la zucca baruccha?

Ortensia rit nerveusement. Elle avait oublié qu'elle était garçon. Elle prend un morceau de citrouille et le grignote en regardant Sandro. Elle s'est réveillée. On se demande à quoi elle pense. Pourquoi Sandro l'a-t-il laissée? Pourquoi rit-il si fort? Que sait-elle de lui? Rien. Qu'il chante. Qu'il est beau. Que la musique a tendu entre eux pendant six semaines, jour après jour, une sorte de tapis magique, lisse et doux, sur lequel ils se sont allongés et qui s'est envolé. Que tout à l'heure elle gémissait dans ses bras. Elle ne sait rien d'autre. Elle grignote un morceau de citrouille, recroquevillée sur elle-même, derrière le dos de tous les gens qui lui cachent Sandro dont elle ne fait qu'apercevoir le visage dans l'intervalle de deux têtes qui s'écartent, et qui, chaque fois, semble laisser éclater un nouveau rire. Et justement, voici qu'au moment où je sens monter en Ortensia une sorte d'indignation qui est en train de submerger sa lassitude, au moment où ce sentiment d'abandon et de dépit se transforme en un tremblement de colère, à cet instant exactement voici que Sandro, de loin, lui sourit. Il insiste, il la fixe en riant. Que fait-il ? Est-ce que vraiment il vient de lui faire un clin d'œil ? Il recommence en montrant de la tête la belle rustaude qui danse avec lui, et rit de nouveau ; puis son regard glisse à côté d'Ortensia, vers... Mais oui : vers la petite marchande de citrouille grillée, qui est toujours là, portant son plateau. Enfin ! Ortensia a compris. Il était temps, je crois ; brusquement elle sourit, elle tend la main et prend un morceau dans son plateau :

— Comment t'appelles-tu ?

— Pasqualina, lo servo.

— Assieds-toi près de moi.

Et les voici toutes deux sur le banc, côte à côte, en train de se sourire, sages comme deux petites figures en biscuit de Saxe, Pasqualina éperdue et rougissante, les yeux baissés vers son plateau et Ortensia, plus jouvenceau qu'un vrai avec son profil de fille déguisée, son jabot de dentelle, son tricorne noir et son justaucorps de soie fauve. D'ailleurs, on commence déjà à les regarder toutes deux avec autant d'intérêt qu'on observait Sandro et sa sultane de campagne ; j'imagine qu'il en est pour se dire : « Tiens, je m'étais trompé... »

— Pourquoi ne danses-tu pas ?

— Oh mi, nissun me vuol, perche son poveretta...

Ortensia lui a mis la main sur l'épaule et la regarde avec ce que je devrais bien appeler un petit mouvement de tendresse qui efface d'un coup ce qui demeurait en elle de désarroi : et plus vite que je ne peux l'écrire, la voici qui dépose sur la joue de Pasqualina un baiser agile et sonore, lui ôte son plateau des mains, le pose sur le banc et se lève :

— Viens. Danse avec moi.

Je renonce à vous décrire le regard de la pauvre petite : trop, c'est trop. C'est trop d'un seul coup, surtout si l'on se souvient de ses derniers mots dans son patois d'italien de campagne, cet aveu d'impuissance et de pauvreté, d'autant plus gracieux qu'il était humble. Qu'espérait-elle, cette mignonne, quand elle s'approchait du joli cavalier ? Rien d'autre, je vous l'assure, que le plaisir qu'elle se faisait à elle-même en lui offrant un morceau de citrouille grillée, et celui d'être regardée de lui. La voici entraînée par la main, qui refait derrière Ortensia le chemin qu'a suivi derrière Sandro la belle paysanne épanouie qui danse maintenant sous les regards ; elle entend les plaisanteries qu'on fait sur leur passage et qui redoublent sa timidité, et ne lève le nez que lorsque, au premier pas de danse qu'elle vient d'esquisser, Ortensia fait une grimace, et étouffe un gémissement.

— Coss'è, Siorino ?

— Chut ! Tais-toi... Je suis tombée de mon cheval tout à l'heure, sur la route... J'ai honte. Je ne suis pas un bon cavalier...

Ortensia essaie encore quelques pas, mais je crois qu'elle serait sur le point d'abandonner si l'on n'entendait tout à coup à trois mètres de là le rire de Sandro qui couvre le bruit des voix et les raclements de la guitare : le voici qui surgit sur le chariot des musiciens, se rétablit d'un coup de reins au-dessus des têtes, prend la guitare des mains du musicien et se met à l'accorder. La foule des danseurs s'est arrêtée et les cris, les interjections fusent, huées ou appels mêlés : on réclame la musique, on ne comprend pas, on piaille et on tempête. Je voudrais que vous imaginiez Sandro quand il se redresse dans la lumière du brasier, qu'il envoie son justaucorps voler sur un tonneau, fait un grand moulinet des deux bras, guitare au poing, et attaque, hilare, un *passamezzo* du diable en frappant du talon. Cette fois, la foule comprend vite : il y a d'abord une immense clameur, suivie presque aussitôt d'un brouhaha qui s'organise en claquements de mains, en cognements de sabots et en tintements de pots que l'on frappe, tandis que la farandole reprend autour du feu, orchestrée par Sandro.

Nous en avons pour toute la nuit. Je plains les dormeurs, là-haut, dans la grange, et les deux gentilshommes qui ont si galamment cédé leur chambre et qui se retournent, dans l'unique lit qu'il leur est resté.

Sandro joue, chante, enchaîne pavanes sur gaillardes, improvise cinquante variations étourdissantes sur *La Follia*. Mais le plus beau prendra place vers la fin, quand l'aube commencera à pâlir le ciel, et qu'après avoir chanté trois ou quatre airs d'opéra pendant lesquels, peu à peu, se fera le silence, il transformera la grande liesse en une sorte de concert, toute cette foule campagnarde suspendue à ses lèvres et à sa guitare ; et puis à la fin, quand il chantera cet air, qu'il invente à mesure, avec un regard vers Ortensia :

> *Delizie mie care*
> *Fermatevi qui...*

« Arrêtez, mes délices, chante Sandro, c'est trop, je n'en puis plus », et cela coule comme du miel, c'est de l'amour en notes, sur un petit trois temps inégal, joyeux et langoureux à la fois.

148

Non so più bramare,
Mi basta così...

Ortensia, là-bas, comprend bien que tout cela n'est que pour elle : assise sur le banc, elle ne sait trop ce qu'elle doit faire lorsqu'elle sent sur sa main se poser un baiser. Pauvre petite Pasqualina...

Mais pendant que Sandro chante pour la troisième fois cet air que ces braves gens ne cessent de
redemander en l'ovationnant entre chaque reprise,
à Venise, il se prépare des choses graves. Il me faut
à nouveau user de mon pouvoir discrétionnaire
d'auteur et vous mener dans les plus bas quartiers
du côté de l'Arsenal, là où les canaux ne sont que
fange et détritus, où les ruelles ne sont que sordides
et les maisons que louches. Il ne fait pas bon s'y promener la nuit si l'on n'a rien à y faire. Il fait d'ailleurs si noir que vous risqueriez de tomber à l'eau,
ou de vous sentir saisi à la gorge sans savoir par qui
en passant devant une porte, ou bien les deux suc-
cessivement. Impossible de savoir qui sont les deux
ou trois (ou quatre ? on ne voit rien) ombres qui
viennent de pénétrer dans un obscur passage et
frappent à une porte. On entend :

— Tu es sûr qu'il est là ?
— Je l'entends ronfler.

On frappe encore une fois.

— Oh Momo! Momo!

Puis, plus bas :

— Ouvre! C'est moi, Nuccio!

Un peu de bruit à l'intérieur.

— Chi xe?

— C'est moi, Nuccio. Ouvre!

— Lasciatemi dormire...

— Ouvre, je te dis. Allez, debout. Il y a de l'ouvrage.

La porte s'entrouvre, mais on ne voit rien.

— Je ne travaille pas, je dors.

— Et pour trois pistoles, qu'est-ce que tu fais?

— Demain.

— Tout de suite. On part. On t'emmène.

Silence.

— Trois pistoles?

— Je les ai là dans ma poche.

— Demain, maintenant, je dors.

— Allez, viens, Momo. Je ne t'ai jamais fait lever pour rien.

— Donne-moi cinq pistoles.

— Encore un mot et tu n'as rien.

— Quatre.

— J'ai dit trois.

— Spilorcio... Bon, je viens.

C'est tout.

Dans la cour de l'auberge d'Asolo, c'est le grand désordre des lendemains de fête. Tous les chiens à trois lieues à la ronde se sont donné rendez-vous et rongent des os sous les tables et les tréteaux, dans les coins, le long des murs et sous les marches de l'escalier. C'est leur fête. Sous le chariot où chantait Sandro, hier au soir, une sorte de dogue et un demi-loup se battent pour un gigot, grognent et hurlent, avec autour d'eux cinq ou six valets qui assistent au combat et font des paris. Sur ce fond sonore d'aboiements, clabaudements, grondements, hurlements, d'exclamations et de provocations des spectateurs, un vacarme de bois qu'on traîne, de tables qu'on déplace, de pots qu'on heurte, de cris et d'appels accompagne le remue-ménage des paysans, des valets et des filles qui nettoient et rangent, garent les tréteaux, alignent les bancs, plongent les marmites dans des bacs en bois, criaillent, s'interpellent, s'injurient ou plaisantent, tandis qu'autour des tables libres, des hommes mangent et boivent. Il y a autant de monde que la nuit précédente, davantage même puisque trois cavaliers emplumés et armés comme des flibustiers sont arrivés à grand fracas de sabots, d'éperons, de clameurs et de jurons, peu avant qu'Ortensia et Sandro n'apparaissent, un peu pâles l'un et l'autre et mal réveillés, portant sur leur visage quelque chose de la fatigue heureuse de leur nuit. À peine ont-ils paru que l'hôte se précipite vers eux et s'adresse à Sandro en fixant Ortensia :

— Vos Excellences ont-elles passé une agréable nuit ?

Rien à faire : Ortensia a rougi. Le sourire de l'aubergiste s'élargit d'autant. On a dû jaser dans les cuisines tard dans la nuit.

— La meilleure de ma vie, notre hôte, répond Sandro.

Il rit.

— Croyez-moi, je n'oublierai pas les nuits qu'on passe chez vous.

— Vous m'en voyez très honoré, Votre Excellence, très honoré. Jugez de ma honte si je n'avais pu trouver un lit digne de si nobles visiteurs, si nobles, et en d'aussi agréables circonstances.

Parle-t-il de la fête ? Il rit de plus belle et salue Ortensia, qui le regarde fixement, les lèvres un peu pincées. Il exagère.

— Nous faisons de notre mieux pour satisfaire

nos hôtes, et je suis reconnaissant aux nobles personnages qui ont accepté de vous céder leur lit. Mais Votre Excellence a donné à notre fête un éclat que nous n'attendions pas, et votre voix a fait taire tous les rossignols de la montagne...

Il se tourne vers Ortensia avec un regard appuyé :

— Mais le jeune cavalier n'a pas chanté...

— Le jeune cavalier est mon copiste de musique. Il a une belle plume, mais il ne chante pas.

— Une belle plume, dit l'hôtelier en riant plus fort, une belle plume, mais pas de voix... C'est une tourterelle muette... Peccato...

Il allait se remettre à rire, quand son regard croise celui d'Ortensia.

Ici et là, sur les tables encore en place, déjà on mange et on boit, comme si l'on n'avait pas festoyé toute la nuit. Aux exclamations de l'hôtelier, les têtes se tournent vers Sandro. On crie, on l'ovationne. Un groupe d'hommes se lève, l'entoure : et voici que déjà on l'entraîne vers le chariot, comme si le concert devait recommencer.

Dans la cohue qui s'ensuit, tandis qu'Ortensia tente de suivre Sandro, elle sent qu'on lui prend la main et qu'on la baise. Elle tourne la tête : mais vous avez deviné avant elle ; la petite Pasqualina est déjà là. Je parierais qu'elle guettait, cachée dans un coin, derrière une porte ou bien plus loin, sous cette espèce de grange qui limite la cour de l'auberge du

154

côté de la route. Elle est toute défaite, toute pâle et rose d'adoration et d'émotion. Elle lève des yeux encore plus mouillés que la nuit dernière : elle ressemble à l'une de ces petites statues baroques qui nous montrent une sainte en émoi levant les yeux vers le ciel et qui défaille tandis qu'un ange bouclé descend vers elle avec une flèche d'amour sacré dans la main. Mais c'est à peine si Ortensia jette un regard vers son adoratrice : c'est Sandro qu'elle suit des yeux avec une intensité qui croît à proportion de la distance qui les sépare, car il s'éloigne sous les vivats, la foule se referme derrière lui et Ortensia se débat en secouant son bras. Je vous demande une petite pensée pour cette mignonne paysanne de quatorze ans qui vit depuis hier soir son premier amour et ne sait rien des peines que je lui réserve et des pièges que j'ai ourdis pour sa petite âme si tendre.

Mais que puis-je faire ? La foule a emporté Sandro, Ortensia est tout entière tendue vers lui, peut-être par quelque obscur pressentiment. Elle reste un moment à fixer le point où il a disparu et qu'elle ne peut même plus voir à cause de sa petite taille. Elle continue à tirer sur son bras pour se dégager de l'étreinte, pudique mais si ferme, qui l'a, croit-elle, empêchée de le suivre. Brusquement, elle renonce et tout en elle, ses épaules, ses bras, sa pensée, tout s'affaisse d'un coup. Alors seulement elle se retourne vers Pasqualina et se force à sourire. Aurait-elle le cœur meilleur que moi? Je ne crois pas : elle vient de se souvenir de la leçon que lui a faite Sandro. Quel meilleur alibi qu'une amoureuse, si l'on veut se faire passer pour un garçon? Elle lui sourit donc, elle l'embrasse, mais oui, sur la bouche, la traîtresse. J'ai un peu honte pour elle : car Pasqualina n'attendait pas autre chose pour entamer sa déclaration d'amour.

— Oh, Siorino...

Ortensia se raidit à nouveau. Vous souvenez-vous de ce que je vous ai dit de ses yeux? En une seconde, ils sont devenus durs comme une aiguemarine, dont ils ont la couleur. Elle vient de se dire que peut-être elle était allée trop loin, et que maintenant il est trop tard. Ou bien est-ce de l'inquiétude, plus que de la froideur? Et la pauvre Pasqualina, qui ne peut rien comprendre, continue à mi-voix :

— Siorino... J'ai attendu, cette nuit... J'attendais...

Elle se presse contre Ortensia. Je crois qu'elle va fondre en larmes. Il est grand temps que j'intervienne.

Eh bien, oui : à cet instant exactement, l'un des trois spadassins dont je vous ai signalé l'arrivée tout à l'heure, mais qui s'étaient si bien fondus dans la foule qu'on les avait oubliés, le plus grand des trois a sauté d'un bond sur le chariot qui occupe toujours le centre de la cour, orné de guirlandes. Il se redresse, se campe sur ses jambes écartées, un poing sur la hanche, et commence à faire de grands moulinets avec son chapeau. Il porte l'épée, il a un gros pistolet à la ceinture, un ou deux poignards au côté, de larges bottes, une barbe sauvage et s'il n'arborait pas un large sourire, son apparition aurait quelque chose d'assez farouche :

— Ola! Ola! Zitto!

Sa voix de basse est si saisissante, son apparition si inattendue que d'un seul coup, c'est incroyable, on n'entend plus un bruit, à part les chiens. Tout s'est arrêté, les parleurs, les buveurs, les filles d'auberge leur pot à la main, les garçons d'écurie : tout le monde s'est retourné. Pasqualina, comme tout le monde, tenant toujours Ortensia serrée contre elle, a tourné la tête : mais c'est la frayeur plus que la surprise qui lui fait porter la main à sa bouche, puis cacher aussitôt son visage contre l'épaule d'Ortensia :

— Oh Mare de Dio! C'est le méchant homme qui est venu ce matin!

Ortensia sursaute.

— Quel méchant homme?

Mais Pasqualina est beaucoup trop émue pour pouvoir répondre. Je crois qu'elle n'en peut plus, la pauvrette, d'émotions superposées. L'Italie tout entière prend possession d'elle, et comme d'émotion elle ne peut plus parler, c'est un *lamento* qui s'échappe d'elle, par sa bouche, ses épaules, ses mains :

— Oh Mamma! Poveretta mi! Oh che tre-
mazzo!

Ortensia la secoue presque brutalement et
l'écarte d'elle :

— Quel méchant homme?

— Oh che paura! Ma ma ma ma...

Dix siècles de lamentations, de deuils, de peurs,
coulent d'elle comme une sorte de madrigal *a voce
sola*. Elle tient sa tête enfouie, mais maintenant elle
regarde de tous ses yeux, et Ortensia lui met le bras
autour de la taille. Je pourrais ici vous décrire le
plus ravissant couple terrorisé qu'on ait pu peindre
sous le ciel d'Italie; mais je n'ai pas le temps, les
choses vont trop vite, car voici qu'elle murmure :

— Ce matin, ils étaient trois. Méchants, très
méchants. Ils disaient qu'ils cherchaient quelqu'un.
Ils demandaient si on avait vu un musicien, avec
une femme vénitienne blonde, très belle...

Ortensia la serre contre elle. Elle a compris. Mais
aussitôt, sur le chariot, dans le silence étonnant qui
vient de se faire, le spadassin enchaîne avec une
bien curieuse emphase.

— On m'a dit qu'il y avait ici un grand musicien, un magnifique chanteur. Où donc est-il? Je
veux l'entendre!

Dans la cour, c'est un joyeux cri d'approbation.
On applaudit, on bat des mains. Ils n'ont pas
oublié, ces braves gens, le concert de la nuit dernière. Le magnifique chanteur qu'on leur demande,

ils savent bien qu'il est là. Soudain surgit parmi les hommes attablés une sorte de don Quichotte de campagne, barbu, maigre et long, l'air famélique sous son chapeau et probablement d'esprit simple, qui se dresse d'un seul déclic, raide comme un épouvantail, le bras droit tendu vers Sandro :

— Velo quà! Velo... ve... ve... Velo quà! Velo!

L'apparition de commedia dell'arte de cet arlequin croquant provoque une salve d'enthousiasme : on cogne, on tape des pieds, on hulule, on frappe les tables à coups de sabot, comme à la fin d'un concert rock. Tout à coup, voici Sandro qui passe au-dessus des têtes, porté à bout de bras par cinq ou six gaillards qui le déposent comme un colis sur le chariot où il s'affale à quatre pattes contre le spadassin hilare. Mais regardez la figure d'Ortensia. Elle est livide, Pasqualina, la main sur la bouche, blottie contre elle. Le sbire lève les bras, recommence à faire tournoyer son chapeau et crie plus fort que la foule.

— Zitto! Zitto! Silence! Écoutez-moi!

Mais vous savez ce que c'est qu'une foule en délire. Tous ces gens se sont endormis à l'aube avec dans la tête le chant de Sandro. Toute la nuit, couchés sur la paille, ces bons Italiens ont entendu bourdonner dans leur cervelle et dans leur ventre, mêlé à leurs rêves pesants et au gros vin rouge de l'auberge, un arrière-goût de *bel canto* : et comme c'est habituel dans ces cas-là, ils se sont réveillés avec, enchevêtrées dans leur mal de tête, des bribes de musique. L'envie de se plonger le visage dans la fontaine s'est doublée de celle d'entendre chanter. En attendant, ils crient. Le spadassin frappe en vain les roues du chariot avec le plat de son épée pour faire revenir le silence. Enfin, quelque part, quelqu'un cogne avec son sabot le flanc d'un chaudron et ce tocsin ramène le calme.

— On ne m'a donc pas menti ! Je suis un amateur, moi. J'ai mes entrées à l'Opéra San Cassiano et San Moisé ! Quelle surprise d'apprendre que dans votre village on peut trouver un chanteur comme on n'en entend, m'a-t-on dit, que chez le pape !

Avec emphase et solennité, il donne l'accolade à Sandro, qui s'est relevé et le regarde en riant à pleine bouche.

— Ne nous chanterez-vous pas un bel air à boire ? Ou bien un madrigal d'amour ?

Les cris redoublent.

Ortensia s'est maintenant appuyée sur Pasqualina. On se demande comment elle tient debout. Une minute encore de cette angoisse, et elle va s'évanouir. Plus Sandro sourit, plus il a l'air heureux, serrant la main du spadassin et lui faisant des mines, plus elle s'affole : il ne sait pas, elle sait qu'il ne sait pas et s'il ouvre la bouche, il va se trahir. Elle n'en peut plus et cache sa tête contre celle de sa petite compagne, qui ne comprend pas et murmure : « Ma cossa ? cossa ? » Alors, on entend Sandro :

— On vous a menti. On exagère. On me flatte.

Son ton débonnaire et curieusement gouailleur fait redresser la tête d'Ortensia.

— Je ne suis qu'un bien modeste *dilettante*... Je ne chante que pour me divertir, après boire, ou bien les jours de fête...

La foule rugit. On tape sur les tables, on cogne le chaudron qui, depuis un moment, est devenu le meneur de jeu : et voici le silence. On attend le concert. Alors, dans le silence, surgit une voix, comme un pétard :

— Aspette quà quel usignolo !

Et comme une salve de cris salue cet éclat lyrique, son auteur ajoute, pour le plaisir des mots :

— Varde se no le favare muover i sassi !

Cette fois, tous les instruments à percussion frappent en cadence, mains, sabots, bâtons, pots, chaudrons, dominés par le hurlement de plusieurs de ces chiens qui, tout à l'heure, se battaient et que le bruit maintenant affole. L'aubergiste, inquiet, est sur le pas de sa porte, les bras croisés, entouré de toutes les servantes, celles qu'on voyait hier au soir comme dans un tableau de Jérôme Bosch et qui sont à présent alignées, les mains dans leur tablier ou sur les yeux pour se faire de l'ombre, comme sur une vieille photographie du siècle dernier. Et Stradella, sur le chariot, lève les bras en riant.

— Vous me faite trop d'honneur ! Messieurs, de grâce !

Ortensia le fixe des yeux, comme si elle pouvait par le regard lui transmettre son S.O.S. Il ne la regarde même pas : et ce qu'elle redoutait arrive. Il donne une forte tape dans le dos du spadassin et lui frappe, à l'italienne, la paume de sa main :

— Je vais essayer de vous faire plaisir.

Mais regardez-le... Il passe sa main dans ses cheveux, il se racle la gorge, il émet deux ou trois sons, comme font les mauvais chanteurs d'opéra. Ma parole, il minaude... Il fait des sourires à droite et à gauche et même envoie un baiser à la belle paysanne de la veille, tandis que le sbire, de son côté, cligne de l'œil et fait à ses deux collègues une grimace dont vous saisissez bien la signification : « On le tient. »

Soudain, Sandro se lance et fait entendre une sorte de hululement, un son qui tient du cor des Alpes et de l'olifant, qu'il tient longuement, fait onduler, et dont il extrait une espèce de mélodie préhistorique, avec des coups de glotte et des yodle, traînante et fruste, avec des quarts de ton qui semblent venus du fond des âges. Un silence de tombe s'est répandu dans la cour de l'auberge. On fixe Sandro, on se regarde. Qu'est-ce qui se passe ? Ce qu'ils entendent, ces braves gens le reconnaissent un peu, pas tout à fait. Cela pourrait ressembler au chant des gardiens de troupeaux dans les vallées hautes de l'Adige ou de la Piave, en plus rustique, avec quelque chose de parodique et de bouffon qui semble les atterrer. Où est le rossignol d'hier soir ? Où est le chant que l'un d'eux, dans son enthousiasme lyrique, disait capable d'émouvoir les rochers ? Sandro est immobile. Maintenant, oui, il regarde Ortensia. Elle a levé la tête, leurs yeux se sont croisés, mais je crois qu'elle est trop faible pour éclater de rire, même nerveusement. C'est un autre rire, énorme, qu'on entend : celui du spadassin qui redescend du chariot en s'esclaffant : Un chanteur, ça ? Il rejoint ses deux camarades et ils s'en vont en se poussant du coude. Sandro les regarde et, à mesure qu'il les voit s'éloigner, il rajoute des fausses notes, donne à sa voix des tons de scie à métaux. Il exagère. Il ne quitte pas des yeux les trois reîtres qui fendent la foule. Il les voit détacher leurs chevaux, sauter en croupe et, tandis qu'on entend le bruit des sabots décliner sur la route, voici Sandro déchaîné qui frappe sur ses cuisses au rythme du galop tout en poursuivant une mélopée de plus en plus grinçante.

J'ai peur d'un scandale. La tension monte. À la consternation des premiers instants est en train de succéder une impatience qui s'irrite peu à peu. Ces braves gens ont encore dans l'oreille les airs de bravoure de la nuit, la belle sérénade langoureuse qu'ils ont aimée, qu'ils ont bissée et réclamée indéfiniment. Je sens une espèce de colère confuse qui monte. On se moque d'eux, et ils ne comprennent pas pourquoi. Ils n'aiment pas cela. Attention : cela va mal tourner.

Mais quelque chose se passe, que vous allez

apprécier si vous avez l'oreille musicale. Le galop des trois chevaux ne s'entend presque plus, au loin, sur la route : on n'entend plus que celui que fait Sandro en tapant sur ses cuisses, qu'il est en train de discipliner peu à peu, et qu'il transforme insensiblement en je ne sais quel rythme de danse, une sorte de tarentelle napolitaine sur laquelle il se met à tourner sur lui-même, tout en poursuivant son chant aigre. Puis, sur un son encore plus strident et plus mordant que les autres, qu'il tient longuement à pleins poumons, il cesse ses battements et amorce un *glissando*, laisse filer sa voix qui atterrit sur une note moelleuse et savonneuse, l'adoucit encore *poco a poco*, glisse sur une autre note encore plus caressante : cela ressemble au début d'un concert, quand l'orchestre s'accorde et que progressivement on sent se fabriquer l'accord : on attend le son juste, on le devine au milieu du fouillis des sons chaotiques de tous les instruments mêlés, on le sent venir, il s'approche, d'avance on ajuste son oreille, on le surveille ; et soudain le bel accord est là, il resplendit, limpide comme un rai de soleil au crépuscule entre deux cumulus. Mais Sandro n'a pas fini. Sur cette note douce, il esquisse une mélodie, amorce trois ou quatre notes que l'on croit reconnaître, l'esquive, y revient, s'installe dans un rythme de sicilienne, greffe là-dessus des mots dont on se souvient et voici qu'on se retrouve sans savoir comment dans la voluptueuse cantilène dont il a charmé la nuit.

Delizie mie care
Fermatevi qui...

On ne sait pas très bien par quel tour de force vocal il vous a mené là : personne parmi les paysans et les filles de ferme, personne sauf Ortensia — et vous, bien entendu — ne peut prendre conscience de toute la malignité qu'il y a mise, et surtout pas la petite Pasqualina qui écoute, ébahie, et dont le cœur s'affole quand Ortensia la serre dans ses bras et la couvre de baisers. Pauvre petite : elle croit que c'est pour elle, elle rayonne de bonheur sans rien comprendre, si ce n'est que le beau gentilhomme chanteur a fait une farce, qu'il chante comme un héros ou comme un dieu, et que le Signorino qui a conquis son cœur la couvre de baisers, tandis que la foule rit autour d'elle d'avoir retrouvé son chanteur.

Peut-être allez-vous me reprocher de vous avoir une fois de plus frustrés de la scène que vous attendiez. Vous espériez que je vous montrerais Sandro ferraillant dans l'escalier contre les trois malandrins, Ortensia dans son dos, reculant marche après marche, semblable à Jean Marais, puis sautant comme Belmondo par la fenêtre en la tenant dans ses bras, tombant droit sur son cheval, démarrant au triple galop parmi les coups de pistolet dans le petit matin frais, aussi fringant que Gérard Philipe, avant de se réfugier au fond des forêts dans l'oratoire d'un vieil ermite à barbe blanche qui les marierait et leur remettrait l'anneau de la reine Guenièvre. Je suis navré : ce n'est pas encore pour cette fois. J'ai préféré sa ruse joyeuse. J'espère que vous aussi.

Je me fais en revanche un peu de souci pour quelqu'un d'autre : c'est la mignonne Pasqualina. Elle est si douce, elle est si jolie, elle est, comme on dit aujourd'hui, si vulnérable, que j'ai un peu pitié d'elle. Que va-t-elle devenir ? Dans un moment, elle va pleurer. Je suis inquiet pour elle parce qu'elle vient de ressentir, le temps d'une nuit, son premier amour et qu'il ne faut pas jouer avec celui-là. Je ne voudrais pas qu'elle sente la tromperie et la trahison. On n'en meurt pas mais, dans un tel cas, il se peut qu'au fond de soi, en effet, quelque chose meure.

Heureusement, je puis faire confiance à Ortensia. Elle est sur son cheval, à côté de Sandro. Quatre ou cinq villageois se sont empressés pour la jucher sur son destrier : je me demande qui, dans la foule, la prend encore pour un garçon... L'aubergiste tend à Sandro une fiasque de *grappa* pour le coup de l'étrier et fait un geste de refus quand il sort sa bourse pour payer. Ortensia sourit à Pasqualina et lui passe la main dans les cheveux; brusquement, elle se retourne, sort du grand sac de cuir qui pend derrière elle à la croupe de son cheval une petite pochette en velours brodé. Elle en tire un bracelet d'or et le passe au bras de Pasqualina qui lui baise la main.

À cet instant, dans la joyeuse cohue qui les entoure, on entend un grand gaillard entonner d'une belle voix rude et sonore « Delizie mie care ! » et tout le monde rit et reprend en chœur. Ortensia rougit, sa main prisonnière de Pasqualina. Sandro est aux anges. Il se penche vers elle :

— Tu les entends ? Ma musique, je la fais pour les princes. La bonne musique, c'est celle qui touche le cœur des laboureurs en étant digne des rois...

De joie, il lampe un trait de *grappa*, éperonne son cheval et part au trot. Comme la veille au soir, l'autre suit de lui-même son compagnon et arrache la main d'Ortensia à la bouche de son amoureuse. Tout est bien. Je suis certain que, dans trente ans d'ici, après l'avoir porté le jour de ses noces avec Beppo, ou Toni, ou Vincenzo, Pasqualina en jupe grise et fichu noir ressortira son bracelet les jours de fête et, chaque fois, sans exception, recommencera pour ses petits-enfants l'histoire du cavalier qui chantait dans la nuit et de son petit compagnon si beau et si mignon. Et lorsque quelqu'un lui dira : « Mais, Pasqualina, quand je te dis que c'était une femme ! » elle répondra : « Moi, je sais bien que non, povero zio ! Je ne suis pas bien placée pour le savoir, peut-être ? », et elle rira toute seule. Merci, Ortensia.

Vous vous doutez, je pense, que c'est vers la villa de Gemelli que Sandro se dirigeait, et que les détours qu'il faisait avec Ortensia sur les premières pentes montagneuses qui annoncent de loin le Trentin et les Dolomites n'avaient pour but que de brouiller sa piste. Vous avez raison. En quittant Asolo, ils ont traîné trois ou quatre jours du côté de Valdagno, de Castelgomberto. Ils sont passés à Trissino où se trouvent, dit-on, le château de Roméo et celui de Juliette, l'un en face de l'autre de chaque côté de la route.

Était-ce une bonne idée que d'espérer trouver refuge précisément à l'endroit où la première pensée du Sénateur Grimani serait de les envoyer chercher, aussitôt que sa colère lui aurait rendu un peu de clairvoyance ? Elle fut longue à lui revenir. L'orgueil outragé, l'humiliation, en fixant en vous l'obsession d'une seule image sur laquelle cristallise la haine, sont aussi capables de vous faire perdre de vue les moyens de l'assouvir. Le Sénateur, assis dans son fauteuil, le regard fixe devant lui, ne pouvait imaginer autre chose que le poignard qui transpercerait la poitrine de Sandro, ou plus exactement son dos : car sa fureur ne lui permettait même pas d'envisager qu'on pût le frapper de face, ou bien la hâte qu'il avait de le voir mort se réduisait à la vision des cavaliers au galop le rattrapant et le poignardant avant qu'il ait pu se retourner. Il ne pouvait songer qu'à en multiplier le nombre, à les envoyer sur toutes les routes et les bourses d'or qu'il répandait étaient la seule ruse qu'il pût imaginer. Aussi n'est-ce que le lendemain à l'aube, après une nuit sans sommeil, toute remplie de massacres et de sang, qu'il frappa du plat de la main la couverture de son lit, sonna son laquais, fit appeler Torcello et lui commanda de dépêcher cinq cavaliers à bride abattue sur la route d'Orvieto : ils partirent donc bien après que Sandro eut joué son tour aux trois sbires qui, par hasard, s'étaient trouvés à temps dans l'auberge d'Asolo.

Mais on ne réfléchit jamais assez. Ou plus exactement, les hommes (moi le premier) ne réfléchissent que selon ce qu'ils sont eux-mêmes. On roule dans la tête d'autrui ses propres pensées et on raisonne sans s'aviser que sa tête est à lui : c'est la cause de presque toutes les erreurs qu'on commet dans sa vie. Il faut beaucoup plus de génie qu'on ne croit pour sortir suffisamment de soi et considérer les choses avec les yeux d'un autre. Ainsi, que fait un cavalier à qui l'on vient de commander de galoper pour rattraper quelqu'un ? Il galope. Et que pense-t-il ? Qu'un fugitif n'a d'autre souci que d'éperonner son cheval comme il le fait lui-même, de traverser dans le plus petit nombre d'heures le plus grand nombre de lieues, de milles, de stades ou de verstes, de mettre derrière lui tout ce qu'il peut d'étapes ou, comme on dit, de les brûler. À son idée par conséquent, le poursuivant n'a rien d'autre à faire qu'aller plus vite encore, et son orgueil de fringant écuyer fait qu'il prend plaisir à doubler l'allure. Voilà comment cinq cavaliers sont arrivés dans un nuage de poussière devant la villa de Gemelli, chevaux fumants et la bave au mors, après quatre jours et quatre nuits de chevauchée, fiers de leur vitesse, aiguillonnés par la colère du Sénateur et par l'attrait des pistoles promises à qui ramènerait le musicien mort et la belle enchaînée.

Arrêtés en vue de la belle terrasse qui précède la maison, ils réfléchirent de nouveau et eurent entre eux une petite conférence. Valait-il mieux entrer en force et par surprise, demander Stradella et fouiller la maison, ou se mettre en observation jusqu'à ce qu'il se montre ou se trahisse ? L'un d'eux fit remarquer qu'il était inimaginable que qui que ce soit ait pu galoper plus vite qu'eux, et que Stradella ne pouvait pas être déjà arrivé. C'était bien pensé. Le mieux était d'attendre. Ils se postèrent donc en divers points à la lisière des bosquets de chênes verts, derrière les lignes de cyprès et dans les vignes haut taillées comme on fait en Italie. La nuit, ils se rapprochaient de la villa et veillaient par quartier. Après dix jours et dix nuits, ils se réunirent à nouveau et conclurent avec regret que la piste qu'ils avaient suivie n'était pas la bonne, que le fugitif était parti dans une autre direction et que quelqu'un parmi leurs camarades était sans doute en train de compter à leur place les pièces d'or de la récompense. Silencieux et mal contents, ils reprirent, à petites étapes, le chemin de Venise.

On ne réfléchit jamais assez, vous dis-je. Il arrive que le fugitif soit amoureux, et même amant comblé. Il arrive donc qu'après quelques heures de galopade il s'ébroue comme son cheval, lui rende le mors, le laisse se mettre au petit trot, puis à l'amble, puis au pas, s'oublie, s'abandonne, passe des nuits blanches dans les bras de sa belle et dorme le jour. La folle nuit parmi les paysans en liesse et le concert grotesque du lendemain matin avaient eu pour effet d'emplir Sandro et Ortensia d'une sorte de torpeur béate. Ils somnolaient dans le bonheur. Par les chemins de traverse, contournant les villes, laissant leurs chevaux brouter le long des talus pendant qu'ils s'embrassaient, il leur fallut trois semaines pour arriver chez Gemelli : les bois d'alentour étaient depuis longtemps libres de tout espion. Ils n'avaient pas réfléchi plus que leurs poursuivants :

je dois le souligner pour être honnête. Leur voyage, ou plutôt leur flânerie, disons même, car c'est bien cela, leur voyage de noces, n'avait été scandé que de fous rires. Les premiers étaient venus à l'évocation du solo hennissant de Sandro et de la déconvenue du soudard mélomane. Une chose entraînant l'autre, chaque épisode de leur rencontre était devenu prétexte à rire : la première révérence d'Ortensia, la première fois qu'elle avait chanté en tremblant, l'air compassé, faussement absent, du gros abbé violoncelliste, et par-dessus tout la peinture qu'ils se faisaient, les cruels, du concert interrompu dans le palais du Sénateur. L'amour heureux est inexorable. Ils se racontaient indéfiniment les mêmes scènes, riaient chaque fois davantage et, leurs chevaux flanc à flanc, s'embrassaient. Ils ne cessaient de rire que pour manger, sous la tonnelle d'une auberge de village. Je crois qu'ils riaient même en dormant et que si, parfois, leurs baisers tremblaient un peu, c'était à cause d'arrière-fous rires mal contenus. Ils riaient encore en passant Spoleto.

Lorsqu'on pénètre chez Gemelli, on a chaque fois la même sensation de sortir du temps : c'est que rien n'y change jamais. Ni les fresques au mur, légères comme des aquarelles de printemps, ni le doulou-reux Marsyas de marbre tout au fond, ni le clavecin ouvert, ni le petit luthiste assis sur son tabouret, la tête penchée de toutes ses boucles vers les accords qu'il caresse du bout des doigts et dont les petites notes rondes, lorsque vous traversiez le grand vesti-bule, vous accueillaient déjà derrière la porte et, tout doucement gouttant sur vous, vous avertissaient d'avoir à baisser la voix ; ni, bien entendu, Gemelli qui paraît n'avoir pas fait un seul geste depuis l'autre fois, ne pas s'être levé, ni couché, ne pas avoir mangé, ni parlé. C'était il y a un mois, ou un an — ce pourrait avoir été il y a un siècle — et vous sortez si parfaitement du temps qu'il vous semble que ce qui a pu se passer depuis l'autre fois dans votre propre vie, les événements, les voyages, et même l'amour, tout cela s'estompe, soudain mis entre parenthèses. Lorsque vous passez le seuil de la galerie, les mots qui vous accueillent sont d'ailleurs les mêmes que vous avez déjà entendus la fois précédente, de sorte que votre entrée prend l'allure d'un cérémonial ou d'une immuable liturgie :

— Te revoilà, mon Sandro...

Les mêmes mots. Rien ne peut arriver. Tout est à sa place, et si invraisemblable que puisse être la situation, par exemple si vous entrez accompagné d'une jeune femme déguisée en garçon, elle semble avoir soudain perdu son étrangeté.

— Et cette fois-ci tu m'as amené... Comment te nomme-t-on, jeune homme, jeune femme ?

Il sourit. Mais auriez-vous imaginé qu'Ortensia pût rougir de timidité ? Eh bien, oui : elle tremble presque. Son regard erre, à petits coups de paupière ; puis, brusquement, il s'arrime à celui de Gemelli.

— Je me nomme Ortensia.

Elle tremble, elle palpite, mais elle répond bien . quand on lui demande « comment te nomme-t-on ? », elle répond « je me nomme ». Belle chose qu'une langue, quand elle permet qu'on se trahisse ainsi en mettant « je » au nœud de la question.

— Eh bien, sois la bienvenue, Ortensia. Il me suffit que ce soit Sandro qui t'amène.

En fait, on s'amuse à les voir ainsi, tous les deux. Car Ortensia n'est pas seule à chanceler de timidité :

174

Sandro ne paraît pas plus assuré. Il la tient par la main : on croirait deux écoliers qui attendent le résultat du certificat d'études. Non, c'est plus fort encore, et plus touchant : c'est un gamin qui vient présenter sa fiancée à son père et qui guette sur son visage les symptômes, les signes, les présages de ce dont dépendra le bonheur de sa vie... Cet homme, s'il le fallait, défierait tout Venise, son sénat, le Conseil des Dix, le Grand Conseil, le public, l'opéra, la cabale, dix spadassins au coin d'une rue : mais ici, il frémit d'émotion. Il a bien changé, mon Sandro. Il riait ce matin sur la route en embrassant Ortensia. Quelque chose s'est passé, d'aussi loin qu'il a reconnu les collines qui encadrent la villa de Gemelli et la ligne de cyprès qui la longe. Cela s'est fait brusquement, le temps d'un serrement de cœur : comme si la vue de ce lieu où il est venu si souvent et auquel le rattache, qu'il y pense ou non, la moindre note de musique ; comme si de franchir ce portail, de traverser ce beau jardin aux arbres sculptés, d'entrer dans la galerie fraîche aux couleurs douces, rendait soudain irréversible, irrévocable, imprescriptible, massif et grave, ce qui jusque-là n'avait été que la chaîne des plaisirs légers et le chapelet des instants qu'on savoure. Sandro nageait depuis trois semaines dans le bonheur, respirant le doux corps d'Ortensia et dévorant ses baisers. Depuis dix minutes l'amour est devenu pour lui une chose grave. Il ne le sait pas encore clairement, mais quelque chose tremble au fond de lui, comme s'il avait peur.

— Je t'ai dit une fois, Sandro, rappelle-toi, qu'en écoutant ta musique, je saurais reconnaître si la femme que tu aimais était belle. Cela t'a fait rire et tu avais raison : car cette manière de dire était un peu sotte. Pourtant te voici revenu, et aujourd'hui tu m'as amené Ortensia. Eh bien, lorsqu'elle est entrée, j'ai su que ta musique ne serait pas seulement belle, mais qu'aussi elle serait bonne...

Il entrouvre les yeux après un silence :

— Quand le son vacille, le cœur aussi...

Que veut-il dire ? Je n'en sais rien. On se demande toujours, à entendre les petites maximes qu'il laisse tomber comme des cailloux, quel est le court-circuit qui s'est fait dans sa tête.

Sous ses paupières rondes, ses petits yeux de marsouin pâle restent fixés sur Ortensia. Comme elle a changé, elle aussi, cette petite femme... Il n'y a pas deux pages, nous l'avons vue riant aux éclats du côté de Spoleto, à l'instant où l'on va quitter la plaine pour pénétrer dans les collines arides et sèches : et je lui vois de nouveau l'air tendu et l'expression secrète qu'elle avait à Venise, quand Sandro lui donnait ses leçons. Elle est plus belle que jamais. Son costume de garçon lui sied mieux qu'il y a trois semaines, dans la gondole, ou le soir dans l'auberge d'Asolo. On s'attendrait que l'amour ait épanoui ses formes et son visage, qu'elle soit à l'étroit dans son justaucorps : eh bien, c'est le contraire. On dirait que son corps s'est adapté à son habit, et que son visage... Pour le visage, c'est autre chose. A-t-il perdu quelques rondeurs, sur les joues ? Je ne crois pas : c'est comme s'il avait minci, sans que pourtant rien ne manque. Elle a souri et a jeté un coup d'œil à Sandro, lorsque Gemelli a prononcé sa petite phrase, si aimable, où il flattait en même temps et en mêlant bien tout, en Sandro le musicien et en Ortensia la femme, et par conséquent en lui l'amoureux et en elle l'artiste et donc, sans en rien dire, en elle l'amante, et ainsi de suite.

Maintenant, les choses vont suivre leur cours habituel. Gemelli appelle son valet, les envoie se rafraîchir et se reposer, manger des sucreries et boire du vin doux, et le soir il les fait chanter. Il n'a pas posé une seule question pour savoir d'où vient Ortensia, qui elle est, ce qu'ils ont fait, ni quels dangers ils courent : il connaît son Sandro sur le bout du doigt. Il n'a même pas demandé si Ortensia était musicienne : cela va de soi, ou bien cela se voit sur son front, ou bien il le sait au son de sa voix ; une phrase suffit à son oreille.

À mesure que Sandro chante, tout ce qu'il y avait de raidi et de durci sur son visage se détend et s'éclaire. Il a choisi un air parmi ceux qu'il composait à Venise le soir dans sa chambre, après la leçon de chant. Les paroles sont un petit poème précieux et amoureux, de Guarini ou de Marino, et elles glissent sur la musique comme du miel d'acacia. Ortensia ne les connaît pas. Il enchaîne un autre air, puis un troisième dont il semble si content qu'il rit tout seul entre chaque couplet en improvisant sur le clavecin :

> *Baciando i baci suoi,*
> *Di bacio in bacio a quel piacer mi deste...*

On ne l'arrêterait pas. Ortensia, assise sur un tabouret bas, les mains autour des genoux, laisse glisser sur elle ce ruissellement de mots et de chant qui parle de beauté, de baisers et de cheveux dorés.

— Bien, Ortensia !

C'est Gemelli. Il a un sens inimitable des coups de théâtre. C'est un grand comédien. Il sourit, mais en dedans.

— Vois-tu, mon petit, il faut que tu fasses comprendre quelque chose à ton Sandro. Il croit toujours que son rôle est de faire de la musique. Il n'y a que les mauvais musiciens qui s'acharnent à faire de la musique...

Il ménage une petite pause et jouit de ses effets.

— Ton rôle, Sandro, c'est seulement de faire en sorte que la musique se fasse. Toi, tu l'écris, tu la chantes : mais quand je t'écoute, c'est moi qui fais la musique. Ce sont ceux qui t'écoutent qui la composent en eux-mêmes. Ton rôle est seulement d'inventer des choses qui leur permettent de sentir monter la musique en eux. Si moi je ne parviens pas à produire de la musique dans mon âme avec ce que j'entends, c'est que tu t'es trompé, toi. N'est-ce pas, Ortensia, que je dis vrai ? Sandro, crois-tu que tu t'es fait aimer comme elle t'aime à cause de tes doubles-croches ?

Il les regarde tour à tour et s'amuse de leur embarras.

— Si Ortensia t'aime... L'aimes-tu, Ortensia ?

La réponse fouette :

— Je l'aime trop.

— Bien répondu, mon petit : sauf que *trop* est de trop.

Maintenant, elle rit, de beaux éclairs dans ses yeux.

— Si, je l'aime trop.

— *Ma non troppo*, mon petit, *ma non troppo*. On n'aime jamais trop. *Un poco meno mosso*, e va bene... Tu vois, Sandro, si elle t'aime, c'est parce que la musique se déployait dans son cœur à mesure qu'elle t'écoutait. Tu n'es rien du tout, Sandro. Un musicien n'est rien. À peine un mince petit fil invisible qui relie, là-haut, la lyre d'Apollon, et ici le cœur d'Ortensia.

On ne sait trop à quel moment il a refermé les yeux. De nouveau, on croirait qu'il dort. Soudain, il s'éveille :

— Soyez les bienvenus dans ma maison, mes petits. Que vais-je faire de vous deux, maintenant ? Sandro, je t'ai envoyé à Venise il y a trois mois. Tu y as trouvé Ortensia, et je devine que tu t'es mis Venise sur le dos. Si je t'envoie à Rome chez le pape, est-ce que tu vas te tenir tranquille ? Ortensia, est-ce qu'il va se tenir tranquille ?

Étrange dialogue. Ils sont trois, c'est à Sandro qu'on parle, c'est de lui qu'il s'agit, et pourtant on dirait que tout se passe par-dessus ses épaules, directement entre le gros vieux Gemelli et la jeune belle Ortensia. D'ailleurs, voyez : les yeux d'Ortensia sont à nouveau doux comme du velours d'Utrecht. Elle sourit, elle se lève, elle se glisse derrière Sandro et lui met les deux bras autour de la taille :

— Je vais l'attacher.

— Tiens-le bien. Ne le lâche pas.

Sandro lentement se dégage, quitte le clavecin et reprend Ortensia par la main en riant très fort :

— Moi aussi, je la tiens.

— Si vous vous tenez bien, je vais vous donner une lettre pour un cardinal.

— Vous voulez nous marier ?

— Je veux, Sandro, que tu lui apportes un oratorio de ta main. Tu commenceras dès demain. À Rome, depuis que le Carissimi est mort, l'année dernière, ils n'ont plus personne que des musicastres. J'ai ici un beau poème que l'on a fait sur saint Jean-Baptiste : tu vas le mettre en musique et dans un mois, pour la Saint-Jean, tu arriveras à Rome avec ton oratorio. Ils seront bien attrapés...

Gemelli dit tout cela d'un trait, avec une inflexion d'autorité qui surprend d'autant plus que son filet de voix est demeuré aussi ténu et aussi grêle, à peine plus incisif et son débit plus appuyé. Mais aussitôt, sa douceur reprend le dessus, et le fait presque tendre :

— Ortensia...

Vous avais-je dit qu'elle avait maigri, Ortensia, que les traits de son visage s'étaient resserrés, à la fois plus graciles et plus nerveux ? Pas du tout. Depuis une minute, le voici qui s'épanouit de nouveau, s'arrondit, se farde, comme si la musique dont parle Gemelli déjà se répandait en elle, descendait dans ses veines et remontait jusqu'à ses joues.

— Ortensia... Je te charge de veiller sur lui. Et maintenant, mon petit, c'est toi que je voudrais entendre chanter.

Vraiment, c'est trop à la fois. Il y a un petit chavirement vers l'effroi dans le regard d'Ortensia, qu'elle cache aussitôt en baissant les yeux : la revoici maigre... Elle hésite, et puis :

— Vous m'en dispenserez, Maître, s'il vous plaît, pour ce soir. Nous avons chevauché tout le jour. Il y a trois semaines que je n'ai pas fait mes exercices... Mon maître de chant vous dira si je puis chanter...

Elle a repris courage et regarde Sandro qui fait *non* de la tête.

— Demain, donc. Il ne serait pas juste qu'en entendant Sandro j'aie pu dire « bravo Ortensia » et que je ne puisse pas ajouter en t'écoutant : « bravo Sandro ».

— Mais vous, mon Maître, dit Sandro, ne chantez-vous plus jamais ?

— Non, non... Je ne chante plus. Presque jamais. Seulement lorsque je veux me ressouvenir d'un air que j'aimais... Je me le chante, pour moi seul, et il n'y a que mon petit page qui l'entende. Je ne possède plus la force, ni la vaillance ni...

— Mais tant d'art, mon Maître, tant de science...

— Oui. L'art... C'est vrai : il me reste l'art. Je sais si exactement ce que je puis demander à mon gosier qu'il m'obéit. Tu as raison, Sandro : l'art. Peut-être un soir, peut-être chanterai-je pour vous.

Ils l'ont entendu pourtant dès le lendemain et comme par surprise : mais il se pourrait que Gemelli l'ait voulu ainsi. Sandro et Ortensia étaient assis dans le jardin sur un banc de pierre, dans un renfoncement de la muraille odorante des lauriers taillés, près d'une statue de faune cornu jouant de la flûte. Ils parlaient à voix basse de la musique que Sandro allait composer et dont il avait déjà la tête pleine : Salomé, Hérodiade, Jean-Baptiste. Par les fenêtres ouvertes de la galerie, derrière eux, on entendait les accords très doux, ronds et fruités, du luth, qui se mêlaient aux faisceaux roux que le soleil du soir glissait dans les fentes des feuillages et dans les intervalles des orangers en pots. Tout à coup, aussi subrepticement que ces filets de lumière parmi les branches, une mélodie subtile s'insinua entre les notes du luth, fine comme un fil d'or, toute en glissades et en feintes. Ils se turent et se regardèrent en tendant l'oreille comme on peut le faire pour saisir le chant d'un oiseau à peine perceptible dans le lointain des bois. Sandro avait posé sa main sur celle d'Ortensia et ils ne se quittaient pas des yeux, comme si un seul mouvement de leurs paupières risquait de leur faire manquer une maille de cette dentelle sonore, aiguë, caressante. Ils n'entendaient pas les paroles, rien que le flux — pas même : rien que l'effluve d'un miel sonore traversant l'air au-dessus d'eux. Puis Sandro se leva et entraîna Ortensia par la main qu'il tenait et, mesurant leurs pas pour ne pas risquer de heurter un caillou, ils remontèrent l'allée jusqu'à la porte de la villa. Ils se glissèrent dans la galerie à l'instant où une dernière volute de voix s'acheminait en serpentant pour rejoindre l'accord du luth.

Gemelli est dans son fauteuil, à peine plus droit que d'habitude, les yeux fermés, le petit luthiste à ses pieds. Ils sont entrés si doucement qu'il ne les a pas entendus, dirait-on. Mais je crois qu'il fait semblant, s'il est vrai que c'est pour eux qu'il chante : et sur cette dernière note qu'il fait attendre et désirer par des détours et des leurres, et qu'ensuite il prolonge longuement en un murmure si léger qu'on ne parvient pas à savoir si c'est bien elle qui se poursuit, ou si elle ne s'attarde plus que dans notre mémoire avant de se résoudre dans un silence encore tout coloré de voix, exactement comme les lèvres de Gemelli gardent encore la forme du très doux *o* du mot *pianto*, qu'elles adoucissent encore en un demi-sourire triste, il ouvre les yeux et regarde Ortensia avec un indéfinissable mélange de tendresse et — le croiriez-vous? — de timidité. Il regarde Ortensia, mais c'est à Sandro qu'il s'adresse :

— Tu vois, Sandro... L'art. Seulement l'art... Quand je chante, il ne me reste plus que (il hésite tout de même sur le mot) la roublardise d'un vieil artiste qui sait tout faire avec sa gorge et ses lèvres.

Tout les deux ont le même sursaut.

— Mais ce n'est pas vrai!

Sandro s'avance d'un seul élan, tandis que Gemelli fait de la main un petit geste désabusé et la laisse retomber. Son sourire ressemble un peu plus encore à celui d'un enfant timide. Quant à Ortensia, pendant ce temps, elle s'est glissée jusqu'aux pieds du vieux chanteur, tout contre le petit luthiste, et la voici assise par terre. Dieu, qu'elle est belle... Je voudrais que vous la voyiez exactement comme je la vois. Elle a saisi la grosse main bouffie qui pend parmi les dentelles et l'a portée contre sa joue. Dans ses yeux levés, dans sa bouche à demi ouverte, on lit la même douceur à la fois désolée et — comment dire ? — désirante, oui, désirante, qu'on voit sur certains visages dessinés par les plus voluptueux de ces peintres italiens maniéristes et baroques, les Strozzi, les Mazzoni, quand ils veulent figurer le ravissement d'une femme ou d'une sainte. Et c'est elle qui transcrit ainsi avec son corps, son visage, ses yeux, ses lèvres, ses mains, ce que Sandro est en train de dire avec une rudesse impérieuse et maladroite :

— Tant d'art, mon Maître, nous émeut avec autant de force que... Vous nous déchirez le cœur, justement, par votre art...

Il patauge. Il ne sait pas quels mots trouver pour dire ce qu'il sent, et qu'il ne parvient même pas à penser. Ortensia, la joue sur la main de Gemelli, l'interrompt, et parle d'autre chose :

— Que chantiez-vous ?

C'est ce qu'il fallait dire ; l'expression de faiblesse s'atténue sur le visage de Gemelli qui répond d'un air rêveur et lointain :

— Caccini. Mon maître à moi. C'était le plus grand des chanteurs.

Puis, un ton au-dessous, avec une sorte d'embarras, ou de pudeur, très lentement, syllabe par syllabe :

— Moi, je suis une ombre.

Personne ne bouge. C'est à peine si on ose respirer. Il y a ainsi des moments où l'on pressent que ce qui se dit, ce qui va être dit, devra être pesé : cela demande un peu de temps et de silence. Ce n'est pourtant rien encore : rien que le contraste entre ce chant, cette voix, le concentré de ce que l'art, le travail, le génie, l'ascèse, l'habileté, la patience, l'émotion peuvent avec l'aide du temps façonner dans un gosier d'homme, et ces mots murmurés : « Moi, je suis une ombre. » D'ailleurs, Gemelli laisse tout le temps qu'il faut pour qu'on y pense.

— Voyez-vous, mes petits, ce qui est si difficile pour nous qui sommes musiciens, c'est qu'il faille à la fois porter si haut l'orgueil de notre art et l'humilité envers nous-mêmes. Quand tu composes, Sandro, l'un de tes beaux madrigaux, si tu n'as pas la certitude que c'est le plus beau qui ait jamais été fait, il ne sera pas bon. Tu dois le croire absolument. Tu dois en tirer un immense orgueil. Pour lui, Sandro, pour lui : pas pour toi...

Ortensia tourne brusquement la tête vers Sandro, tendue et nerveuse tout à coup.

— Si tu as de l'orgueil, non de ton œuvre, mais de toi, tu es perdu. Je veux dire : ton œuvre. La vanité d'un artiste, c'est la petite fêlure par laquelle s'échappe la force de son œuvre. C'est difficile, Sandro. Il faut sans cesse jouer double jeu. Que suis-je, moi, Gemelli, si je me compare à mon maître Giulio Caccini ? Je te l'ai dit : une ombre. Et pourtant, durant toute ma vie, chaque fois que je chantais, aussitôt que j'ouvrais la bouche, il me fallait faire

comme si j'étais le nouveau Caccini. Il fallait que
j'en persuade, concert après concert, tous ceux qui
m'écoutaient. Il fallait que je fasse en sorte qu'ils le
croient, sans jamais me permettre de le croire moi-
même. Voilà ce que c'est que l'art, mon petit Sandro.

Oh, comme il a raison, ce bon Gemelli... Comme
je l'aime, ce gros vieillard, lorsqu'il parle ainsi.
Comptez un peu avec moi. Dans un siècle entier,
que fait le génie des hommes, qui compte vraiment ?
Trois œuvres ? Quatre ? Les doigts d'une main ? Je
ne parle pas seulement des œuvres belles et tou-
chantes : celles-là il y en a à foison. Je veux dire :
que manquerait-il de si important que l'honneur des
hommes serait amoindri de son absence ? Une main
suffit. Vous me demanderez dans ces conditions
pourquoi j'écris, moi. C'est une très bonne question :
mais c'est Gemelli qui la pose, et qui répond. Nous
autres, qui écrivons des livres, qui sommes-nous ?
Des tâcherons. Nous labourons, nous hersons, nous
bêchons, nous sarclons, nous remuons de la terre
pour faire pousser des petits pois. Cela ne peut se
faire qu'en écrivant des livres, des milliers de livres
qui sont des défrichages, des bouts de sentiers
ouverts pour qu'un jour vienne un livre, un seul, le
seul qui compte, *La Chartreuse de Parme*, ou bien *Les
Frères Karamazov*, ou *Anna Karénine*, ou *Du côté de chez
Swann*, et qui ne viendra jamais si nous n'avons pas
écrit tous les nôtres. Il faut noircir de doubles-

croches des milliers de feuilles de papier rayé pour un seul opéra qui ramasse toute la mise avec un seul air de donna Elvire. C'est très injuste. Et c'est très bien ainsi. Ce n'est pas là que gît la difficulté. Ce qui est si malaisé dans ce métier, c'est ce sur quoi Gemelli vient de mettre le doigt : qu'il nous faille écrire chacun de nos petits livres en faisant comme si c'était le grand, non pas tant pour nous convaincre qu'il l'est, mais pour lui donner une chance de le devenir ; et cela pourtant sans jamais nous permettre à nous-mêmes de croire que c'est vrai. Gemelli a raison : un artiste qui ne croit pas à son œuvre n'est qu'un amuseur public ; mais celui qui se présente comme le génie qu'il n'est pas est un histrion. Arrangez-vous avec cela.

— Arrange-toi avec cela, Sandro, dit Gemelli.

Tout au fond du jardin, au bout d'une étroite allée échancrée comme une tranchée entre deux murs de lauriers haut taillés et que l'on ne parcourt jamais que les yeux baissés à cause des losanges, des cercles, des étoiles, des frises grecques et aussi des petites figures en forme de dauphins et de sirènes que dessinent les galets gris et blancs dont elle est pavée et que l'on contemple en cheminant, même si c'est la centième fois, même si l'on parle avec quelqu'un — tout au fond s'élève un minuscule pavillon que l'on appelle le *studiolo*. À mesure que l'on approche et qu'on commence à distinguer dans une niche ovale au-dessus de la porte, sous le fronton ourlé, le buste de je ne sais quel personnage antique et barbu, peut-être Homère, ou Euripide, ou bien Socrate, il arrive que l'on perçoive des bribes de musique, des lambeaux de chant, des éclaboussures de clavecin. Ou bien l'on n'entend rien du tout : et dans ce cas on peut arriver jusqu'à la fenêtre ouverte et apercevoir Sandro, le dos voûté, penché sur son papier à musique, en train d'écrire un air de l'*Oratorio de saint Jean-Baptiste*. Il peut arriver aussi qu'on ne le voie pas tout d'abord, et qu'on ne le découvre qu'après être entré, tout au fond dans l'ombre, somnolant sur des coussins, la nuque entre les mains, les yeux fermés ou errant au plafond sur les petits personnages roses, ocre et verts, les amours aux ailes de papillon, les oiseaux du paradis, les fleurs en forme de lys, les grappes de raisin, les torsades et les rocailles, dont un enlumineur au pinceau gracile et maniéré a jadis parsemé la voûte en plâtre bleuté du *studiolo*.

Il y a maintenant huit ou dix jours que Sandro y vit reclus, de jour comme de nuit, ou presque. Il ne dit pas merci quand le valet Giulio lui apporte un plateau de jambon, un poulet, un pâté d'anguille, qu'il dévore un moment plus tard, ou que Giulio retrouvera le soir intact. Quand Ortensia vient le voir, il l'embrasse avec un gentil sourire un peu lointain, lui caresse le cou et les cheveux et rit tout seul, comme on rit en soi-même d'un bon mot ou d'une étrange idée qui serait passée dans votre tête et qu'on ne saurait exprimer. Quelquefois, il se lève et l'entraîne dans le jardin où ils marchent un moment côte à côte, parmi les parterres d'iris bleus et les buis taillés. Ils parlent à mi-voix. Il lui demande ce qu'elle a chanté à Gemelli, lui sourit, lui dit : « T'adoro, mio ben », lui sourit encore, baise ses yeux en murmurant : « Occhi miei belli... » et puis s'en retourne au *studiolo*, tout seul, comme s'il avait oublié qu'une semaine auparavant elle, ses yeux, ses cheveux, ses lèvres, ses seins, son ventre, son rire, sa voix, les mots de sa bouche, accaparaient toute sa pensée. Ou bien au contraire, lorsqu'elle entre, il se lève d'un bond avec un hennissement de centaure, fait voler ses chausses et son pourpoint à travers la salle, la renverse sur les coussins et la renvoie après cinq minutes de bataille ; à moins qu'il ne la laisse, haletante et pantelante, pour se précipiter tout nu vers le clavecin et lui chanter le dernier air qu'il vient d'écrire.

En fait, Sandro n'y est plus pour personne, ni en pensée, ni en chair, ni en os ; pas même pour lui. Il dort tout habillé sur son tas de coussins, un bout de nuit, un bout de jour. Il se lève et se recouche. Il feuillette ses pages de musique, griffonne, ou au contraire s'applique, lève la tête et se caresse la joue avec sa plume d'oie, se relève, tourne en rond, puis s'affale et somnole. Ne croyez pas qu'il attende, comme on dit, l'inspiration. D'ailleurs, l'inspiration, cela n'existe pas. Il s'est seulement installé dans cette alternance de fébrilité passagère et de longue torpeur que connaissent certains (je suis de ceux-là), quand ils composent, qu'ils écrivent, qu'ils peignent, et qui absorbe l'absolue totalité du temps qu'ils vivent. J'admire les écrivains qui travaillent à leur roman dans les interstices de leur vie tout occupée d'autre chose. Ils rédigent un demi-chapitre entre six heures et neuf heures du matin, et puis s'en vont à l'atelier ou au bureau. Ou bien ils s'installent devant leur page le soir, après le dîner en famille. C'est une grande force et je les jalouse secrètement. Je suis comme Sandro : je ne travaille pas tout le temps. Comment expliquer cela à ceux qui vivent autour de vous et qui vous voient ne rien faire ? Comment leur faire comprendre qu'en fait on travaille ? Comment leur dire qu'ils me dérangent, puisque je ne faisais rien ? Non, non, je n'attends pas l'inspiration. Je ne sais pas ce qu'on appelle de ce mot. Je ne connais que ces moments, très longs et très lents, pendant lesquels s'installent non pas les idées ni les pensées, mais le rythme des mots, le battement des mots, le piétinement des syllabes, le tempo des phrases ; non pas des réflexions, ni même des images, ni des scènes, ni des répliques, mais la couleur de ce qui se passe ou se trame, qui s'étale lentement comme une touche d'aquarelle mouillée. Lorsqu'on marche au bord de la route au mois de mars, de très loin, au-delà des champs, la masse gris et brun de la forêt encore d'hiver laisse pressentir je ne sais quelle vapeur, à peine rosée, d'aquarelle justement. On la regarde, mais on l'oublie aussitôt en poursuivant sa marche. On lève le nez cinq cents mètres plus loin et, sans y penser davantage, on discerne plus nettement la douceur saumonée qui se mêle à la brume et s'y fond. On s'approche encore et il semble que cela prend substance et matière ; c'était une nuance et, à mesure qu'on marche, cela commence à devenir une couleur ; c'était un dégradé du ton de l'hiver, et c'est en train de devenir autre chose : et tout à coup, on voit. Ce sont des milliers, des millions de bourgeons roses, un au bout de chaque branche et de chaque brindille. C'est le printemps, mon ami. Tu ne le savais pas. C'est le printemps : il y a des jours qu'il travaille et depuis cette minute exactement, tu le sais. Jamais une page ne peut être écrite avant qu'on soit parvenu à la bonne distance, celle où tout à coup ce qui était déjà là depuis longtemps prend sa forme exacte. Mais il faut marcher longtemps, un pas après l'autre, ne penser à rien, et surtout pas à elle, alors qu'on ne pense qu'à elle. Il faut cheminer pas à pas dans sa tête, que le martèlement des mots soit si bien installé que la phrase arrive toute prête, quand elle veut bien.

Et pendant que Sandro tourne en rond dans son *studiolo*, somnole sur les coussins ou écrit à sa table comme un furieux, pendant ce temps Ortensia pleure.

— Ainsi, mon petit, l'amour te fait souffrir ?

Elle ne répond pas.

— T'attendais-tu à autre chose ?

Gemelli a toujours la réplique que l'on ne prévoyait pas. Et pendant qu'on s'étonne, ou qu'on sourit, ou qu'on tressaille, lui, à travers ses paupières closes, il guette. Et comme Ortensia reste les yeux baissés, les mains enserrant ses genoux, fermée, le voici qui chantonne, du bout des lèvres, ainsi qu'il fait parfois, sur trois notes, à peine audibles :

Baci non già, ma strali...

Quelqu'un qui ne le connaîtrait pas aurait un sursaut · « il se moque de moi ». Mais non : avec lui, cela se passe autrement. On se prend à écouter, entre les notes, entre les mots, quelque chose qui se glisse et qui vous atteint plus loin que s'il avait parlé. Cinq mots, trois notes, tirés de je ne sais quel opéra oublié, dont lui seul, peut-être, se souvient : « Non pas des baisers, mais des flèches ! » Et comme la musique engendre le silence, on se tait, et on répète au fond de soi : *Baci non già*...

— Pourquoi crois-tu qu'on a donné à l'Amour un arc, un carquois et des flèches, Ortensia, si ce n'est pour qu'il blesse ?

Enfin, il sourit.

— Que deviendrions-nous, dis-moi, nous autres musiciens, si nous n'avions plus à chanter les blessures de l'Amour ? Nous serions réduits à l'hôpital des indigents... M'imagines-tu, moi, Gemelli, vieux et impotent, et toi, Ortensia, avec ton Sandro, en train de mendier au coin des rues, parce que le carquois de l'Amour serait vide ? Et nous n'aurions même plus de chansons pour apitoyer les riches passants...

Il fait vraiment tout ce qu'il peut, Gemelli, pour la faire sourire. Il y parvient : quelque chose vient de passer dans les yeux d'Ortensia, un petit éclat, qu'on devine l'espace d'une seconde, sans même qu'elle ait levé les paupières. Cela n'est pas descendu jusqu'à ses lèvres, mais cela suffit pour qu'il puisse reprendre :

— Et pourquoi souffres-tu ?

Cette fois, elle lève les yeux, droit devant.

— Je vous l'ai dit, Maître. Je l'aime trop.

— Je t'ai répondu que *trop* est de trop. Il arrive qu'on aime mal, mais trop, non. Vraiment non.

— Je ne sais plus s'il m'aime.

— Pour cela, mon petit, je peux te répondre. N'en doute pas : il t'aime. Je connais mon Sandro par cœur, depuis qu'il a seize ans et que sa voix est devenue ce qu'elle est. Ton Sandro est transparent comme ce cristal que tu vois là. Je le sais sur le bout du doigt. Je sais tout ce qui lui passe par la tête, avant lui. Et pour ce qui est des femmes, j'ai toujours tout deviné, ses toquades, ses passades, ses coups de sang. Rassure-toi, ma toute belle. Moi je te dis qu'il t'aime. Je vais même te dire une chose : tu as beau t'être déguisée en garçon, c'est la première fois qu'il aime.

Regardez ce petit air farouche et têtu. L'éclair de sourire que Gemelli a fait passer dans ses yeux n'a duré qu'une seconde. Vous êtes-vous déjà demandé ce qui se passe dans l'esprit d'une femme, quand elle a dit : « il ne m'aime plus ? ». Qu'attend-elle ? Qu'on lui réponde : « mais si, il t'aime ». Bien entendu, c'est cela qu'elle attend ; mais c'est la dernière chose à faire que de le lui dire. Si vous le faites, elle répondra : « mais je sais que non. Plus comme avant... ». Comme avant quoi ? Voilà la vraie question.

— Il ne m'aime plus comme avant, dit Ortensia.

Gemelli est trop malin pour répliquer, comme

nous aurions fait, vous et moi : « comme avant quoi ? ». Il dit :

— Et comment donc t'aimait-il avant ?

Cette fois, yeux, lèvres, front, joues, cheveux, tout : c'est tout le visage d'Ortensia qui se transforme en sourire.

— Ah, mon Maître... Si vous saviez quel bonheur était le nôtre... Nous...

Elle rit. Elle ne s'est même pas aperçue qu'elle avait transformé le « il » que posait Gemelli en « nous » ; il a dit : « comment t'aimait-il ? » ; elle répond : « notre bonheur ». Elle a raison. L'amour se fait à deux.

— Nous ne pensions à rien. Nous avions fini par oublier qu'il y avait peut-être des soldats à notre poursuite. J'avais oublié toute ma vie ancienne, tout ce que j'aimais, le chant, l'opéra, le Sénateur qui m'avait prise sous sa protection et me comblait d'honneurs et de cadeaux. Nous chevauchions tout le jour... Du moins...

Elle rit et se reprend timidement :

— Du moins l'après-midi. Le matin, nous dormions...

Elle rit, et aussitôt baisse les yeux et rougit. Elle est décidément plus naïve qu'on ne croirait, Ortensia. À moins que (l'amour est capable de tout) ce ne soit d'être en effet amoureuse qui fasse monter en elle ces mouvements inattendus de pudeur et de réserve, et que ce soit d'avoir gémi entre les bras

196

de Sandro qui lui fasse venir le rose aux joues pour avoir laissé passer sans y songer une allusion à sa fatigue d'après la nuit. Je suis bien certain que si, trois mois plus tôt, quelqu'un avait osé évoquer devant elle le lit du Sénateur avec un regard en coin, c'est son orgueil et non sa pudeur qui aurait fait frémir sa lèvre.

Gemelli n'a pas rouvert les yeux. Il laisse passer juste la quantité de silence nécessaire :

— Et vous chevauchiez jusqu'au soir ? Vous êtes si étourdis que je suis certain que vous aviez oublié d'avoir peur...

— J'avais tout oublié. Quand nous sommes arrivés dans les montagnes, j'ai pensé devenir folle. Je ne voyais plus de maisons ni de champs. Nous montions en suivant des chemins en désordre parmi les arbres et les rochers. Des montagnes, mon Maître, je n'en avais jamais vu, je n'en avais pas même l'idée. Si, si, je me souviens : il y en avait au lointain d'un tableau, dans la galerie du Sénateur. Elles étaient bleues comme le ciel et se mêlaient aux nuages. On voyait des nymphes et des bergers, une rivière, et puis Eurydice fuyant Aristée. Je savais que le serpent était caché dans l'herbe, et la douceur de ces montagnes bleues et fondantes m'attirait à cause de l'amour et me faisait peur parce que la mort, que le tableau ne montrait pas, je savais qu'elle était déjà là et que le prochain mouvement du pied d'Eurydice...

Jamais, je pense, Ortensia n'a parlé aussi long-temps d'une seule haleine. Elle aussi, maintenant, a fermé les yeux : mais pas du tout comme fait Gemelli. Lui, quand il clôt ses paupières, on dirait que c'est pour mieux voir. Il ne regarde pas devant lui, mais au-dedans. Elle, c'est pour se concentrer sur quelque chose qui de toute façon est inaccessible aux yeux : par exemple son chant, ou bien une sensation qui monte de son ventre, ou de sa gorge, ou une image qui n'a plus de forme visible, et qu'il faut retenir avant qu'elle ne s'échappe.

— Quand je prononçais le mot « montagne », c'est à ce tableau que je pensais : et en chevau-chant je découvrais que le peintre n'en avait pas plus vu que moi. Sa peinture, c'était un rêve de montagne, aussi bleu et aussi flou que les nuages : moi, j'entrais dedans et je ne reconnaissais rien de ce qu'il m'avait fait imaginer. C'est vrai, c'est vrai, Maître, vous avez dit juste : nous avons cessé d'avoir peur aussitôt que les chemins ont commencé à monter. Tout était pour nous deux seuls. Nous pouvions inventer n'importe quoi. Lorsque nous nous arrêtions pour faire boire nos chevaux à un ruisseau, plus rien ne nous obligeait à repartir. Nous croisions des voyageurs comme nous, marchant à pied ou chevauchant, avec des mulets chargés de ballots : nous nous arrêtions pour leur parler. Sandro riait avec eux. Un soir, il a fait monter en croupe un vieux petit moine barbu qui remontait vers son couvent avec une hotte chargée de provisions, qui nous a fait rire pendant deux heures : il était assis derrière Sandro, le pas du cheval faisait ballotter sa hotte à droite et à gauche, et il n'arrêtait pas de parler. Pendant deux heures, il nous a raconté sa vie de moine où il ne se passait rien. Sandro lui a demandé de nous marier. Le petit moine regardait mes culottes et faisait semblant de ne pas comprendre. Il nous a bénis en nous quittant.

Elle se tait, et Gemelli n'a pas besoin d'ouvrir les yeux pour deviner que le moment est venu. Il a l'oreille fine. La voix lui suffit, la manière dont elle s'envole et plane, dont elle caresse les mots, ou les burine et les cisèle, les scande, ou les nuance et les alanguit, et dont elle redescend vers le silence. Il laisse alors au silence tout son temps, et puis va droit au but et tire sa flèche :

— Et tu dis que tu l'aimes *trop* ?

Touchée. Cette fois, il la regarde, mais c'est elle qui tourne la tête vers le vague.

— Il s'est donc passé quelque chose, dans ces montagnes, malgré la bénédiction du petit moine...

Et comme elle ne répond pas :

— Quand on dit qu'on aime trop, cela veut dire qu'on voudrait aimer davantage encore, mais que...

Une large vallée de silence pour border le « mais que... ». C'est une chose impossible que de vous dire avec des mots, avec des phrases, le ton, le rythme d'un dialogue avec Gemelli. C'est comme une petite sonate de chambre, où les notes tomberaient très doucement et où leur résonance se prolongerait indéfiniment en vous sans qu'il soit besoin de continuer à tirer l'archet ou à souffler dans la flûte.

— ... mais que quelque chose empêche, ou gêne, ou entrave le mouvement de l'amour. Qu'est-ce que ce quelque chose? Tu me dis que vous étiez si heureux. Que s'est-il passé après la bénédiction du petit moine?

— Une nuit, celle où nous avons dormi dehors, avec les Zingari.

— Des bohémiens? Des gitans?

— Toute une troupe.

— Et tu as eu peur de dormir dehors?

— Quand le soir approchait, Sandro demandait aux voyageurs que nous croisions où était le prochain village, où l'on pouvait trouver un gîte pour la nuit : et nous montions vers des hameaux perchés au sommet des monts. Mais ce soir-là, nous avons rencontré les Zingari. Il y avait une horrible vieille qui me faisait peur : elle ne cessait de tourner autour de moi, de me toucher, de me frôler, de me... Je suis sûre que c'est elle qui m'a volé ma bourse.

— Et il y en avait aussi une jeune. Dis-moi qu'il y en avait une jeune.

— Sporca... Maladetta...

— Tais-toi, tais-toi, Ortensia. Je n'aime pas de vilains mots dans ta bouche : tes lèvres sont trop belles pour cela. Une vieille, donc, une jeune, et toute une troupe autour de ces deux-là...

— Une tribu de pouilleux. Des femmes, des hommes et je ne sais combien d'enfants qui criaient dans leur langue de sauvages. J'avais dirigé mon cheval vers le bord du chemin pour passer sans les effleurer. C'était la première fois que j'avais peur. Les hommes tiraient un chariot tout chargé de frusques et de chaudrons, et le chemin était si escarpé qu'il ne pouvait plus avancer. Sandro a ri. Je ne voulais pas m'arrêter : mais il est descendu de cheval et, avec une corde, il a attaché la carriole au harnais. Ils riaient et criaient en poussant et quand nous sommes arrivés en haut, ce fut un concert de glapissements et de piailleries, les femmes les mains jointes ou avec de grands gestes de serpent et des roulements d'yeux. Et au lieu de les quitter, Sandro a continué à rire et à marcher au milieu d'eux.

Pauvre Ortensia... Assise là, par terre, aux pieds de Gemelli, comme c'est devenu dès le premier soir sa place attitrée, mais recroquevillée sur elle-même, les mains serrant ses genoux et son menton appuyé sur elles, le visage tout chiffonné, est-ce vraiment elle qui riait il y a un quart d'heure en décrivant les montagnes ?

— J'ai pensé pleurer quand les Zingari ont fait halte pour installer leur campement. D'abord, je n'ai pas compris : j'ai cru qu'ils faisaient halte pour se reposer après la montée et boire. Les hommes s'étaient couchés sous les arbres et parlaient entre eux. Mais les femmes ont commencé à décharger leurs marmites et leurs guenilles en piaillant, les enfants ont disparu dans les bosquets : mais je n'ai compris que quand je les ai vus revenir avec des brassées de bois. Sandro avait attaché son cheval à un arbre. Je lui ai dit : « Allons-nous-en, Sandro, la nuit va tomber, il faut trouver un gîte. » Il m'a embrassée et m'a répondu : « Attends, nous allons rire et danser. » Les mêmes mots qu'à l'auberge. Comme si je n'existais pas, que ma peur et ma fatigue... Non, seulement son plaisir, sa lubie, son... Ils ont allumé un grand feu dans la forêt, comme à l'auberge. J'étais transie de froid et de peur.

Pouvez-vous tenter de l'imaginer, notre petite Ortensia, assise par terre, non pas dans la belle galerie peinte à fresques de Gemelli, et assise au pied de son fauteuil, mais à même l'herbe et les brindilles, dans cette nuit noire crissante de grillons et d'insectes, perdue loin de tout, dans ces montagnes si sauvages que pas une masure de berger ne pourrait être atteinte avant deux heures de marche, l'obscurité au-dessus d'elle et derrière elle, seule avec son fou de Sandro, au milieu de cette assemblée de bohémiens autour du feu, buvant à la régalade à l'outre de peau de chèvre qui passe de main en main ? Il n'y a pas quinze jours qu'elle a quitté Venise, sur un coup de tête, ou de cœur, ou les deux. C'est elle que nous avons vue avec son diadème et des perles dans les cheveux, et sa robe de soie rebrodée de fils d'or. Il y a quinze jours, elle traversait d'un pas menu et glissant les salons d'un riche patricien, baissant les yeux et dissimulant son orgueil. Jamais, depuis qu'elle est au monde (dix-huit ans...), elle n'est allée au-delà de la Giudecca, pas même jusqu'à Chioggia ou à Mestre. Elle ne connaît que des ruelles et des canaux, des gondoles où l'on rit et où l'on chante, comme celle où un soir le Sénateur l'a entendue, l'a fait monter dans la sienne et lui a donné l'ordre de chanter pour lui. Jamais Ortensia n'a marché ailleurs que dans une rue et jamais seule. Jamais elle n'a vu un espace vide qui fût plus vaste que la Piazzetta. À Venise, il n'y a pas de place pour les arbres.

— Je ne savais pas ce que c'était qu'une forêt. Je ne savais pas ce que c'était que la nuit.

Que pourrais-je inventer qui vous donne une idée de ce que ressent Ortensia ? Vous savez, vous, ce que c'est qu'un feu. À Venise, on n'utilise que des braseros et de petits fours en brique. Vous savez ce que c'est qu'une forêt. Vous y marchez sans crainte pour ramasser des champignons au mois de septembre. Vous faites des randonnées en montagne, l'été. Vous savez même ce que c'est qu'une gitane qui vend des paniers sur les marchés, avec une robe à fleurs et un fichu sur la tête. Vous faites des pique-niques, vous passez des soirées à la belle étoile en parlant avec des amis. Il faudrait que je vous demande de vous transporter par la pensée dans le campement d'un homme des cavernes, celui dont on a retrouvé le corps il y a quelques années dans un glacier, avec son arc et ses flèches, et qui parcourait les montagnes il y a six ou dix mille ans. Vous ne comprendriez rien à sa langue sauvage, et même s'il vous tendait avec amitié un morceau d'auroch cuit sous la braise, dites-moi si vous n'auriez pas peur? Dites-moi si vous ne frémiriez pas d'appréhension et de dégoût, en saisissant l'outre en peau de mouflon ou de bouquetin poilu dans laquelle il vient de boire et qu'il vous fait signe de porter à vos lèvres tandis qu'il essuie les siennes d'un revers de main, sans que vous sachiez ce qu'elle contient, un breuvage fait, que sais-je? de jus de sauterelles fermenté ou d'herbes amères macérées dans de la bile de mammouth. Une nuit, au fin fond de l'Indonésie, à la lueur d'une lampe à huile, on m'a tendu une assiette où je ne distinguais que le riz blanc autour de quelque chose, et l'ethnologue farceur qui m'accompagnait m'a murmuré à l'oreille : « Ils adorent le ragoût de chauve-souris. C'est leur régal. » En effet, elles tourbillonnaient au-dessus de ma tête dans la cour du radja, rasant les toits de chaume avec un frémissement soyeux de leurs ailes. Auriez-vous mangé? Je l'ai fait. J'en frémis encore. Mais le radja parlait anglais et souriait, tandis que toutes ces femmes, autour d'Ortensia, qui la regardent et jacassent entre elles en riant derrière leur main, que disent-elles? Car, ne l'oubliez pas, c'est un garçon, Ortensia : elle porte un justaucorps et des bottes, et cache ses cheveux sous son tricorne. Elles sont assises en rond autour de ce grand flamboiement sauvage, ce tourbillon de flammes et de fumée qui envoie des coulées de lumière sur le feuillage des arbres, avec des éruptions d'étincelles qui montent jusqu'à la lune. Devant le feu grille un chevreau embroché volé la veille dans quelque ferme et qu'on a écorché tout à l'heure avec de grands cris sous les yeux d'Ortensia : et maintenant, les hommes ont commencé à chanter une mélodie âpre, nasillarde et aigre, venue de quelque steppe du centre de l'Asie ou remontée des siècles, battant des mains et claquant de la langue.

Ce feu immense dans la clairière, au milieu des montagnes sauvages de l'Italie du Centre (celle qui ne ressemble pas à un tableau de Poussin), je l'ai dans la tête depuis cinquante ans. J'en aime le flamboiement baroque plein de puissance et de contraste. Mais s'il fait peur à Ortensia, c'est sans doute parce que son image ne m'a jamais quitté, et qu'il n'a cessé de me faire rêver moi-même, avec un reste d'angoisse remonté de mes douze ans. C'est M. Mazouillet, que vous n'avez pas oublié, j'espère, qui me l'a imprimé dans les yeux, dans la mémoire, dans ce petit canton du cerveau où sommeillent les belles images épiques, tendres ou terrifiantes. Personne dans toute ma vie, pas même les grands poètes et les grands peintres, n'a travaillé à le remplir, autant que ce vieil homme qui enseignait la classe de cinquième et de quatrième.

Nous l'appelions Pépé Dynamite. Il avait un énorme pif turgescent que j'ai aussitôt reconnu au Louvre, des années plus tard, sur un naïf tableau de Ghirlandaio où un petit garçon en toque rouge a l'air de demander : « Grand-père, pourquoi avez-vous un si gros nez ? » C'était un vieux maître à l'ancienne mode qui enseignait tout : *Le Cid*, la grammaire latine, l'histoire et les cas d'égalité des triangles. Il posait devant lui sur la table un sac de toile grise comme je n'en ai jamais vu d'autre, rempli de jetons de bois et, à tout moment, M. Mazouillet pouvait y plonger la main, la ressortir d'un geste vif et proférer : « 14, répétez ce que je viens de dire » (14, c'était moi), ou bien : « 18, quel est le génitif pluriel des mots imparisyllabiques ? » Or, M. Mazouillet nous faisait d'extraordinaires dictées (cinq fautes, zéro) qu'il nous faisait ensuite recopier « au propre » : et c'est cette seconde copie, débarrassée des chausse-trapes orthographiques, ce sont ces longs textes, parfois étranges, pleins d'images et de tableaux qui, avec *Les Trois Mousquetaires, Le Cid, Cyrano* et Jules Verne, constituent la portion la plus fertile du lopin imaginaire où je laisse depuis cinquante ans pousser les mauvaises herbes. Où avait-il déniché ce texte, que dis-je, cette fresque, cette épopée ? Je ne me rappelle que le titre : « Une nuit de Salvator Rosa ». Des dictées comme celle-là, parlez-m'en ! Il y avait un terrible ciel d'orage, traversé de nuées déchiquetées et toutes pantelantes de rayons de lune, et en bas, parmi les rochers, un feu de camp de bohémiens, moitié brigands, moitié gitans, dont les ombres farouches se projetaient derrière eux. J'avais onze ans. N'est-ce pas admirable de frissonner aussi délicieusement en écrivant sa dictée, et d'en garder les images cinquante ans plus tard, gravées, et pour toujours ? Salvator Rosa... Oublie-t-on un nom comme celui-là ? Je l'avais pris pour un brigand. J'ai été bien surpris d'apprendre sur le tard que c'était un peintre baroque, qu'il était aussi poète, qu'il jouait du luth, qu'il était un peu aventurier et qu'il était l'ami de cet Antonio Cesti dont Sandro chante les airs aux enfants avant de les faire chanter à Ortensia. En somme, il a fait partie de ce livre cinquante ans avant que je ne commence à l'écrire. J'ai longtemps rêvé à lui et, pendant les nuits que j'ai passées autrefois, au cours de mes voyages sac au dos, pour peu que le ciel fût traversé de beaux nuages sous la lune, en m'endormant auprès du feu qui avait cuit ma côtelette du soir, je regrettais l'absence des bohémiens farouches de mon enfance et aussi des belles gitanes qu'entre-temps, vers quinze ans sans doute, j'avais ajoutées de mon cru à la dictée de M. Mazouillet.

Ce feu de camp dans la forêt sauvage des Apennins, le voici qui a enfin trouvé sa place et son emploi, pour éblouir mon Ortensia et la remplir d'effroi ; et je me demande : se pourrait-il que je n'aie inventé cette scène que pour me faire plaisir et satisfaire mon vieux désir de vous montrer ce grand flamboiement baroque au milieu de la nuit ? Ou bien au contraire a-t-il couvé sous la cendre de mes rêves jusqu'à ce qu'enfin Ortensia naisse pour souffler dessus et le faire pétiller sous les arbres de la forêt ? Pourquoi écrit-on des livres ? D'où viennent-ils ? Quelle nécessité ? Pourquoi m'a-t-il paru si indispensable que, ce soir, Ortensia se trouve où je l'ai mise, fascinée et terrifiée ? Quel rapport avec l'image qui s'est fixée il y a cinquante ans sous la dictée de ce gros vieux en blouse grise qui m'interpellait à brûle-pourpoint (« 14, répétez ce que je viens de dire ») alors que, le nez en l'air, je rêvais de gitans sous la lune, au lieu de chercher à comprendre le système des cas d'égalité des triangles ? Mais vous voyez : je recommence. Je traîne, je rêvasse et je néglige de vous raconter ce qui va arriver à Ortensia dans une minute. N'en croyez rien. Je ne suis pas sorti du sujet.

— Depuis le premier jour, mon Maître, depuis la première fois qu'il a ouvert la bouche pour me montrer comment je devais projeter ma voix loin de moi, je sais que quand Sandro chante, c'est pour moi. Depuis ce jour, je le sais, j'en suis sûre, je sais que pas une seule fois il n'a chanté sans que ce fût pour moi, pour moi seule. Mais pas ce soir-là. Il ne me regardait même pas. Je n'existais plus. C'est elle qui...

— Mais de qui parles-tu, Ortensia ?

Il l'a coupée juste avant que sa voix ne déraille.

— Est-ce que tu veux parler de cette jeune bohémienne ? Tu me disais que les hommes chantaient auprès du feu et que tu avais peur. Allons, mon petit, raconte-moi tout.

— Après les hommes, les femmes ont commencé. La musique des hommes était sauvage et rude. Ils trompettaient et couinaient en frappant dans leurs mains. Mais quand ce fut le tour des femmes, j'ai eu envie de me boucher les oreilles...

Les voyez-vous, ces femmes, autour du feu ? Moi, je les vois, je les entends : la vieille, son turban rouge sur la tête et toute cette quincaillerie à son cou et à ses manches, qu'elle fait sonner comme un carillon désaccordé, et les trois jeunes avec leurs toisons noires sur les épaules, vêtues de haillons jaunes, verts et rouges, et leurs yeux qui brasillent au gré des flammes. Elles ont commencé une sorte de litanie étrange dans l'aigu, toute en trilles et en glissades, coups de glotte et nasillements. Elles balancent leur tête et oscillent comme des mouettes sur les vagues.

— Ce qu'elles chantaient, mon Maître, me donnait envie de m'endormir, de fermer les yeux et de devenir un enfant quand sa nourrice le berce. Elles se répondaient les unes aux autres et reprenaient toutes ensemble. Puis la plus jeune s'est levée.

Celle-là aussi, je la vois. C'est la seule des trois qui ne soit pas enceinte jusqu'au menton. Ce n'est pas une chevelure, ce n'est pas une toison qui descend jusqu'à sa poitrine : c'est un nid de serpents noirs. Pour être belle, elle est belle, si vous aimez le genre sauvage. Elle s'est levée et a commencé une sorte de danse comme Ortensia n'a jamais dû en voir, d'abord presque immobile, à peine un balancement qui suit la mélopée des autres femmes, avec un frémissement des hanches. Pas une danse du ventre, ne croyez pas cela : quelque chose de beaucoup plus subtil, de plus retors aussi, de plus insinuant, qu'elle brise de temps en temps par un claquement des doigts ou du talon et une spirale de tout son corps, comme si elle se défaisait avant de reparaître, face à Sandro, ondulant, pareille à une flamme. Car elle fixe Sandro, un demi-sourire aux lèvres, elle ne regarde que lui, et quand elle tourne sur elle-même, c'est encore une manière de s'offrir.

210

Ses claquements de doigts, les yeux dans les siens, deviennent peu à peu comme des ordres qu'elle lui donnerait.

— Et il s'est levé. Il s'est levé. Il lui a obéi. Je l'ai accroché par un pan de son habit, et il a repoussé ma main...

Je le vois aussi, Sandro, et j'imagine que vous le voyez très bien. Il est exactement tel que dans la cour de l'auberge d'Asolo, à ceci près qu'il ne rit pas comme avec la paysanne de là-bas. Il s'est avancé près du feu, il s'est accroupi par terre et il se met à chanter. D'abord il contrepointe sur le chant des femmes mais peu à peu elles se taisent et il reste seul. Il ne quitte pas des yeux la bohémienne qui, dès qu'il a bougé, a cessé de le regarder, mais qui se pavane, roule, vire, oscille.

J'arrête : car ma pauvre Ortensia, aux pieds de Gemelli, pleure comme un enfant, avec de grandes rigoles le long de ses joues. On se demande comment il est possible que ce soit la même femme qui, deux jours plus tôt, prenait Sandro par la taille et répondait à Gemelli : « Je vais l'attacher. » Bien sûr, c'est la même.

— Mais dis-moi, Ortensia : qu'est-ce que Sandro chantait ?

— Je ne sais pas. Cela ne ressemblait à rien. Ce n'était pas un air, ce n'était même pas un chant, c'était... Je ne sais pas. Il suivait avec sa voix les mouvements que faisait cette femme : elle le provoquait, elle tournait sur elle-même, sa voix tournoyait, elle glissait, elle ralentissait, et il l'accompagnait ; puis elle trépignait et piaffait, et il inventait une divagation de notes en... oui, en l'escortant, en lui emboîtant le pas, en la talonnant avec cette musique furieuse et sauvage...

Mais ce qu'elle ne nous dit pas, Ortensia, la pauvre ; ce que peut-être elle n'a pas même remarqué ; ou plutôt, je crois, ce qu'elle a vu mais n'a pas compris, ou pas voulu comprendre, et qu'elle garde caché dans un coin si reculé d'elle-même, hors d'atteinte de sa pensée, qu'elle n'a pas de mots pour le dire, seulement ces larmes et ce mouvement de la bouche qui a la forme d'un sourire et qui est seulement un raidissement de ses lèvres pour retenir un gémissement ; ce qu'elle ne nous dit pas, c'est qu'il y a eu un moment où Sandro paraît avoir cessé de suivre les méandres de la danse et s'est mis à les commander, avec seulement sa voix. Il y a eu un renversement : c'est la force du chant, ce sont les sauts et les glissades et les virevoltes du gosier de Sandro qui se sont mis à dicter à la bohémienne les figures qu'elle devait faire avec son corps, à dessiner les mouvements et les échappées, les ondulations de ses mains et les brusques rotations de sa tête, et où c'est elle qui, dirait-on, s'est mise à lui obéir ; et je suis bien certain qu'Ortensia, si ses lèvres en ce moment tremblent comme si un sanglot allait s'en échapper, c'est qu'elle vient d'entendre encore cette note aiguë, tendue, acide, sur laquelle s'est fixée à ce moment la voix de Sandro, qu'elle a tenu horizontale et immobile durant un temps incroyable, l'enflant peu à peu comme si son souffle, au lieu de s'épuiser, se renforçait à mesure, et où le corps de la gitane, apprivoisé, tenu non pas en laisse mais, à distance, par un fil invisible et tendu à se rompre, dompté, asservi par l'acuité de cette note interminable, le corps de la gitane s'est mis insensiblement à vibrer, accentuant ses infimes oscillations, alors que les claquements de mains des hommes s'étaient tus, et que tout, le chant, la danse, la nuit, la lune, les regards, le feu, tout était en arrêt dans l'attente de cette brusque fêlure rauque dans sa gorge, par laquelle Sandro a dénoué cette espèce de temps suspendu sur une presque insupportable dissonance.

— Ma pauvre Ortensia... Et c'est cela qui te fait pleurer ? Est-ce que tu aurais oublié qui tu es ?

— Mais si je vous dis que...

— As-tu si peu confiance en toi ? Et en Sandro ? Oui. Je sais. Tu me l'as dit : Sandro aime dans chaque femme ce qu'elle a. Et celle-là...

— Bestia... Sporca...

— Tais-toi, Ortensia. Je t'ai dit que je n'aime pas ces mots dans ta bouche. Pourquoi ne me crois-tu pas si je te dis que tu n'as pas de rivale ? Pas même la musique.

— Mais, mon Maître, ne comprenez-vous pas ?
J'ai cru... J'avais cru.. Je croyais que Sandro avait
aimé quelque chose... quelque chose dans ma
voix... Dans ma voix, comprenez-vous ? Dans mon
chant, quelque chose qu'il aurait deviné et qu'il
aurait aimé, et que...

Pauvre Ortensia... Elle bégaie, elle sanglote, sa
pauvre bouche si belle tremble de ses larmes.

— Moi. Moi, je... Moi. Est-ce que vous comprenez ?

Et cette répétition, cette litanie : « comprenez-
vous ? comprenez-vous ? » ; comme si plus rien ne
comptait plus pour cette fière, pour cette orgueil-
leuse, que cette humble supplication.

— Je croyais qu'il m'aurait devinée dans mon
chant. Moi... J'ai tout quitté, vous comprenez ? J'ai
tout quitté... Maintenant il passe ses jours et ses
nuits dans votre pavillon à noircir du papier. Au
milieu de la nuit, il vient, il me prend comme une
putain et s'endort.

— Mais mon petit, ne sais-tu pas que chaque
note de la musique qu'il invente est un hymne à ta
gloire ? La tienne, Ortensia. Ne comprends-tu pas
cela ? Souviens-toi de ce que j'ai dit la première
fois qu'il a chanté ici à votre arrivée. Je n'ai pas dit
en l'écoutant : « bravo, Sandro », j'ai dit : « bravo,
Ortensia ». Ne m'as-tu pas compris ? Que voulais-je dire ? Que c'est toi, Ortensia, qui est sa
musique, et qu'elle est meilleure qu'avant parce

qu'il est plus fort qu'avant, à cause de toi. Il n'y a pas une note de ce qu'il compose qui ne soit ta louange. Il ne le sait pas, mais moi je te le dis. Pourquoi m'obliges-tu ainsi à dire pesamment ce que je voulais que tu devines par toi-même? Je n'aime pas insister. Je le fais à cause de tes larmes. Et puisque tu n'as pas compris, je vais encore te montrer ce qu'il faut faire. Regarde bien. Écoute bien. Ne te trompe pas sur ce que je vais faire. Va le chercher, va. Dérange-le. Dis-lui que je veux lui parler. Va, Ortensia, va.

Voici Sandro qui entre dans la galerie, précédé d'Ortensia. Qu'ils ont l'air tourmenté, tous les deux... Elle, le visage aussi fermé qu'il l'était tout à l'heure en face de Gemelli, avec en plus je ne sais quelle anxiété qui lui est venue entre-temps et qui raidit ses traits. Lui, froncé, le regard mauvais, la bouche amère, sans doute d'avoir été dérangé et la voix rude quand il l'ouvre pour dire, presque impoli :

— Vous m'avez demandé, mon Maître?

Gemelli, tout sourire :

— Ah! Mon Sandro... Que c'est aimable à toi de venir si vite quand je te demande... Pardonne-moi. Je sais ce que c'est : il aurait fallu que tu me voies quand j'avais ton âge et que je travaillais... C'est pourquoi je t'ai envoyé Ortensia : je craignais que si je te faisais déranger par mon valet Giulio, tu ne lui claques la porte au nez.

Et il ajoute :

— Merci, Ortensia. Merci, mon petit.

Il rit. Je crois que c'est la première fois que nous entendons son rire : une grêle de petits sons suraigus et aigres, presque grinçants, comme une porte qui couine. On a peine à imaginer que ce soit de la même gorge que sort le filet suave de sa voix, quand il parle, ou quand il chante.

— Comment va ta musique, Sandro ? Quand vas-tu nous faire entendre le grand air de Jean-Baptiste que nous attendons ?

— Il est fini.

— Comment, fini ? Déjà fini ? Tu m'étonneras toujours, Sandro... Je te croyais encore en train d'y songer, de te préparer, de chercher, de tâtonner, et le voilà fait ! Tu nous avais parlé d'une musique éthérée, immatérielle comme un songe, une image du ciel... Nous attendions, Ortensia et moi, nous en parlions. Je t'appelle, avec un peu d'appréhension et la crainte de te déranger, et voilà : il est fini...

Il faut se méfier de cette façon qu'a parfois Gemelli d'en rajouter, comme on dit : d'aller gaillardement dans la redondance quand il prépare un coup de théâtre à sa façon. Il trace une avenue, un large boulevard, il le marque en plantant des lignes d'arbres à droite et à gauche, il les arrose, il y suspend des décorations de Noël et, brusquement, il prend un chemin de traverse, à l'instant où l'on ne s'y attend plus.

— Et maintenant, je sais ce qui va te préoccuper. À la scène suivante apparaît Salomé, la belle Salomé qui va danser devant le roi pour obtenir ses faveurs.

Mais Stradella ne semble pas se soucier de suivre Gemelli dans le chemin de traverse. Il est ailleurs. Il est encore dans l'air de Jean-Baptiste. Il continue sur la belle avenue plantée d'arbres, les yeux dans le vague.

— Oui, je crois, mon Maître, que j'ai trouvé l'air qui convenait, très suave, très léger. Pourtant, votre poète ne m'aidait pas, avec ses vers. J'ai dû changer quelques mots pour lui faire dire ce que voulait ma musique.

— Bon, mon Sandro. Tu as le droit. *Prima la poesia, ma prima di tutto, la musica.* Tu nous chanteras cela ce soir, si tu veux bien, et je suis certain de te donner raison. Tout à l'heure, je songeais à Salomé, et je me demandais ce que tu allais faire de sa danse. Car c'est par sa danse qu'elle séduit le roi et qu'elle obtient de sa bouche l'ordre de mettre à mort Jean-Baptiste. Sa danse...

Il lance le mot en l'air, puis semble le regarder flotter. Il y rêve un moment et tout à coup, voici le petit coup d'estocade qu'il jette d'un air détaché, comme sans y songer :

— Quel dommage, Sandro, que tu ne composes pas un opéra !

— Un opéra ?

— Mais oui, un opéra. Dans un opéra tu pourrais placer à cet endroit une scène étonnante. Tu y mêlerais le chant et la danse. On ne saurait plus ce qui ensorcelle le vieux roi lubrique : la beauté de Salomé, ou sa voix, ou sa danse. Quel dommage... Tu ne peux pas te permettre cela dans un oratorio. Voilà ce que je pensais tout à l'heure, et je me disais : il va falloir que Sandro invente un chant qui fasse croire qu'elle danse. Il va falloir une musique douce et sauvage, qui suggère la volupté des mouvements de son corps par les seules ondulations de la voix...

Gemelli tout en parlant dessine avec la main, sans presque la déplacer, une petite valse onctueuse. Du bout des doigts, il caresse l'air, aussi mollement que ferait un voile de tulle, puis de la paume frôle quelque chose d'invisible qu'il presse doucement avant de faire tournoyer une volte imprévue.

— C'est la langueur de ce chant lascif que tu inventerais, Sandro, qui ferait naître l'image de cette danse que tu ne peux pas montrer, et avec elle ce désir qui, insensiblement, s'éveille dans le ventre du roi, s'y épanouit, monte lentement dans son cœur et s'y réchauffe, et l'envahit jusqu'à la tête en brouillant sa raison...

Sandro a cessé de regarder dans le vague. Il fixe la main de Gemelli et la chorégraphie ténue de ses doigts. Il paraît se tasser sur lui-même. Ortensia a tourné les yeux, elle aussi. Tous trois sont maintenant figés dans le silence : il n'y a plus que cette paume grassouillette, ces doigts boudinés qui virent et ondoient, avec ce diamant précieux sur l'un d'eux, jetant ses feux.

— Le chant de Salomé, Sandro... Un chant langoureux et sauvage. Mieux qu'une danse, Sandro, mieux qu'une danse : une danse dont on ne verrait pas les mouvements et qui envoûterait par ses ondulations invisibles, une incantation magique qui rendrait le roi fou... Entends-tu cela, Sandro ? Entends-tu ?...

La main est retombée. Personne ne bouge. On dirait qu'ils écoutent. Alors Sandro se lève lentement et sans rien dire marche vers la porte. Lorsqu'il passe devant le clavecin, il s'arrête, effleure le clavier de la main, et puis repart. On entend ses pas de l'autre côté de la porte, et lorsqu'ils ont cessé de résonner dans le grand vestibule sonore, on entend Gemelli qui murmure :

— N'aie plus peur, mon petit. La bohémienne n'existe plus... Tu vois : je l'ai transformée en musique.

Ortensia, assise par terre, approche son visage de la main qui pend toujours sur le côté du grand fauteuil, et la baise. Puis elle la presse contre sa joue et demeure ainsi, tandis que Gemelli continue, à toute petite voix, comme on dévoile un secret :

— Ce que ton Sandro attendait, comprends-tu ? sans le savoir, c'est quelle musique il allait faire avec une image qu'il avait dans la tête. Mais si une image est trop forte, on ne peut pas la transformer soi-même. Il faut que quelqu'un le fasse pour vous.

Il a un petit rire.

— Comprends-tu pourquoi, lorsqu'il compose un bel air, moi je dis : « bravo, Ortensia » ?

Elle lève la tête de dessus la main et rit à son tour puis, avec un imperceptible tremblement dans la voix :

— Et si je chante bien, direz-vous : « bravo, San-dro » ?

Gemelli ne répond pas, mais il fait une petite pression des doigts sur la joue d'Ortensia.

— Tout à l'heure, mon petit, quand tu sortiras, tu regarderas le tableau de Giambattista Vanni qui est accroché dans mon antichambre, cette belle et douce tête de sainte femme. J'ai connu ce peintre autrefois, quand j'étais jeune et qu'il travaillait à Rome pour l'église dei Fiorentini. C'était mon ami. J'ai connu aussi la femme qui lui a servi de modèle. Elle était bonne et douce, mais très sotte. Tu verras. Tu comprendras. Je te montrerai aussi le dessin qu'il a fait pour préparer ce tableau, et qu'il m'a donné. Comme il ne pouvait pas la rendre vive et éveillée, il s'est servi de sa sottise pour augmenter sa douceur et sa bonté. Ainsi, il n'a pas fait le portrait d'une femme, mais celui d'une âme, rêveuse et tendre. Tu verras. Tu verras. Le dessin d'abord, puis le tableau. On passe de l'un à l'autre, on quitte la femme, on entre dans l'âme. Et ainsi, moi qui la connaissais et la rencontrais souvent chez mon ami, moi qui avais souvent souri de ses naïvetés, je me suis trouvé contraint, vois-tu, contraint par le tableau, d'entrer dans l'âme de cette femme et de me prendre d'affection pour elle. Et plus jamais dans toute ma vie je ne me suis ressouvenu qu'elle pouvait être sotte, parce que j'avais pénétré le secret de sa bonté. C'est un miracle. C'est le miracle de l'art : et c'est parce que Giambattista m'a fait autrefois deviner cela que j'ai pu transformer ta bohémienne en Salomé. Ne me dis pas merci : dis-le en pensée à ce peintre, mon ami Giambattista Vanni, quand tu entendras l'air que Sandro est déjà en train de nous faire, là-bas, dans le *studiolo*. N'aie pas peur, il sera beau. Que crois-tu donc que soit l'art ? Que crois-tu donc que nous soyons, nous autres chanteurs, et les peintres, et les poètes ? Nous sommes de pauvres gens à qui Dieu a donné le privilège qui nous sera compté, crois-le, et compté cher, de prendre toute chose et de la transformer en beauté. Tous les petits creux, tous les petits vides, toutes les petites imperfections qu'il y a dans le monde, tous les petits défauts, même la sottise de cette douce et belle Angelina, nous n'avons rien d'autre à faire qu'à les retourner, comme un doigt de gant. De l'autre côté, il y a la même chose, mais en beau. On l'oublie toujours.

Ce bon Gemelli... J'ai beaucoup d'affection pour ce gros homme, comme vous l'avez sans doute remarqué, affalé au milieu de ses coussins, dans son grand fauteuil aux pieds torsadés et aux bras accueillants : voilà la phrase que je me préparais à écrire, il y a seulement une minute. J'allais vous parler de sa manière d'être, de ses silences pendant lesquels il vous renvoie à vous-même pour vous laisser le temps de méditer ce qu'il vient de dire. J'allais vous commenter les détours de sa pensée en zigzag, les petites ruses socratiques dont il se sert pour vous conduire au point exact qu'il a choisi ; et c'est alors que ma pensée et ma plume se sont arrêtées sur un détail : et tout à coup, mon livre, mon travail, tout ce qui m'occupe depuis des mois, s'est trouvé comme suspendu — au-dessus d'un vide, oui, employons les expressions toutes faites quand elles sont justes.

Il faut vous dire que pour travailler, pour écrire, y compris la ligne que je trace en ce moment, je suis assis dans un grand et profond fauteuil : c'est celui que j'ai hérité de mon grand-père. J'y suis bien. Je m'y sens encadré, enveloppé, étayé, accueilli, choyé par cette ampleur de bras, ce puissant dossier et les coussins fermes et souples. C'est lui qui vient de me réserver la surprise la plus considérable que j'aie connue depuis que j'ai écrit la première ligne de ce livre : j'ai tout à coup découvert la ressemblance entre le fauteuil de Gemelli et celui de mon grand-père. J'étais en train de penser à la tendresse que j'éprouve pour ce gros vieux chanteur ; je le voyais, comme je vois tous mes personnages, tapi, enseveli presque entre les bras de ce grand monument baroque fait de coussins, d'accoudoirs et de pieds torsadés : et tout à coup, brûlant l'étape intermédiaire (comme fait Gemelli lui-même), j'ai dit, à haute voix dans ma surprise, « mais que tu es bête... Gemelli, c'est bon-papa... ».

D'étonnement, je me suis affalé contre le dossier de mon fauteuil : ce fauteuil qui venait en une seconde de me propulser de l'image du vieux chanteur à l'idée incroyable que j'avais pu écrire deux cents pages (quatre ou cinq fois plus en comptant les brouillons) sans me douter que le fauteuil de Gemelli était dans ma tête celui de mon grand-père, et que par conséquent Gemelli, c'était lui...

J'en suis resté stupéfait, à la fois ébloui et déconcerté, émerveillé et secrètement offensé. Comment peut-on décrire un personnage, le faire parler comme j'ai fait, inventer ses pensées, créer son langage, imaginer sa manière d'être, ses mouvements, ses regards, sa bouche, le rythme de son souffle et de ses mots, comment peut-on tenter, à travers des mots, justement, de faire ressentir l'affection que l'on éprouve pour lui, et ne s'apercevoir qu'après des mois qu'on n'a fait qu'imiter un autre personnage qui était là déjà tout prêt dans la mémoire, et dont la présence était si forte pourtant qu'on en a été habité pendant des années? Eh bien, oui : Gemelli ressemble à mon grand-père, et je viens seulement de m'en apercevoir. Eh bien, oui : je n'ai rien inventé, ou à peine. Cela m'attriste un peu.

Je dois en convenir : on n'invente jamais rien. On se fait illusion, on se croit original, on est fier de ce qu'on a imaginé, sur quoi l'on porte un regard complaisant et paternel, et tout à coup, au détour d'une phrase, basta! Il faut se rendre à l'évidence : on n'a fait que broder. Tout ce que nous croyons produire était déjà écrit quelque part, prêt à l'emploi. Messieurs les romanciers, vous êtes des farceurs.

Je devais me douter de quelque chose. Peut-être, dès la première page de ce livre, avais-je innocemment obéi à une idée que je pressentais et que je viens seulement de tirer au clair : à peine avais-je écrit un paragraphe que je me plaçais moi-même à l'intérieur de ce roman en vous disant « je ». Pas du tout le « je » des romanciers qui font parler l'un de leurs personnages à la première personne pour mieux tromper le lecteur, « je parcourais l'Italie, il y a bien des années. Je fus arrêté dans une auberge de Cerenza, petit village de la Calabre... », en lui faisant croire que ce qu'on lui raconte s'est réellement passé, mais un vrai « je », moi, Beaussant : « J'ai lu *Les Trois Mousquetaires* quand j'avais douze ans. » Je vous avais avoué que Stradella, mon personnage, avait vécu authentiquement au XVIIe siècle, Ortensia aussi. Je vous avais parlé de la maison de la calle Lunga comme d'un lieu qui existe réellement : et c'est vrai, elle existe, j'y ai dormi ; Antonella, je l'ai vue, je lui ai parlé. Mais Gemelli ? Je croyais l'inventer. Je récitais.

Bon-papa était si petit de taille et si rond de ceinture que quelqu'un l'a comparé un jour à l'un de ces énormes boulets que Bougainville faisait chauffer à blanc pour les jeter dans l'eau du bord et la purifier. Il est vrai qu'il était effectivement marin, ou plus justement l'avait été, jusqu'à ce que sa corpulence l'obligeât à renoncer au métier qu'il s'était choisi en dépit des larmes de sa pauvre maman, ma minuscule arrière-grand-mère, qui vécut plus longtemps que lui : car il est mort lorsque j'avais six ans, mais en laissant une si forte marque dans le souvenir de ceux qui l'avaient une fois croisé, que je suis incapable de démêler les images que je puis avoir de lui et les fables, anecdotes irrésistibles, contes et galéjades que l'on m'a racontés. Et c'est justement le beau de l'histoire : bon-papa, bien avant que j'aie commencé à penser, était devenu pour tous ceux qui m'entouraient un personnage mythique. J'ai le privilège rare et précieux d'être directement issu d'une sorte de héros fabuleux, un boulet de canon rempli de mitraille drolatique, de contes à dormir debout, de reparties vives comme des pétards. C'était une sorte d'Homère doublé de Rabelais, qui aurait vu autant de choses que Marco Polo et Bougainville ensemble, et qui aurait passé sa vie à augmenter les volumes de son *Supplément* et de son *Million* en les ornant de fabliaux burlesques ; un Tartarin lucide qui aurait passé sa vie à faire rire, peut-être dans le dessein de faire oublier qu'on pouvait se moquer de sa silhouette, doué d'une telle puissance d'humour et de gaillardise que la légende veut qu'une jeune femme en mal d'enfant ait ressenti les premières douleurs en l'écoutant parler. Son esprit de repartie était, paraît-il, fulgurant : il terrassait l'adversaire d'un seul mot ; et moi, pauvre, qui ne trouve jamais la belle réponse qu'un quart d'heure trop tard, je m'émerveille qu'on puisse avoir l'esprit si vif, la réplique si prompte et le mot si juste. Mais je l'ai à peine connu : et justement le propre d'un héros mythique, c'est qu'on puisse lui porter d'autant plus d'envie qu'il nous a engendré et qu'on s'efforce de lui ressembler tout en sachant qu'on ne le pourra jamais, puisque sa nature le confine dans la légende.

Je ne vous ai pas dit le plus important. Bon-papa, après avoir été marin, a écrit des livres : c'est par là qu'il me tient. Bien avant que j'aie su lire et écrire, avant même que j'aie commencé à penser, il avait consigné quelque part au fond de moi l'idée qu'écrire des livres est une chose nécessaire et naturelle. Cela coule de source : il faut en passer par là si l'on veut approcher du modèle que constitue le grand-père si drôle et entrer dans sa légende. Il m'a ainsi épargné les hésitations et les doutes, les résistances et les scrupules : de sorte que je ne me souviens pas d'avoir été surpris quand, à huit ans, j'eus l'honneur de voir une rédaction dont j'étais, oui, disons le mot, l'auteur, imprimée dans le journal mensuel du collège où j'apprenais l'orthographe et la grammaire. À peine savais-je l'alphabet qu'écrire des livres appartenait pour moi à l'ordre des choses. C'est en cela, je pense, que réside l'utilité des mythes et des héros : mais le mien était vrai.

Pourtant nous savons bien que les héros ne sont pas vrais et que les mythes sont trompeurs. On le découvre sur le tard, après qu'ils ont rempli leur office. Sur les photographies que je regarde aujourd'hui, bon-papa est tout rond en effet, l'œil vif et la bouche gourmande : car le pauvre a, sa vie durant, souffert le plus cruel martyre, celui d'être friand, gourmet raffiné, dégustateur de bons vins de Bordeaux, ami des gastronomes pourvu qu'ils fussent malicieux, curieux de saveurs nouvelles et de fumets rares comme de bons mots, et d'avoir été durant toute sa vie en punition pour cause d'embonpoint, contraint à la diète et au jeûne par la dictature des Esculapes et des Diafoirus. Mais la dernière de ces photographies, un an ou deux avant sa mort, est étrange. Elle ne s'accorde pas à la légende. Il y porte, de manière insidieuse, dans les yeux, au coin de sa lèvre ronde, une incompréhensible tristesse. Ce mot n'est même pas juste. J'y trouve, à force de la regarder, quelque chose de bien plus grave et de bien plus profond. C'est comme si cet homme, ayant égayé toute sa vie le monde autour de lui, ayant fait naître un enfant pour avoir fait trop rire la mère, laissait transparaître au seuil de la mort, et sans le savoir, une inquiétude et même un effroi, tant ce que je lis dans ses yeux se perd loin de lui-même et plus loin encore de nous : une sorte d'épouvante, dont je me demande aujourd'hui, alors que j'approche de l'âge qu'il avait lorsqu'il mourut, s'il ne l'a pas portée en lui toute sa vie. J'ai deviné cela trop tard pour pouvoir poser des questions : il n'y a plus de témoins. Je me demande maintenant si cet homme bon, affable, dont on ne m'a raconté que les saillies, les contes rabelaisiens et les mots à l'emporte-pièce, ne fut pas, au-delà de sa pénible pesanteur de corps, pénétré du poids des choses ; et si, sous Tabarin et Gros-Guillaume, ne rôdait pas une espèce de Pascal tout effrayé du vide des espaces infinis.

Peut-être est-ce précisément la raison pour laquelle, malgré le nom que je lui avais donné sans y penser, je n'ai pas tout de suite reconnu le jumeau de mon grand-père dans le Gemelli que j'avais cru inventer et que j'avais sans davantage y songer modelé à son image, sinon à sa ressemblance. À part ses doubles mentons et la manière d'établir ses rondeurs dans le large fauteuil que je lui avais emprunté, mon personnage ne ressemblait pas à celui qu'on m'avait si souvent décrit en l'auréolant de son mythe réjoui et truculent, bon vivant, content du monde et heureux d'y être. Pourquoi n'avais-je pas donné à mon Gemelli la vivacité et la faconde que j'aimais dans le souvenir de mon grand-père? Pourquoi m'étais-je ingénié à donner à ses paroles ce tour elliptique, indirect et rusé? Pourquoi ces yeux fermés, ce demi-sommeil apparent, que je voulais émouvant comme une image de faiblesse, ces petites morts entre les phrases? Serait-il possible que je n'eusse pas fait entièrement miennes les anecdotes plaisantes qu'on lui attribuait, et que pourtant j'aimais? Serait-il possible que je me fusse secrètement forgé un grand-père à ma façon, ou plutôt de ma façon, que j'eusse fait mentir la légende afin d'avoir non pas le grand-père de tout le monde, mais le mien propre? Me serais-je composé, à mon service, en partant de l'irrécusable figure ronde et du double menton, mais aussi en partant des yeux tristes de sa dernière photographie, un grand-père selon mon désir? Après tout, un mythe, ce n'est jamais que le grand-père qu'on aurait voulu avoir, pour être soi-même avec moins de doutes et moins de craintes : Charlemagne quand on est Roland, Roland quand on est un brave chevalier du Moyen Âge, Ulysse quand on est un malin marin grec, et bon-papa quand on est un petit garçon plutôt sage mais très craintif et qui voudrait écrire des livres quand il sera grand.

— Et maintenant, mon petit, dit Gemelli, tu vas aller dans ma galerie et tu vas regarder le portrait de la belle et bonne Angelina ; puis tu demanderas à Vincentino de m'apporter le carton de dessins de Giambattista que je te montrerai. Alors tu vas comprendre comment il se peut que ta bohémienne soit en train de se transformer en une merveilleuse Salomé. Il faut maintenant que tu me laisses me reposer. Je suis vieux, je suis lourd. Je n'ai plus beaucoup de force pour penser. Un rien me fatigue. Va, mon enfant.

Quel homme vit sans porter, jour après jour, muette, indéchiffrable, mais de temps en temps affleurant au-dessus de la ligne de flottaison de la pensée, cette nostalgie, ce regret léger, qu'il croit sans cause, de ce qu'il aurait pu être et qu'il n'est pas ? On rêve à dix ans d'être marin, et ensuite on passe sa vie dans un bureau, heureux, oui heureux parfois, du travail qu'en définitive on s'est choisi et qu'on aime : et pourtant pas marin. On voulait être comédien ou clown, on se voyait chef de bande et on est chef de bureau. Il n'y a pas de sot métier ; mais de quoi rêve-t-on quand on est trompettiste alors qu'on se voulait astronome ? Et quand on est astrophysicien alors qu'on n'avait pas envisagé d'autre but acceptable pour sa vie que de jouer de la trompette ?

Mais vous avez bien compris que je ne parle pas de métier : je parle de l'*être*. Car lorsque à dix ans on rêve de métier, ce n'est pas pour *faire* ceci ou cela, mais pour *être* ceci ou cela. Ainsi, tout homme, et même celui qui en définitive a réussi à faire dans sa vie à peu près ce qu'il voulait faire, cache derrière son portrait en pose un autre portrait, décalé comme une photographie bougée. Cette image, il ne la regarde jamais, mais elle lui apparaît de temps en temps par surprise, sous la forme d'un regret vague d'il ne sait quoi. Soi, bien sûr. Soi, exactement soi, mais sans les occasions manquées, sans les « oui » qu'on a dits en pensant : « non, mais ce n'est pas grave » ; sans les « non » qui auraient dû être des « oui » ; sans les moments où l'on n'a pas osé ; sans les « dommage, mais c'est trop tard » ; sans les rencontres qui n'ont pas eu lieu : tout cela gommé, effacé, mais pas tout à fait, comme les rides au coin des yeux sur les *portraits d'artiste* retouchés par les photographes d'autrefois. Des deux portraits, lequel est le vrai ? L'autre, bien entendu. Mais lequel est l'autre ? Lequel est ressemblant ? Surtout : lequel est le bon ? Et on passe sa vie à se le demander sans pourtant savoir quelle question on pose. On coule ses jours en se cherchant des raisons de s'estimer. On se donne des motifs pour agir sans se demander si ce ne sont pas des excuses pour fuir. Mais fuir quoi ? Construire quoi ? Sa propre image ? Oui, mais pas celle-ci ; l'autre, celle qui est bougée. Mais laquelle est-ce ?

Cette consolation qu'on se donne à soi-même par l'imagination en construisant, surimprimée à l'image qu'on a de soi, l'autre, celle qu'on aime sans savoir si elle existe ou non, celle qu'on aurait aimée si elle avait existé, savez-vous bien que c'est notre lopin de terre, celui où binent, sarclent, piochent, sèment les romanciers ? C'est aussi celui de nos cousins sculpteurs et peintres, musiciens et poètes. On nous disait autrefois dans les cours de littérature que les écrivains travaillaient, que les peintres peignaient, que les musiciens chantaient avec leur vie : et les professeurs s'acharnaient dans les manuels à découvrir comme des Sherlock Holmes en redingote les secrets de la vie des artistes, pour expliquer leur œuvre. Quelle erreur ! C'est exactement le contraire. Nous ne travaillons que sur ce que nous ne sommes pas, ou bien pas tout à fait. Nous ne besognons que sur des illusions perdues et des bonheurs à refaire. Ce que les hommes gardent dans leur besace soigneusement fermée, nous nous efforçons de lui donner forme, figure, couleur, chaleur et vie : nous nous cherchons, comme tout le monde, des excuses à ce que nous sommes, et nous essayons d'en faire des œuvres. C'est futile, si l'on y songe : et c'est bien pourquoi une œuvre d'art qui ne serait que cette revanche imaginaire ne serait rien : proprement rien. Elle ne commence à être que si les autres hommes y reconnaissent sans le savoir ce qu'ils ont négligé de regarder au fond d'eux-mêmes.

Moi, à douze ans, après avoir rêvé d'être archéologue à cause d'un livre qu'une vieille dame m'avait prêté, voici ce qui m'est arrivé : c'est l'un des plus beaux souvenirs de toute ma vie, et la source de mes malheurs. Au collège, quand je ne jouais pas à d'Artagnan et que je ne racontais pas d'histoires, je restais seul dans un coin, pendant les récréations : je n'ai jamais connu de milieu entre l'extrême solitude et l'emportement de l'action, à condition que j'en sois la tête et le meneur de jeu. Je n'ai jamais su me plier aux règles d'un jeu que je n'aurais pas inventé moi-même : le résultat est qu'à soixante ans je ne joue plus.

Ma vie, ma destinée, les lignes que j'écris ce soir sur cette feuille tiennent aux marches d'escalier sur lesquelles j'étais assis pendant la récréation, tout seul puisque ce jour-là je ne racontais rien, et où j'ai sifflé, ou chanté, la *Symphonie inachevée*. Je l'avais écoutée, sur le gramophone à manivelle, quinze jours d'affilée, pendant les vacances, du matin jusqu'au coucher, à en fatiguer toute la famille. C'était un jour de mai, il faisait beau et chaud. Je sens encore sur mes épaules la douceur de ce soleil. Passe un surveillant, ou un professeur, je ne sais plus. Il se penche vers moi, il écarte le lobe de son oreille avec son index, il me sourit, et il prononce la phrase qui va changer ma vie :

— Mais, Beaussant, on dirait que vous chantez juste.

Personne, depuis que j'existe, ne m'a jamais dit que je chantais juste : et voici qu'on me le dit, alors que je plane depuis les vacances de Pâques sur un nuage nommé Schubert, et que je me chante les thèmes de sa symphonie, en m'endormant, le soir au dortoir.

— Qu'est-ce que vous chantez là ?

— C'est la *Symphonie inachevée*, monsieur.

— Bien sûr. Je l'avais reconnue, mais je voulais savoir si vous saviez ce que vous chantiez.

Et voici maintenant l'instant du Destin :

— Pourquoi ne faites-vous pas partie de la chorale ?

La chorale, je la connaissais. Je l'entendais à la chapelle, pendant la messe. Jamais il ne m'était venu à l'idée que moi, ignorant la musique, ignorant même que je chantais juste, je pourrais avoir l'honneur et le privilège d'être là-haut, à la tribune, à côté de l'harmonium, parmi ceux qui savaient le solfège.

— Venez à la répétition, à une heure, après le repas.

Je suis donc allé à la chorale et j'ai découvert le bonheur suprême, bien supérieur à celui de la grammaire grecque. Ce que nous chantions n'avait rien de grand : des cantiques et des chorals, sauf les jours de fête où les choses se compliquaient. J'ai appris les notes en comparant ce que nous chantions avec ce qui était écrit sur la partition. Quand ça monte, je monte, quand ça descend, je descends. Une blanche vaut deux noires et quatre croches. Facile à deviner. C'est ainsi que j'ai découvert, sans l'avoir cherché, sans l'avoir voulu, que la musique m'était offerte, et que je pouvais être dedans. Ce fut mon bonheur, et mon malheur. Il m'a fallu attendre la fin de la guerre pour aller plus loin, apprendre la flûte, puis l'harmonie ; et la passion s'est installée. À dix-sept ans, je séchais les cours du lycée pour copier la musique, et je réunissais mes camarades et les amies de ma sœur pour (fidèle à mes principes) les diriger, et je bâclais mes thèmes grecs (les vrais) pour m'improviser chef de chœur imaginaire. Voilà. C'est tout.

Je suis un musicien rentré. Ne souriez pas : c'est assez lourd à porter. Je savais qu'il était trop tard, et que je ne serais jamais un grand chef d'orchestre. À dix-sept ans, tout seul dans ma chambre, je pleurais de vraies grosses larmes d'enfant attardé (ce sont les plus amères : c'est de l'eau lourde) à la pensée que jamais, jamais je ne serais le musicien que j'aurais voulu être, puisque après cinq ans, on ne peut plus devenir Mozart et qu'il est trop tard. J'étais jaloux de ceux qui jouaient, je montais à la tribune de l'orgue, je regardais l'organiste avec ses mains sur deux claviers, ses deux pouces sur un troisième et ses pieds en bataille. J'étais l'amoureux platonique d'une violoniste blonde à qui je n'ai jamais osé adresser trois mots. Mon père m'a fait cadeau d'une belle flûte d'argent, une Lot, la grande marque, sur laquelle j'ai travaillé des heures et des heures : trop tard pour bien jouer.

Il ne me restait plus qu'à rêver d'une musique qui coulerait toute seule, dont on ne verrait pas davantage le pénible travail que le lecteur ne connaît les brouillons et les ratures du romancier, qui ruissellerait directement à la fois de la tête et du cœur, comme l'air de Jean-Baptiste, que Stradella, ce soir, est en train de chanter à Gemelli, et que celui-ci en effet, comme on se baigne, les yeux fermés dans son grand fauteuil, reçoit et laisse couler sur lui, un demi-sourire sur les lèvres : le même que j'aurais aimé qu'on eût en m'écoutant.

Je vais donc lui faire dire les paroles que j'aurais aimé entendre moi-même si j'avais été musicien, sans trop espérer me consoler jamais de la photographie bougée sur laquelle je ne suis pas ce que je suis, et où Stradella a pris ma place :

— Bien, mon Sandro. C'est très bien.

Et pour que le tableau soit tout à fait complet, je vais ajouter que sur le visage d'Ortensia, pendant tout le temps où Stradella aurait chanté, il y aurait eu un petit sourire d'adoration.

Ortensia a beaucoup changé. Sont-ce les longs dialogues avec Gemelli, elle assise à ses pieds dans l'attitude qu'elle avait adoptée dès le premier jour, et durant lesquels, sans qu'il y parût, sans même qu'elle y songeât, elle laissait venir des pensées qu'elle n'oserait jamais laisser effleurer? Cela se peut. Mais il s'est passé autre chose, qui va vous étonner. Ortensia a revêtu un nouvel habit masculin, beaucoup plus majestueux et plus riche que celui qu'elle portait dans la gondole en quittant Venise, à Asolo lorsqu'elle intriguait si fort l'aubergiste et faisait venir les larmes aux yeux de la mignonne Pasqualina, ou quand elle entrait, glacée de timidité, dans la galerie de Gemelli. Elle a aussi coupé ses beaux cheveux à hauteur des épaules, comme un homme : et depuis qu'elle ne leur donne plus les multiples soins quotidiens indispensables à une chevelure vénitienne, ils ont légèrement foncé et descendent par vagues sur son col de velours et son jabot de dentelle. Mais, je vous l'ai dit, ce qui a changé, ce n'est pas seulement son habit, ni ses cheveux : c'est elle. Est-ce qu'elle joue ? Est-ce qu'elle s'amuse ? Je crois que oui. Elle prend des airs. Sa démarche, ses attitudes, la vivacité de ses gestes lui donnent par moments une allure garçonnière qu'elle n'avait pas dans l'autre habit, et qui contredit le velours de ses yeux lorsqu'ils se revêtent de leur caresse, la ligne si doucement galbée de ses sourcils, le modelé tendre de ses joues et surtout ses belles lèvres. On ne sait plus. Quelqu'un qui la verrait ainsi se dirait : « Quel âge peut-il avoir ? » Si c'était un homme, il baisserait les yeux. Si c'était une femme, elle entrouvrirait doucement ses lèvres et penserait : « Mon Dieu, qu'il est joli... » Oui, elle est entrée dans la peau de son personnage, comme on dit d'un comédien. Elle joue.

Ortensia est désormais chanteur : oui, chanteur ; castrat, pour être précis, sopraniste, *virtuoso*, disciple du grand maestro Gemelli, qui la recommande *urbi et orbi* dans une lettre où il fait son éloge et celui de sa voix. Elle s'est choisi son nom elle-même, et Sandro rit aux éclats chaque fois qu'il l'appelle : Signor Schiaparelli.

La première fois qu'elle a essayé son nouvel habit, Gemelli lui a fait le somptueux cadeau d'un triple miroir, comme on en fabriquait alors à Venise, ou plus exactement à Murano. Ce miroir est un chef-d'œuvre de l'art. N'imaginez surtout pas un objet qui ressemblerait à ceux qu'on trouve aujourd'hui chez nos tailleurs ou dans les cabines d'essayage de nos grands magasins : c'est bien autre chose. Bien qu'il soit de dimensions modestes, c'est un monument. Chacune de ses trois faces est enchâssée dans un cadre sculpté, mouluré et doré, avec des festons et des guirlandes, de petites colonnettes cannelées et incrustées de minuscules miroirs en forme de losanges, de cercles et de cœurs. Ce n'est pas un miroir triple : c'est un triptyque. Ce qu'on y voit est un tableau en trois parties, un portrait à trois faces.

— Sandro ! Regarde. Tu vois quatre fois la même personne. Moi, et trois fois moi.

Et elle ajoute, avec un étrange sourire :

— Dis-moi qui je suis.

Qui donc est-elle ? Femme ? Mille fois oui. Femme déguisée en homme ? Jeune page aux allures de femme ? Droite, gauche, face, nuque. Femme jouant l'homme, voix de femme imitant la fausse voix d'homme du castrat Schiaparelli, qui en fait n'existe pas. Qui es-tu, Ortensia ? Pour peu que je me penche, te voilà de nouveau multipliée par les miroirs qui se reflètent les uns les autres et se renvoient ton image à l'infini, de plus en plus lointaine, de plus en plus bleutée, de plus en plus indistincte, de moins en moins déchiffrable, et à laquelle s'ajoutent, dans les petites incrustations qui émaillent le trumeau et les colonnettes, un œil ici, là un fragment de lèvre, le rosé d'une joue, une mèche frisée. Comme tu es bien de ton temps, ma chère petite... Tu es entrée dans l'opéra comme si tu en étais un personnage et tu le joues au naturel : l'un de ces opéras baroques pleins de magie que l'on compose à Venise, comme celui que Sandro chantait aux enfants, où les bergères sont des princesses sans le savoir, où les filles sont des garçons déguisés, ou bien l'inverse, Perdita, Miranda, Prospero, Tibrino, Giacinta, Alidoro, où les fils de roi sont enlevés de leur berceau et ne sont reconnus que lorsqu'ils ont vingt ans et sont amoureux de la fille d'un pêcheur, et où l'on ne sait jamais à qui s'adresse l'amour que celui-ci, qui n'est pas ce qu'il croit être, ou ce qu'elle croit être, déclare à cet autre qui n'est pas non plus ce qu'il semble, ou ce qu'elle paraît. Mais est-on jamais ce qu'on croit ?

Il y a cependant une chose importante que je ne vous ai pas encore dite : c'est la raison de cette métamorphose. Elle est beaucoup plus baroque encore que le jeu de miroirs où se multiplie et se perd Ortensia, ou que les sujets des opéras et des comédies de ce temps-là, où l'on prenait plaisir à ne pas savoir qui est qui. La raison en est que Sandro veut à tout prix qu'Ortensia chante à Rome le rôle de Salomé, qu'il a pensé pour elle et dont il a calculé chaque note pour le grain de sa voix. Or vous n'ignorez pas qu'à Rome en ce temps-là aucune femme ne pouvait chanter sur une scène publique, comme on faisait à Venise, et à plus forte raison se produire dans une église : mais le castrat Schiaparelli le peut fort bien.

C'est ainsi qu'Ortensia va chanter en faisant semblant d'être un autre et d'un autre sexe, si tant est qu'un castrat en ait un. Elle va chanter en faisant semblant d'avoir cette voix indicible qui fait semblant d'être une voix de femme et qui n'en est pas une : mais ce que personne ne saura, c'est que cette fausse voix de femme sera véritablement la voix d'une femme et que cet autre sera elle. Ortensia va redoubler le double jeu du chant baroque. Femme, déguisée en homme qui n'est pas homme, elle chantera le rôle de Salomé, que Sandro a composé pour elle sans se douter que Gemelli, un soir, y a dissimulé une bohémienne rencontrée une nuit dans les montagnes sauvages du côté du Passo d'Avelone. Tout est faux, tout est mirage, tout est miroir et contre-miroir dans cette affaire : et vous allez voir comme ce faux est vrai.

Il y a des pays à ce point chargés d'histoire que même les paysages n'y sont plus des paysages : ce sont des images tirées d'un vieux livre. On chemine à travers des collines qui n'ont pas l'air d'être vraies, mais des copies d'après Giotto. On grimpe des chemins de terre qui serpentent entre les vignes et les oliviers : mais trois papes et dix condottieri l'ont fait avant vous. Après des kilomètres de cailloux sans croiser un homme ni un âne, on débouche sur la place d'un village perché, avec des maisons ocre et des arcades : et on découvre qu'il s'appelle Monteverdi. On boit un verre de vin blanc et on lit sur l'étiquette que c'était le cru favori d'un cardinal du XVe siècle. On croise un paysan qui passe, et on lui trouve une ressemblance avec Jules César. On écoute des gens qui causent sur le pas de leur porte : ils parlent la langue de Dante. C'est fatigant... Où trouver dans ce pays une colline vierge, un chemin encore innocent, une maison qui ne soit pas précisément celle où quelque chose s'est passé? Mais on s'émerveille en même temps que la trace laissée par les hommes soit à ce point indélébile, que la vie puisse si familièrement porter témoignage des innombrables vies qui ont donné la vie, que le monde soit si neuf et si vieux, et que la beauté soit si ancienne. Car c'est bien là que se cache la vraie question. Les trois pins plaqués sur le ciel de Rome au fond du jardin de la villa Médicis, sont-ils beaux seulement d'être là? Est-ce par préjugé que vous les trouvez inimitables, miraculeux, précieux comme des œuvres d'art, ou bien le seraient-ils autant si quelque génie sorti d'un conte oriental vous ôtait des yeux votre bandeau après vous avoir déposé tout endormi sans vous dire où vous êtes? Oui, je sais, cette question n'a aucun sens; et pourtant, à Rome, vous ne savez comment lui échapper. Marchez dans les rues, oubliez les solennelles ruines antiques, la pompe cardinalesque et berninesque, oubliez la Sixtine et le Gesù, Jules II et Michel-Ange, le palais Farnèse, la tour Saint-Ange et la piazza Navona : elle se posera encore et davantage pour peu que vous passiez la tête derrière une porte entrouverte ou que vous entriez sans permission dans le jardin secret que protège une grille. C'est là que vous allez trouver précisément la Rome la plus forte et la plus émouvante. Au coin d'une rue, proche Saint-Louis-des-Français, vous tomberez par hasard sur une place minuscule, flanquée d'un côté d'une modeste église baroque (étant baroque, peut-elle être vraiment modeste ?) et de l'autre d'une tour médiévale contre laquelle s'appuie une terrasse plantée de géraniums : et pour cette terrasse vous donneriez tous les palais du monde. Dites-moi pourquoi. Est-ce beau parce que c'est beau ? Un mandarin chinois échangerait-il pour elle son palais interdit ? Vous pénétrez dans la cour d'une maison tout ordinaire, du côté de la Farnesina, dont rien ne permet de déceler l'antiquité si ce n'est l'encadrement d'une fenêtre sculptée sur un mur sans attrait ; mais vous savez que c'est là que demeurait la belle Fornarina, que Raphaël l'a aimée et l'a peinte. Qu'est-ce qui vous émeut ? L'amour de Raphaël pour la Fornarina, qui attire et précipite, comme on dit en chimie, sur cette maison ordinaire les parcelles de beauté répandue dans les musées du monde ? Ou bien n'est-ce que le contraste entre la modestie de cette maison et les souvenirs que vous avez accumulés en vous-même, de l'absolue beauté ? Répondez si vous pouvez. Rome est toujours dans Rome : elle est toute où vous êtes.

C'est sans doute pourquoi, lorsque je suis entré pour la première fois dans la chapelle du Gonfalone, l'émotion que j'ai ressentie fut si forte et si poignante. Ce fut l'un de ces moments comme on n'en connaît que quelques-uns au long de sa vie, devant une œuvre, un être, un paysage, et qui font monter soudain en vous la sensation étrange de vous trouver à un confluent : la rencontre, quelquefois multipliée par la surprise, de ce que vous êtes, de tout ce qui est dans votre mémoire, de ce que vous aimez, de ce que vous croyez, avec ce qui se trouve face à vous, ce que vous voyez ou entendez, et qui soudain s'imbrique. Vous ouvrez une porte, vous ne savez pas encore. Tout à coup, ce qui était là avant vous se trouve exactement être vous. C'est inexplicable et bouleversant, comme un coup de foudre, et de même nature que ce qu'on appelle ainsi en amour, c'est-à-dire la rencontre de vous et de l'autre avec, comme un pressentiment lumineux, la certitude soudaine que la prédestination n'est pas une invention de l'esprit.

Cette chapelle du Gonfalone, ne la cherchez pas : vous ne la trouverez dans aucun guide, à moins que quelque vieux connaisseur de la Ville éternelle ne vous y mène et ne possède le mot de passe pour y entrer. Rien ne la signale dans la ruelle étroite par où l'on y parvient et je me suis demandé d'abord en passant une porte et en montant un escalier sans faste, pourquoi on m'avait mené là. Ce n'est pas la Sixtine, bien qu'elle soit peinte sur toutes ses faces. Deux cents personnes y tiendraient à peine. Les fresques n'y sont ni de grands noms ni même de très grands pinceaux : d'arrière-disciples de Michel-Ange, habiles et besogneux, heureux de peindre et un peu malheureux de la conscience qu'ils avaient d'eux-mêmes. Ce que vous voyez autour de vous devrait glisser sur vous sans trop vous atteindre, et votre regard devrait passer sans appétit excessif sur la Cène peinte par Livio Agresti, sur la Flagellation de Zuccari, ou sur le Christ devant Pilate de Raffaelino Motta. Vous entrez : et l'émotion vous prend à la gorge, peut-être, justement, que ce soit si modeste, si exigu, si consciencieux, sans un centimètre de mur qui ne soit honnêtement peinturé. Peut-être n'est-ce sublime que par contraste. C'est une Sixtine pour les humbles. Pour vous, pour moi, pas pour un pape. Le serrement de cœur qu'on ressent en entrant ne vient pas de trop de grandeur, de trop de force, de trop de génie et d'une volonté trop haute : mais de l'équilibre qui s'établit aussitôt entre vous, là, votre corps, votre tête, vos pieds, vous debout au milieu, et l'effort vers la beauté de ces quelques hommes, ces peintres qui avaient une telle confiance naïve dans le pouvoir du Beau, que les imperfections de leur pensée et les maladresses de leur pinceau ne sont même plus discernables. J'imagine que Dieu le Père doit ressentir quelque chose de ce genre en écoutant la prière d'un petit homme un peu simple, après avoir entendu un Magnificat dans une cathédrale chatoyante de vitraux bleus et parfumée d'encens.

C'est dans de tels lieux que l'on comprend pourquoi on adore l'Italie. On se dit alors, comme on peut le faire en sortant de la petite église d'une bourgade d'Ombrie ou de Toscane, ou bien en arrivant sur la place d'un village perché du côté d'Arezzo ou de Sienne, que l'Italie avait percé un bien grand secret : que s'il existe un chemin qui mène au Bien, ce qui n'est pas sûr, ce ne peut être que celui qui passe par le Beau, et que c'est toujours ça de gagné.

Voilà pourquoi, ce soir, Stradella va chanter avec Ortensia dans la chapelle du Gonfalone et nulle part ailleurs. Il se peut bien qu'en me lisant, quelque savant historien sursaute et dise : mais non, lorsque Alessandro Stradella a donné son oratorio à Rome en 1675, ce fut nécessairement dans l'église San Giovanni dei Fiorentini. Je sais, je sais. Cette église, je la connais aussi : elle est trois cents mètres plus loin, dans la via Giulia. Elle est belle, lumineuse et claire, respirant toutes sortes de bonheurs de l'âme, et j'y ai entendu un jour un bien beau concert. Mais celui que je veux vous faire entendre est d'une autre sorte. Il exige un lieu d'une absolue intimité, fermé et concentré sur lui-même ; un espace qui puisse se renvoyer à lui-même de mur en mur la douceur ocre de ses fresques pour réverbérer de la même manière la voix d'Ortensia et celle de Sandro. Il faut que vous en soyez enveloppés, cernés, enserrés, et que par ce moyen ce lieu vous oblige, au moment même où vous regardez autour de vous, à vous sentir rentrer en vous-même et vous contraigne à n'en plus pouvoir sortir. Il me faut un lieu qui puisse vous émouvoir de cette manière précisément et qui puisse, par la candeur de sa recherche éperdue de beauté, vous faire venir les larmes aux yeux rien qu'en entrant, comme ce fut mon cas.

Alors, quand pour séduire le roi Hérode la voix d'Ortensia tout à coup s'élève au-dessus du flux très doux et suave des violons et des luths, si vous avez eu la prudence de prendre place, non pas aux rangs d'honneur, mais tout au fond, la chapelle va user pour vous de la totalité de son pouvoir. La voix vient à vous, elle glisse sur les murs, elle s'y coule, elle se gorge au passage de terre de Sienne et d'Ombre, de rouille, de feuilles mortes, à peine relevées de bleu de Prusse et de frottis de bronze. Ce qu'elle conduit ainsi jusqu'à vous, ce ne sont plus seulement les notes que Sandro a écrites, réfugié dans le *studiolo*, et qu'Ortensia a déchiffrées dans la galerie de Gemelli : ce sont des coulées, des distillations de miel. Ortensia, ce petit corps de femme déguisé que vous apercevez là-bas, à gauche du chœur, envoie vers vous quelque chose de si pénétrant et de si insidieux, qu'au noyau de vous-même vous êtes en train de devenir vous-même ce roi Hérode sur qui elle fait ruisseler les accents voluptueux qui ont dessein de séduire ce vieux potentat, de dissoudre sa pensée et sa volonté, de le réduire à l'état de pur désir. Mon Dieu, j'y songe : que peuvent bien ressentir, au premier rang, si soigneusement alignés dans des fauteuils, ce cardinal, ces chanoines, ces monsignori, que voilà enveloppés comme vous de la plus voluptueuse, de la plus langoureuse tentative de séduction qu'on ait jamais chantée dans une église ?

Il n'y a qu'à voir l'espèce de rustre hirsute et dépenaillé qui s'appuie, tout près de vous, contre le mur du fond, avec un de ses camarades. On se demanderait ce qu'il fait dans ce lieu, si l'on n'était encore plus surpris de son attitude que de sa présence. Tout à l'heure déjà, en s'installant, il vous incommodait, tellement il pue ; mais cela augmente : depuis qu'Ortensia chante, il transpire. Son gros visage rude et bouffi, pustuleux comme un céleri-rave, s'est pétrifié. Il écarquille les yeux, la bouche grande ouverte. Il bave. Le roi Hérode, c'est lui. Tassé sur lui-même, sa grosse main posée sur le pommeau de son épée qu'il triture de ses boudins : s'il était le roi Hérode, à l'instant il dégainerait sans réfléchir pour couper la tête à Jean-Baptiste. Un coup suffirait, fait comme il est.

Lorsque prend fin le chant d'Ortensia, il pousse un soupir, ou plutôt une espèce de râle indécis, et la masse de son corps s'affaisse d'un cran. Il essuie sa bouche d'un revers de bras, renifle, s'ébroue et se remet d'aplomb sur ses deux pieds : puis tout à coup il rit tout seul. Il est en train de reprendre conscience de lui-même. Il jette un regard à son compagnon, il va parler : mais à cet instant Sandro, sur un léger accord de clavecin, insinue la première note du grand air de Jean-Baptiste, d'abord imperceptible, glissant en un crescendo aussi lisse qu'une glissade sur une flaque de verglas. Et voilà le soudard qui se remet en position. Il rentre la tête dans les épaules et rouvre sa grosse lippe.

Quelle étrange chose que la voix humaine. Qui nous expliquera son pouvoir ? La voix qui parle, qui ne cesse de trahir les mots qu'elle a la charge de transmettre : un retard, un silence, une hésitation entre deux syllabes, un mot qui arrive trop tôt, un demi-ton plus haut ou plus bas qu'on ne pensait, et voilà que ce que nous avons dit n'est pas ce que nous voulions dire. La voix qui chante, qui nous atteint traîtreusement par sa mélodie, en nous racontant des choses qui ne sont pas dans le texte, sans d'ailleurs nous dire quoi, et puis s'efface sans que disparaisse la couleur, seulement la couleur, de ce qu'elle nous a dit : et voici que ce rustre, ce ribaud, ce reître, s'installe de nouveau dans une concentration sur ce qu'il attend de ses oreilles, la lippe pendante, sa main raidie sur la poignée de son coupe-chou, parce que résonne encore dans sa pauvre tête le timbre de la voix d'Ortensia, que le plafond de la chapelle a cessé de réverbérer dans l'air, mais pas en lui, et qu'il attend que cela continue.

— Je me demande par où il va sortir...

C'est à peine un murmure, comme si l'homme qui est à côté de lui se parlait à lui-même. Et puis, non :

— Oh! Momo... Tu rêves?

Momo? Mais c'est vrai, c'est lui : cette grosse tête de rave, c'est lui, c'est cette brute endormie qu'on est allé réveiller en pleine nuit dans l'un des bouges du côté de l'Arsenal de Venise, près du campo Pozzi, celui qui disait : « Je ne travaille pas, je dors. » C'est lui, Momo, qui bave en écoutant la musique. L'autre, c'est Nuccio, celui qui disait : « Et pour trois pistoles, qu'est-ce que tu fais? » Nuccio jette un regard à Momo, qui n'a pas bronché.

— Tu m'écoutes?

La réponse tarde un peu. Enfin, elle vient :

— Oui, j'écoute.

Nous n'entendons que ce que nous voulons : c'est bien connu. Momo écoute, toute son âme, ce qu'il a d'âme (mais il en a une, comme tout le monde) s'est réfugié dans ses oreilles; et quand Nuccio lui dit : « tu m'écoutes? », il entend : « tu écoutes » : et c'est vrai, il ne fait que cela. Il a *ouï*, comme on disait en français quand nous avions assez de mots pour faire la différence entre comprendre, écouter, entendre, percevoir, saisir au vol, ouïr. Nous oyons ce qu'on nous dit, mais nous n'entendons que ce qui va vers notre désir. D'ailleurs, entre *tu m'écoutes?* et *Oui, j'écoute*, Nuccio n'a pas davantage saisi la nuance et n'a, lui aussi, entendu que ce qu'il voulait : car il ne pense qu'à une chose, qui n'est pas la musique, mais la direction que va prendre Sandro quand il sortira à la fin du concert. S'il se dirige vers la droite (dans la nef d'une église, on dit : du côté de l'Épître ; dans la nef d'un bateau, à tribord ; dans celle d'un théâtre, côté cour), il se retrouvera dans la sacristie, d'où il ne pourra ressortir. S'il s'en va vers la gauche (le côté de l'Évangile, bâbord, le côté jardin), un étroit corridor le mènera dans la rue : c'est là que l'attendent Pepe et Tonio. En italien, on dit *a sinistra*. Nuccio continue à murmurer à l'oreille de Momo, qui n'écoute pas :

— De la façon dont il est placé, il devrait sortir par la droite. Ce sera plus facile. Mais il faut que j'aille voir de l'autre côté. Toi, tu restes ici.

Momo, bien sûr, ne répond pas.

J'admire et j'envie ceux qui peuvent saisir ce qu'on leur dit tout en pensant à autre chose, ceux qui arrivent à lire une lettre en suivant une conversation, ou qui écoutent France Musique tout en écrivant. La surdité de Momo me touche. J'ai beau savoir qu'il n'est là que pour couper la gorge à Sandro, je ne suis pas loin d'éprouver pour lui une certaine affection, à cause de cette infirmité. J'ai la même. On appelle cela, je crois, « étroitesse du champ de conscience ». Le simple fait de réfléchir à la phrase qu'on vient de me dire m'empêche d'entendre la suivante. Si je pense à la musique, j'oublie de l'écouter, et si je l'écoute, je ne pense plus. Comme moi, Momo ne pense plus, puisqu'il écoute. Il est là, tellement tassé sur lui-même par l'effort d'attention qu'on dirait qu'il enfle. Le chant de Stradella, qui plane dans les hauteurs de la chapelle comme un Saint-Esprit, sans substance, sans masse, retombe en pluie sur Momo, ruisselle sur tout son corps, entre par chacun des pores de sa peau. La bouche ouverte, les yeux écarquillés, il ne s'est pas aperçu que Nuccio s'était glissé le long du mur derrière lui, qu'il l'avait même heurté en passant, et qu'il est allé rejoindre Pepe et Tonio tapis dans l'ombre du passage, la main sur leur poignard.

Il va avoir une terrible surprise, ce pauvre Momo, à l'instant où Salomé interrompt le chant éthéré de Jean-Baptiste et se transforme en tigresse. Sandro a placé à cet endroit une rupture d'une force et d'une rudesse effroyables, et il va se livrer avec elle à ce duel à deux voix qu'ils ont je ne sais combien de fois répété chez Gemelli, dans le *studiolo* et qui se terminait ordinairement par des cris et des larmes. Un soir, Ortensia s'était enfuie en courant, sans un mot, au milieu de la répétition et Sandro l'avait retrouvée au fond du jardin, à califourchon sur un banc, comme un homme et les cheveux dénoués, comme une femme. Lorsqu'il s'était approché d'elle, elle s'était détournée ; et quand il avait posé la main sur son cou pour une caresse, elle l'avait mordue. Mais maintenant, en public, redoublée par la tension continue et progressive du concert, l'intensité de cette bataille à coups de vocalises est d'une terrible cruauté. Ce sont des coups d'aiguillon qu'ils se donnent. Ils se pourfendent, ils se lardent, ils se lacèrent, se meurtrissent, jusqu'à l'instant, violent comme un coup de sabre, où la voix de Jean-Baptiste se tait et où celle de Salomé se métamorphose en cette danse sauvage et triomphale où la bohémienne proclame sa victoire et qui laisse Ortensia hors d'haleine, exténuée, anéantie : et tout s'arrête.

On n'applaudit pas dans une église. À l'opéra, si tourmentée, si éprouvante que puisse être une scène, à peine la chanteuse a-t-elle fermé la bouche qu'une onde de fièvre, une ardeur de sympathie chaleureuse et bruyante s'enroule autour d'elle, la réchauffe, la réconforte. On l'applaudit. On crie. Elle sourit, elle est heureuse. Rien de cela pour Ortensia. Rien dans le silence, même traversé de murmures, rien qui puisse l'aider, qui puisse arrêter cette bouffée d'angoisse qui monte en elle à cause du vide : c'est un vertige. Elle défaille. Son visage et son buste esquissent un mouvement d'oscillation, elle va tomber. Elle ferme les yeux, elle murmure : « Sandro... » et tout à coup, elle se sauve. Elle contourne le clavecin, heurte le pupitre du contre-bassiste dont les partitions se répandent sur le sol, elle traverse le chœur presque en courant, comme elle a fait chez Gemelli, et disparaît par la porte de la sacristie.

Au fond de la chapelle, Momo essuie de nouveau sa bouche avec son poignet. Il tremble presque. Il a vu Ortensia courir, il perçoit vaguement la rumeur qui s'élève parmi les spectateurs, mais c'est à peine s'il voit et s'il entend. Il fronce les sourcils, toutes les parties de son gros visage se plissent en une grimace, le front, les joues, les yeux, la bouche, tout est tordu. Il s'essuie le front avec la paume, et quand il relève les yeux, c'est pour voir Sandro disparaître à la suite d'Ortensia. Il ne comprend rien. Il regarde autour de lui, cherche Nuccio des yeux et s'affole de ne pas le voir. À haute voix, il dit : « Nuccio ... Dove sei ? » et c'est soudain comme si tout à la fois lui tombait sur les épaules.

Tout, c'est-à-dire : Qu'est-ce qui se passe ? Qu'est-ce que je fais là ? Où est Nuccio ? C'est celui-là qu'il faut tuer ? Celui-là, le chanteur ? Nuccio l'a dit. Il émet à nouveau une sorte de râle, un grognement, il gémit : « Oh, peccato... peccato... », ce qui en italien veut dire une infinité de choses : ah quel malheur ! quelle misère ! quel dommage ! quelle honte, quelle malchance ! et aussi, quel péché ! Et c'est bien tout cela que ressent dans sa pauvre carcasse le pauvre Momo qui s'ébranle et entreprend de traverser la chapelle en grommelant.

Dans la sacristie obscure, éclairée seulement en attendant la fin du concert par deux méchantes chandelles posées sur le bahut où l'on range les chasubles et les surplis, c'est à peine si on distingue Ortensia dans ses habits de velours brun. C'est à l'oreille qu'on la devine : elle est là, la tête appuyée contre la boiserie sombre, de dos, et il sort d'elle une plainte continue, un geignement d'enfant blessé. Elle sursaute quand la main de Sandro se pose sur son épaule et sa plainte se transforme en un hoquet, ou un sanglot. Sandro dit seulement : « Ortensia... » Elle halète : « Je t'avais dit... Je t'avais dit... » puis se retourne et se précipite contre lui.

— Je t'avais dit... Je ne peux pas chanter cela...

Maintenant, elle pleure contre son épaule, il lui caresse les cheveux tout en essayant de la redresser ; il ne sait pas ce qui est le plus urgent : la consoler, la rassurer, calmer sa propre colère, trouver une contenance, car on va entrer, c'est certain, les musiciens, les prêtres, dans deux secondes...

— Tu es folle... Je l'ai fait pour toi... Personne ne peut le chanter comme toi...

Et à l'instant où elle lève les yeux pour le regarder, à travers ses larmes, au-dessus de l'épaule de Sandro, elle entrevoit Momo, ou plutôt la silhouette de Momo, énorme, dans la demi-obscurité, et elle pousse un cri, de peur, d'angoisse, de honte. Sandro se retourne d'un bloc et aperçoit le gros homme qui est déjà à mi-chemin.

— N'entrez pas. Que personne n'entre.

Momo fait encore deux pas.

— 'Lustrissimo...

— Allez-vous-en. Laissez-nous. Que personne n'entre.

Momo avance encore. Il ne sait que faire, et ne peut que répéter, dans son jargon vénitien, « 'Lustrissimo... ». Sandro tient Ortensia par un bras et fait un geste vers Momo, qui s'arrête. Il recule. Il va sortir. Et puis, non : il reste là planté sur ses deux jambes, et ressasse :

— 'Lustrissimo... La musique... La musique... On va vous tuer, 'Lustrissimo. Sauvez-vous.

Pendant qu'il parle, derrière lui entrent Nuccio, puis les deux autres qui se cognent les épaules dans la porte, et Momo continue :

— On va vous tuer, on va vous tuer...

Et c'est lui, Momo, que Nuccio saisit au cou avec son avant-bras, et qu'il poignarde dans le dos. Un coup. Deux coups. Pepe et Tonio s'avancent à droite et à gauche, mais voici que derrière eux paraissent le sacristain et son acolyte qui porte un flambeau, puis un musicien, celui qui tenait la contrebasse, et encore d'autres. Sandro a saisi Ortensia à bras-le-corps. Quelqu'un crie. Nuccio qui tenait toujours Momo par la gorge le laisse tomber à ses pieds comme un paquet. La sacristie s'emplit de monde, on parle, on crie, et personne n'entend Momo, par terre, qui émet deux ou trois hoquets, et puis :

— 'Lustrissimo... La chanson...

Pauvre Momo... Je vous l'ai dit, j'avais pour lui de la tendresse. Cela ne lui a pas servi à grand-chose : le voilà mort. Tout ce que j'ai pu faire, c'est lui remplir l'âme, ce qu'il a d'âme, avec un peu de la musique de ce temps-là, celle dont Sandro, rappelez-vous, a dit lui-même : la bonne musique, c'est celle qui peut émouvoir une âme fruste.

Je vous avais promis aussi de ne jamais vous dire à quel moment dans ces pages je vous racontais la vie de ce musicien italien, Alessandro Stradella, qui vécut au XVIIe siècle, qui eut tant de génie et tant d'aventures, et à quel moment j'inventais. Je vous avais prévenu que, de toute façon, ce qu'on croit savoir de sa vie égalait en extravagance tout ce qu'un romancier pourrait inventer et que, par conséquent, vous ne sauriez pas faire la différence. Mais ici, j'ai un peu peur. Cette histoire d'assassin converti à la musique n'est-elle pas un peu trop forte ? N'ai-je pas dépassé les bornes du vraisemblable ? Eh bien, vous avez perdu. On la racontait déjà du temps de Stradella, et pas seulement en Italie où l'on aime bien à exagérer les choses et, pour peu que l'émotion y ait quelque part, à rajouter des larmes et des cris. On la récitait partout. Un chroniqueur l'a relatée et imprimée à Paris, à une date où des témoins vivaient encore. Or, tous ces gens-là s'émerveillaient et s'exclamaient, mais pas du tout de ce que vous pouvez croire : pas du tout de ce qu'un assassin laisse tomber son couteau en écoutant un beau morceau de musique. Cela, c'était miraculeux, c'était magique, mais pas du tout, en Italie au XVIIe siècle, invraisemblable ni impossible. Ce qui enchantait, c'était le pouvoir fabuleux de la

musique elle-même, capable, disaient-ils, de transformer l'âme d'un assassin et de lui faire tomber le
poignard de la main. On racontait bien d'autres histoires sur le pouvoir des sons, qui avaient un jour
rendu doux comme un agneau un homme en rage,
qui savait faire naître l'amour au cœur des dames
les plus farouches. On se rappelait qu'elle faisait
lécher les pieds d'Orphée par les tigres au seul son
de sa lyre et endormait les monstres redoutables qui
gardaient les Enfers. La musique peut tout cela,
disaient-ils. Elle peut tout. Elle est divine. « *Io, la
Musica son* », chantaient-ils : « Moi, la Musique, avec
mes doux accents, je sais apaiser les cœurs troublés,
et je peux enflammer d'amour ou de noble courroux les esprits les plus glacés. »

Je dois donc renverser la question : Ont-ils rêvé ?
Ont-ils brodé ? Étaient-ils si sûrs du pouvoir
magique de l'art d'Orphée, qu'ils l'auraient prêté à
Stradella pour apporter la preuve que le mythe était
vrai ? Et si oui, qu'est-ce que cela change ? Qu'est-ce
donc qu'un mythe ? Rien d'autre qu'une histoire
que les hommes se racontent à eux-mêmes pour se
dire les choses dont ils sont fiers. Qu'ils aient pu
capter le feu et s'en servir, malgré la terreur qu'il
leur inspirait : c'est Prométhée audacieux et puni.
Qu'ils aient reconnu que dans chaque homme il
existe quelque chose d'irréductible, qui le rend
unique et fait qu'il ne ressemblera jamais à un
autre : c'est Anubis, qui pèse les âmes de l'autre côté

de la mort et n'en trouve pas deux qui aient le même poids. Qu'ils aient inventé la musique qui peut tout, qui apprivoise les monstres, qui fend les pierres de tristesse ou de joie, et qui permet d'aller chercher la moitié de son âme au fond des Enfers : c'est Orphée. Un mythe n'a de sens que s'il est toujours vrai et qu'un Italien du xviie siècle peut refaire ce qui a été fait. Tout ce que je sais, c'est que le récit où l'on voit sa musique troubler l'âme des assassins de Stradella au point de les désarmer a traversé les siècles. Tous l'ont cru vrai, admirable et exemplaire. Moi aussi.

Il faut cinq jours pour galoper de Rome à Venise :
cinq jours durant lesquels le Sénateur va se ronger
l'âme ; et quand je dis *ronger*... Je ne déteste pas ces
expressions que l'on appelle « toutes faites ».
Celle-ci m'est *tombée sous la plume* (en voilà une
autre...), et brusquement, le temps de l'écrire, le
temps exact où elle est demeurée justement *sous ma
plume*, j'ai senti à quel point elle était juste, précise et
cruelle. Ce sont de bien étranges choses que les
mots, et surtout la manière dont ils vous viennent.
Ils *tombent*, oui, exactement, et justement *sous la
plume* : mais d'où ? Quelquefois ils sont si insipides, si
dépourvus de personnalité, qu'on se désole et qu'on
cherche celui qui serait original, qui sonnerait bien,
qui ferait un joli court-circuit avec son voisin et pro-
duirait une étincelle. D'autres fois *tombe* (j'ai beau
chercher, je n'en trouve pas d'autre ; je le garde) ce
que mon professeur de français appelait, avec un
peu de mépris, une expression « toute faite » : par

exemple *se ronger l'âme*, et c'est elle qui est juste. Car il y a précisément, dans l'âme du Sénateur Grimani, une espèce de rat qui vit caché dans un coin (*un recoin de l'âme*, encore une autre...) où il a fait son trou et qui, à chaque minute du jour et, ce qui est pire, de la nuit, *ronge*. De temps en temps, il remue, se retourne ou change de place. Il fait une petite cavalcade, on l'entend, il vous réveille : il se rappelle à votre souvenir. Alors on voit le Sénateur frapper sans raison la table avec son poing et son secrétaire lève la tête ; ou bien il égratigne quelque chose avec son ongle ; ou encore il pousse au milieu de la conversation un petit gémissement étouffé : c'est le rat qui vient de faire un bond. Curieusement, ce n'est pas à cet instant-là qu'il fait mal, il se contente de s'agiter pour qu'on se souvienne qu'il est là ; et aussitôt il reprend son travail diligent et inlassable : il ronge. Il mordille, il grignote, il gratte, il râpe, il rabote. Pas une minute sans que l'âme cesse de crisser et de grincer, à mesure qu'elle se défait en petites rognures sales, comme un livre abandonné au grenier.

Il est méconnaissable, le Sénateur. Il a jauni. Il n'a plus de joues. Sa bouche, sur laquelle on pouvait lire tout ce qui se passait en lui, sa bouche est encadrée par deux fissures qui désormais l'empêchent de signifier autre chose que : je veux, je veux, je veux, je veux.

— Torcello ?

— Votre Seigneurie ?

— À Rome, ce soir. C'est ce soir qu'il chante.

— Oui, Votre Seigneurie. Il chante pour la célébration de la fête de saint Jean-Baptiste : c'est aujourd'hui le 24 juin. On m'a fait savoir qu'il avait composé un oratorio. C'est ce soir que les émissaires que j'ai envoyés sur l'ordre de Votre Seigneurie vont pouvoir agir, à la fin de ce concert qui aura réuni beaucoup de monde : la vengeance de Votre Seigneurie sera ainsi éclatante et publique.

Mais le Sénateur ne paraît pas écouter ce qu'on lui dit. Il tend l'oreille au fond de lui, exactement comme vous le faites si vous passez la nuit dans une vieille maison, et que vous interrogez avec angoisse l'obscurité pour savoir où est le rat, s'il est au grenier au-dessus de vous, ou bien dans votre chambre, derrière la commode.

— Et celle qui chante le rôle de Salomé, Torcello, c'est votre sœur.

— Hélas, oui, Votre Seigneurie. C'est un terrible scandale. On ne sait comment cela a pu se faire. C'est contraire aux plus vénérables traditions. On m'a dit que c'est elle qui doit chanter, en effet, habillée en homme. J'avais songé à rendre ce scandale public en dénonçant la supercherie, mais il m'a semblé que cela ne ferait que l'augmenter, aux dépens du respect dû à Votre Seigneurie.

Mais la Seigneurie n'écoute pas. Il grimace :

— Ce n'est pas elle qui va demander sa tête...

— Je ne comprends pas, Votre Seigneurie.

Alors on voit cette chose inimaginable : on voit le Sénateur s'avancer vers Torcello, saisir de ses deux mains le revers de son habit et le secouer. Cet homme raide et lent, dont chaque geste était un appareil compliqué, impassible et apprêté comme pour un monologue de théâtre qu'il semblait toujours dérouler au ralenti, cet homme secoue Torcello de ses propres mains et sa bouche tragique éructe :

– Votre putain de sœur, Seigneur Torcello, votre putain de sœur, quand vous l'avez fourrée dans mon lit, qu'est-ce que vous vouliez ?

C'est insensé. Torcello ne peut pas répondre. Sa tête ballotte d'avant en arrière. Sans résister, il se laisse secouer, jusqu'à ce qu'enfin le Sénateur le repousse et lui tourne le dos. Alors seulement, sans regarder devant lui, sans même redresser sa petite perruque blanche qui pend de travers :

— Rien, Votre Seigneurie. Rien que la satisfaction de Votre Seigneurie...

Je ne peux pas décider entre la bassesse, l'humiliation, la couardise, la provocation, la haine pure, lorsqu'il ajoute cette phrase aussi lâche que dangereuse :

— Ma sœur est très belle et l'amour que Votre Seigneurie professe pour la belle musique m'avait...

Il n'a pas le temps de poursuivre. Le Sénateur s'est retourné, lentement et d'un bloc, comme il fait quand il s'adresse calmement à son secrétaire ou à son intendant :

— Si vos hommes n'ont pas tué Stradella ce soir, Seigneur Torcello, vous allez devoir craindre pour vous-même.

— Je sais, Votre Seigneurie. Je sais.

Cinq jours encore à attendre, avant que les messagers n'arrivent en annonçant qu'on l'a manqué.

Selon votre tempérament et vos goûts, vous trouverez pittoresque et « très couleur locale » (si vous me passez encore cette expression), ou bien au contraire inquiétant et sordide, le lieu où pénètrent Sandro et, descendant les marches derrière lui, Ortensia. Le mot taverne conviendrait à la rigueur. J'aime mieux continuer dans le registre de la couleur locale et lui donner son nom italien, qui serait *bugigattolo*, ce qui rappelle d'ailleurs le mot français *bouge*, qui en dérive comme faquin de *facchino*, malandrin de *malandrino*, spadassin de *spadaccino* et quelques autres de cette sorte. Nous les avons empruntés à l'Italie, et justement au XVIIe siècle afin d'enrichir notre vocabulaire grâce à ce qu'elle avait alors de bretteurs et de traîne-rapière, de lieux plus ou moins malfamés mais qui, à cause de la faconde des uns et de l'exotisme des autres, sont demeurés dans notre langue avec une petite charge de pittoresque pleine d'agrément. Ce n'est peut-être pas sans cause. Tout n'est qu'apparence : il est bien vrai qu'en Italie cette apparence est plus gaie, plus volubile, plus enjouée qu'ailleurs. C'est pourquoi dans ce merveilleux pays un lieu sordide, grâce à la « couleur locale », accède au rang de « pittoresque ».

Pour entrer dans celui-ci, il faut donc descendre six ou huit marches, ce que font Sandro, prudemment, et Ortensia, inquiète, la main sur son épaule. Ces marches nous mènent dans une salle voûtée, en demi-sous-sol, où d'abord on ne distingue pas grand-chose : les trois ou quatre fenêtres sont naturellement très haut placées près de la voûte, et coupées par des barreaux de fer. À cette heure tardive, il en descend à peine une lumière jaune, et d'un jaune sale, puisqu'elle ne provient que de la base d'une ruelle. Elle trace des faisceaux obliques à travers cette salle, ou cette cave, et y aménage des trous d'ombre. En entrant, on ne voit rien. On ne peut qu'entendre : un bruit de voix violent et confus, avec des élans, des pics, des bordées, comme seuls vingt gosiers italiens animés par le vin et la *grappa* peuvent en émettre : *chorus, recitativo, esclamazione, parlar cantando*, en contrepoint désordonné. Mais l'étrange ici, c'est le *decrescendo* qui s'amorce à l'entrée de Sandro et d'Ortensia, le silence qui s'établit progressivement à mesure que votre regard s'accommode à la demi-obscurité, comme si la vue et l'ouïe se compensaient mutuellement : quand vous commencez à voir, vous n'entendez plus. C'est un effet de théâtre très réussi, d'autant que s'organise en même temps un mouvement général des têtes qui se tournent l'une après l'autre vers l'entrée. On distingue d'abord ceux des visages que les rais de lumière tombant des fenêtres caressent et font sortir de l'ombre : ici deux jeunes gens portant un béret à plumes et un justaucorps de couleur vive ; là-bas, sous l'autre fenêtre, dans un triangle jaune, des hommes en livrée, peut-être des soldats ; plus loin encore, une trogne rouge sur un habit noir. Quand le silence sera tout à fait rétabli et que vos yeux seront complètement acclimatés, vous commencerez à distinguer des mains et, pour peu qu'elles accrochent une traînée de jour, des cartes, des verres ou des gobelets d'étain, et même, sur les tables, des pièces d'or qui scintillent. D'autres têtes apparaîtront les unes après les autres : et toutes, absolument toutes, regarderont Sandro ou se pencheront pour apercevoir Ortensia derrière lui. Le silence sera alors absolu, juste ce qu'il faut pour qu'éclate un grand solo claironnant qui part on ne sait d'où :

— Oh ! Facciadorso ! Sors de ta cave ! Il y a deux gentilshommes qui ont l'air d'avoir soif !

Et, par un autre effet de théâtre magnifiquement réglé, la réponse vient d'outre-tombe :

— Vengo ! Vengo !

Tout au fond, montant du sol, apparaîtra une

lueur, imperceptible d'abord, peu à peu plus vive, puis une tête, des épaules, un buste, sortant d'une trappe, un gros homme enfin tout entier, comme Pluton surgissant des Enfers dans un opéra de ce temps-là : mais au lieu de sa pique et de son sceptre noir, de son bras droit il porte des pots d'étain, et de sa main gauche une chandelle. Alors, d'un seul coup, le *tutti* reprendra comme si la baguette d'un maestro invisible avait donné le départ pour l'*allegro assai*.

Est-ce que les ours rient ? Si oui, Gino est digne de son surnom de face d'ours, et c'est bien un rire d'ours qu'on entend, un rugissement gaillard, que pousse le gros homme sorti de son trou, lorsqu'il arrive à trois pas de Sandro.

— Mort de mes yeux s'ils me trompent ! C'est toi S...

Sandro le coupe.

— Oui, c'est bien moi Ottavio. Je suis heureux que tu me reconnaisses, après tant d'années...

Deux secondes pour la surprise, et aussitôt les yeux pétillent, comme peuvent le faire ceux d'un farceur rencontrant un ancien farceur, avec le souvenir de toutes les anciennes farces.

— Si je te reconnais...

Outre la farce, maintenant s'ajoute je ne sais quoi de rusé et de matois dans le frétillement du regard.

— Alors te voilà maintenant, Ottavio... Ah,

mais voilà une surprise... Une merveilleuse surprise... Ottavio, donc...

Moi, je me méfierais. Mais non : je me trompais. Il n'y a plus que du plaisir quand la face d'ours reprend, avec une voix de plus en plus tonnante :

— Viens que je t'embrasse.

Et ce sont des grands coups dans le dos, comme on fait en Italie. Le silence est revenu, aussi plein que tout à l'heure. Toutes les têtes, les hirsutes, les barbues, les cramoisies, les farouches, les emplumées, se sont tournées et on regarde l'embrassade. À voix basse, pendant l'accolade :

— Et lui ?

Sandro, à l'oreille :

— Lui, c'est Pasqualina...

— Bon. Tu m'avais surpris. Je n'imaginais pas que tu puisses être en compagnie d'un homme... Mais, si je comprends bien, la Signorina se nomme Antonio ?

— Non : Giulio.

— Ah ! Giulio. Je m'étais trompé, mais à peine.

Et Facciadorso embrasse Ortensia, comme on fait pour un homme (embrasser, au XVIIᵉ siècle, cela veut dire serrer dans ses bras, et non comme nous le croyons, donner un baiser...). Il lui glisse à l'oreille :

— C'est un bonheur, Signorina Giulio, que de vous voir en compagnie du plus valeureux ribaud que j'aie jamais connu, à part moi. Cela me donne bien de la considération pour vous...

Est-ce que les lions rient? Si oui, c'est cette fois un rire de lion, lorsqu'il se retourne vers les buveurs attablés :

— Messeigneurs, j'ai l'honneur de vous présenter mon ami, mon frère, le compagnon de mes beuveries de jeunesse, le plus superbe musicien, le plus alerte coureur de jupons qu'ait connu le ciel de Rome au temps radieux du très saint pape Urbain, que Dieu bénisse : c'est mon ami Ottavio. Et voici son jeune coquin Giulio. Ah! messeigneurs, si vous buviez le quart de ce que nous buvions ensemble, je serais un aubergiste riche! Et si je voulais vous raconter le dixième de ce que nous avons aventuré ensemble, lui, moi et sa guitare, plus quelques autres paillards de notre espèce, un mois n'y suffirait pas et ma cave serait vide. Buvez, messeigneurs, buvez en l'honneur de nos retrouvailles!

Autour d'eux, le bruit de voix reprend. Avez-vous remarqué qu'il suffit que Sandro pénètre dans un lieu où l'on joue, où l'on mange et où l'on boit, pour que son entrée suscite des acclamations? Il y a des gens qui sont ainsi faits. Il n'est pas même nécessaire qu'ils ouvrent la bouche : ils entrent, et aussitôt crépitent les feux de Bengale, les applaudissements et les rires.

— Où est ta guitare, qu'as-tu fait de ta guitare, San...

Voyez : si forts, si frais, si pétulants, les souvenirs

du gros homme, il a si vite fait de s'y retrouver, qu'il a bien failli se tromper de nom...

— Ne me dis pas, Ottavio, que tu ne joues plus, que tu as perdu ta voix, ni que ce joli Giulio que voilà n'est pas un rossignol?

Pourtant il aurait bien dû remarquer, avec ces yeux fureteurs et malins, que Sandro ne rit pas. Il faut du temps, quand notre mémoire a remis en marche la petite mécanique qui fait remonter tout à coup, bien pétris, bien caillés ensemble, tous les arrière-goûts qui font qu'on se souvient; il faut du temps, au moins quelques secondes, pour remettre ces images toutes fraîches à une distance suffisante pour voir ce qu'on voit et non ce qu'elles ont tout à coup fait émerger. L'aubergiste n'a encore remarqué que l'absence de la guitare : c'est vrai, Sandro n'a plus son luth en bandoulière. Dans la précipitation de la fuite, il l'a perdu. C'est vrai, il ne rit pas. Il profite des cris et des exclamations joyeuses qui fusent autour d'eux pour mettre la main sur le bras de l'aubergiste et lui glisser :

— Gino, peux-tu nous loger, lui et moi?

— Te loger? Tu veux dire te...

— Oui.

Voilà. Les quelques secondes ont passé, juste ce qu'il faut pour ranger la mémoire à sa place. Le regard de Facciadorso a changé : j'y retrouve à nouveau la ruse, et même un peu plus que cela.

— Je vois à ton habit, mon bon, que tu as fait

fortune, depuis le temps... Mais tu as pourtant besoin de moi. J'aurais préféré que tu viennes seulement pour boire un coup avec ton ami Gino...

Cette dernière phrase ne sert qu'à se donner quelques secondes encore pour penser les choses sous toutes leurs faces.

— Mais je vais te garder le temps qu'il faudra pour que tu me racontes ta vie.

Et, avec un coup de tête vers Ortensia :

— Et la sienne. Allez, va t'asseoir, va. Et vous aussi, noble gentilhomme.

Il revient aussitôt, portant un grand pot de vin, des olives et du fromage, et le voilà assis en face d'Ortensia. Il la fixe longuement, les coudes sur la table et la bouche ouverte sur une espèce de sourire qui a l'air de vouloir dire quelque chose comme : « Toi, ma belle, si tu as quelque chose à cacher, je le saurai avant que tu aies ouvert ta jolie bouche pour me le dire. » Avez-vous remarqué que le regard d'un homme qui a un peu trop bu a parfois l'air très profond, pénétrant, avec quelque chose de grave et d'intense ? Il vous considère longuement, il se penche vers vous à travers la table, il a l'air de vouloir respirer votre fumet, l'absorber, l'analyser, avec l'expression recueillie, juste un peu absente, d'un amateur qui goûte un beychevelle 1974. Cela vous intimide car, ainsi dévisagé, vous ne pouvez pas vous empêcher de vous demander ce qu'on pense de vous et cela fait remonter quelques-uns de vos petits doutes sur vous-même ; vous baissez les yeux. Vous croyez qu'il pense. Pas du tout. Cette profondeur dans ses yeux, c'est seulement celle du vide qui sépare dans sa tête une idée de la suivante. Et puis brusquement, il parle, et vous ne l'arrêterez plus : car lorsqu'un ivrogne tient une idée, il devient orateur fécond, intarissable, insistant.

— Signorino...

Il rit.

— Vous avez entendu, j'ai dit : *ri-no*... Signo-*ri-no*... J'ai bien du plaisir à vous voir. Vous avez de la chance que mon ami Ot-ta-*vio* se soit trouvé sur votre chemin. Je suis bien assuré que vous ne vous ennuyez jamais, quand je me souviens des catastrophes (il rit), des intrigues, des exploits et des beaux forfaits que nous avons perpétrés ensemble, lui et moi.

Ici, le sourire flou se fait plus précis.

— Et si j'en juge par le costume galant que vous portez, Signo-*ri-no*, et par la hardiesse de votre minois... Je te félicite, mon cher Otta-*vio* ; ton jeune ami me plaît beaucoup.

Eh bien, il se trompe, Gino. Il se trompe absolument. Si l'expression d'Ortensia est aussi aiguë, comme il le dit, ce n'est pas de hardiesse, mais d'antipathie, et même d'hostilité. Ses beaux yeux ont pris leur petit éclat dur d'aigue-marine que nous lui connaissons quand on s'attaque maladroitement à son orgueil. Sa bouche s'est serrée par un début de colère qui ne cesse de croître depuis le moment où, tout à l'heure, Gino a fait son discours de présentation. Lorsqu'elle est entrée dans la taverne, nous l'avons sentie inquiète, effarouchée par les marches qu'elle descendait vers l'antre obscur de Facciadorso puis à l'allure de ses hôtes : mais songeons que la petite Ortensia n'a jamais pénétré dans un tel lieu, pas plus qu'elle ne s'était approchée d'une forêt sauvage. Mais dès que Gino a commencé à parler, cette timidité s'est transformée en répugnance, à cause des mots, à cause du ton, à cause des mots dans le ton pour parler de Sandro. Depuis qu'ils sont assis face à face, la répugnance est devenue répulsion. Elle est tendue comme une corde d'arbalète, les lèvres serrées, du bleu sous ses yeux et ses deux mains, sous la table, crochées l'une à l'autre. Gino, qui ne la connaît pas, a pris cela pour l'assurance d'une petite amazone volontaire et bien émancipée. Cela lui plaît assez : il retrouve ses vingt ans, les bonnes lampées et les joyeuses courses de nuit dans le Trastevere. Il remplit les trois gobelets et vide le sien.

— À ta santé, Otta-*vio*. À votre joie et à vos plaisirs, Signo-*ri-no*!

Il rit, et répète : *ri-no!*, puis frappe sur la table.

— Te souviens-tu, S...

Il a encore failli se tromper. C'est qu'il s'est

275

engouffré dans ses joyeux souvenirs, le Gino. Il rit tout seul dans sa barbe, et de voir Ortensia devant lui, avec son tricorne sur la tête et son petit col de dentelle dépassant de son justaucorps, que voulez-vous, cela fait remonter des bouffées d'aventures qu'il savoure et caresse dans sa tête. C'est le danger de la mémoire, surtout quand le vin rouge vous enfile dans son tunnel à sens unique, qui ne vous permet plus de regarder autour de vous et d'imaginer ce que les autres pensent. On s'enfonce dans son propre plaisir (ou dans la hargne, quand on a le vin triste), on remplit son gobelet vide, on rit tout seul et on ne regarde pas l'inquiétude qui monte sur le visage de Sandro. Car Sandro, lui aussi, a une idée fixe : mais c'est se cacher, disparaître, ne pas faire de bruit, dissimuler Ortensia, se couler avec elle dans l'ombre.

— Te souviens-tu de... comment s'appelait-il? ce violoniste... Carlo, oui, Carlo Ambrogio...

— Fais moins de bruit, Gino, s'il te plaît. J'aimerais qu'on fasse moins attention à nous. Tu me comprends?

— Ah! Ah! Mais tu deviens craintif, mon bon.

Il se penche, et prend l'attitude d'un conspirateur d'opérette, relève son col pour parler de travers, du coin de la bouche, à voix basse.

— Alors, c'est que ta situation est grave. Je ne te demande pas de m'expliquer de quoi il s'agit, moins j'en saurai, mieux cela vaudra. Allez, bois.

Buvez, Signo-*ri-no* (j'ai dit : *ri-no*), je bois à votre santé (et en faisant un long gros clin d'œil de valet de comédie, en hochant la tête, et à voix plus basse) et à vos amours. Je vois, Sandro, que tu es toujours en affaire. Tant mieux. C'est comme ça que je t'aime, vois-tu ? Et cette affaire-ci (encore un gros clin d'œil, en direction d'Ortensia), cette affaire-ci n'est pas mauvaise, rien qu'à voir. C'était un fameux violoniste, ce Carlo. Mais il n'était pas fort que du violon.

De nouveau, il rit tout seul.

— Et la Pia... Tu te rappelles la Pia ? Bien sûr, tu te rappelles, ou alors, c'est que tu n'as pas de cœur.

Je suis confus d'avoir à vous rapporter ces propos d'ivrogne. J'y suis bien obligé, à cause de la gravité de ce qui va se produire dans un moment et dont l'absurdité provient très précisément des sottises que va dire Gino. Certains gros buveurs sont de plus en plus intéressants à mesure qu'ils boivent : comme s'ils ne retenaient de l'alcool que l'esprit, la vapeur, qui se transforme dans leur esprit, justement, en mots, en maximes légères, en associations fugitives qu'on imagine pleines de sens (et parfois elles le sont), en jugements définitifs, en condamnations si plaisantes qu'on accepte la mort du coupable à cause de la drôlerie de la sentence et avec les circonstances atténuantes du bon vin. Mais du vin, d'autres buveurs ne retiennent que le tanin, l'épaisse rondeur, d'abord fruitée mais qui s'alourdit à mesure qu'ils parlent et qu'ils boivent. Les premiers, après avoir bu, passent une nuit blanche à plaisanter et s'étonnent le lendemain d'avoir pu dire tant de choses agréablement méchantes qu'ils ont oubliées mais qu'on leur répète. Les autres s'endorment avant d'avoir fini de boire, et ne se souviennent que d'avoir bien ri. Ils s'en souviennent même très longtemps après et indéfiniment se le racontent, un verre à la main.

— Et la Marmorani ! Te souviens-tu de la Marmorani ? Ah ! Celle-là n'était pas de marbre...

Gino tient son gobelet bien haut levé, avale d'un trait, fait sonner l'étain sur la table et s'appuie sur ses coudes après avoir fait claquer sa langue. Il appartient bien à cette seconde espèce de buveurs, mais dans la sous-catégorie des agatocatapotimes : ceux qui ont le vin lourd, mais fraternel. Plus ils rougissent, plus ils sont amicaux ; plus ils sont affectionnés, plus ils sont bruyants, et leur mémoire semble s'approfondir à proportion du bruit qu'ils font. C'est justement ce que redoute Sandro. À mesure que la face d'ours s'empourpre, je vois bien que les traits de Sandro se crispent.

— Gino, s'il te plaît. As-tu compris que je suis venu chez toi parce que j'ai besoin de me cacher ? As-tu compris que c'était grave et que...

— Mais mon bon, me crois-tu devenu idiot ?

J'ai compris, j'ai compris. Bien sûr que j'ai compris. N'aie pas peur, mon camarade. Dites-lui, Signorino, dites-lui que je m'occupe de tout. Je vais tout arranger. Et si ce sont ces gens-là qui te font peur, rassure-toi : si moi, Facciadorso, je t'ai pris sous ma protection, ils seront muets. Muets, je dis. Bon. Je vais faire quelque chose pour toi, puisque tu t'impatientes. Nous allons régler ça tout de suite.

Il se tourne, la bouche toujours ouverte sur son rire et cherche quelqu'un des yeux.

— Oh, Pincio ! Vieni quà !

C'est le grand barbu que vous avez vu tout à l'heure, avec son large béret à plumes et son justaucorps noir rayé de jaune. Le jour baisse, il a le visage incliné vers les cartes qu'il tient en main et si plongé dans son jeu qu'il lève la tête à retardement.

— Momento, Padron...

— Vieni subito ! Tu vas voir, Sandro, ce que j'ai arrangé pour toi. Ça me fait de la peine que tu n'aies pas confiance en ton Gino. Oui, ça me fait de la peine.

Pincio s'est levé, il s'approche, les cartes à la main.

— Pincio, juste un moment. Tes amis t'attendront : je vais les surveiller. Tu vois mon ami Ottavio ? Tu vas le prendre avec toi, et tu vas lui montrer la petite resserre où je cache mes meilleures bouteilles, tu vois ce que je veux dire ? Tu lui montreras tout, devant, derrière, tout. Va, Ottavio : suis-le, tu verras ce que j'ai prévu pour toi, va.

Sandro se lève : il n'a pas encore l'air rassuré. Il jette un regard incertain vers Ortensia, puis se décide.

— Il a l'air inquiet, mon ami Sandro, Signorino. Il a tort. Quand un ami s'adresse à Facciadorso, il n'a rien à craindre. Il a changé, Sandro. C'est vous qui avez fait ça ? Je l'ai connu plus assuré. Il n'avait peur de rien, mon compagnon. Écoutez. Je vais vous raconter la plus forte de nos aventures, ou plutôt la sienne. Moi je n'étais là que pour la figuration : dans les coulisses, en somme. Lui, il chantait sur la scène, et moi dans la salle j'étais le régisseur de la claque. C'est important, la claque, même si on a affaire à un chanteur aussi fameux et aussi brave. Si jeune que vous soyez, Signorino, vous savez ce que c'est qu'une salle de théâtre remplie jusqu'au paradis, quand notre ami donne de la voix, et surtout quand la musique est de lui. Vous a-t-il déjà chanté les grands airs de *Floridoro*, son chef-d'œuvre. *Empio Amor, tiranno arciero !*

Et Gino chante en remplissant son gobelet. Sa voix grésille un peu, mais le cœur y est.

— Et celui-là... Il vous tirait les larmes : *Piangete occhi, lungi da me !* Des ruisseaux de larmes, Signorino ! Croyez-moi : ce n'était pas la peine de lui offrir un bataillon de claqueurs. Mais que voulez-vous, les écus sont toujours bons à prendre, et moi, il fallait que je fasse vivre mes troupes. Ah! les pommes cuites pleuvaient dru, les pruneaux crépitaient comme de la grêle sur le plancher de scène : mais pas sur lui, Signorino! Pas sur lui! À mon signal, cela drachait ferme, mais sur une grosse Vénus blême, qui descendait des cintres sur son nuage, bien arrimée à cause du vertige, la pauvre, et qui roucoulait comme une nichée de colombes, avec un petit Cupidon rose et les trois Grâces. Moi, dans la salle, j'étais comme un capitaine de navire : paré à la manœuvre, je siffle, *e via!* Les pommes cuites, les aboiements, les miaulements, les coqs, les poules, les crapauds, les ânes, c'était mon armée. Alors, quand on avait bien chauffé la salle, notre ami Floridoro paraissait : on criait : « Floridoro! Evviva Floridoro! Viva tua madre, che l'ha fatto così! » Il ouvrait la bouche : plus une cigale pour crisser, jusqu'à sa dernière note. Alors, on battait des mains, on frappait sur les rambardes, les bouquets pleuvaient, les dames se pâmaient dans leurs loges.

Il boit d'un coup son gobelet. C'est l'entracte. Un ivrogne bien lancé, dans ces circonstances-là, c'est encore un homme de théâtre; tous les effets sont en place, les progressions, les transitions, les contrastes et les pauses.

— Justement, ce soir-là, écoutez bien : un valet m'aborde, en belle livrée rayée bleu et jaune.

Comment m'avait-il remarqué, je vous le demande...
« Signor Gino ? — Son io. — Ma maîtresse veut
parler à Floridoro. — Il est sur la scène, vous le
voyez. — Plus tard, quand il aura fini, elle lui
demande s'il aurait la complaisance de lui faire
l'honneur (il parlait bien pour un valet) de monter
à sa loge. — Qui est ta maîtresse ? — Je ne peux pas
dire son nom. — Alors, dis-moi son surnom. —
Elle se fait appeler Roxane. — Roxane, comme
l'épouse du grand Alexandre, le conquérant ? — Je
ne sais pas de qui vous parlez. » Moi j'ai un peu de
littérature, Signorino, je m'en flatte. Les grands
hommes de l'Antiquité, je les connais, et je les res-
pecte. Mais retenez ce nom : Roxane. Donc, moi,
Gino, j'escorte le valet, je monte à la loge et là,
qu'est-ce que je vois ? Corpo di Bacco ! un rêve.
Une princesse, une sultane, une déesse, avec sa
cour, ses suivantes, ses chevaliers servants, belle
comme Vénus, et folle. « Je veux le voir ! Je veux
le voir ! Je suis amoureuse de sa voix ! » Elle gémit,
elle pleure. Folle, je dis. « Trouvez-le ! Amenez-
le ! » Avez-vous déjà vu une grande dame amoureuse d'un beau chanteur ?

Il est penché en avant vers Ortensia, il frappe à
petits coups la table devant lui. Il aimerait saisir sa
main, mais je vous l'ai dit, elle les tient serrées sous
la table. Elle se recule sur sa chaise à mesure qu'il
approche.

— Donc, moi, je cours dans les coulisses du

théâtre. J'y trouve notre ami qui fait les cent pas en attendant d'entrer en scène pour son grand air de l'acte IV, *Lasciate, ch'io respiri!* Je le tire par la manche, je lui fais mon rapport. « Qui est cette dame ? — Elle s'appelle Roxane. — Roxane ? La grande Roxane ? » Je vois son visage qui s'illumine. « Là où est Alexandre, là est Roxane. Là où est Roxane, là doit être Sandro ! » Moi, je ne comprenais pas, mais je devinais. Vous connaissez l'histoire d'Alexandre, Signorino, et de ses noces avec Roxane, reine de Bactriane ? Il m'attrape par mon pourpoint, il me dit : « Gino, tu ne bouges pas. Va faire ta claque. Attends que j'aie chanté mon dernier air, et quand je l'aurai fini, monte à la loge de Roxane et dis-lui, tu m'entends, Gino ? dis-lui que tu n'as pas pu me trouver, que tu ne sais pas où je suis, que je suis parti. Va, Gino, va. » Moi, je comprenais de moins en moins. Enfin, je fais comme il me dit, et j'attends la suite. Eh bien, figurez-vous, Signorino, figurez-vous que ce soir-là, à la fin du spectacle, Floridoro n'est pas venu saluer avec les autres chanteurs. Disparu. Personne dans sa loge, pas trace dans les coulisses, rien à la régie... Ah ! Pour un maître de claque, je peux vous dire que ce soir-là, c'est bien moi qui l'ai reçue : une émeute dans la salle, une mutinerie sur le plateau, des insurgés derrière chaque portant...

» Ah ! Te voilà, Ottavio ! Mon ami Pincio t'a tout montré ? Te voilà rassuré ? N'est-ce pas une bonne cachette que je te propose? Va, Pincio, va finir ta partie, ils t'attendent : n'aie pas peur, je les ai surveillés, ils n'ont pas triché pendant ton absence... Laisse-moi finir mon histoire. Je ne peux pas m'arrêter maintenant...

» Je disais une révolution, Signorino Giulio... Un tremblement de terre comme en Sicile. Le public criait : « Floridoro! Floridoro! » et lançait des pommes cuites aux autres chanteurs qui saluaient en grimaçant de colère. La prima donna s'évanouissait sur la scène dans les bras du gros roi maure, là-haut on commençait à briser les rambardes. Et où était Floridoro? Où était-il? Je vous le demande...

Sandro n'a pas saisi tout de suite. Il s'est assis, toujours soucieux : il songe à l'espèce de cachot que Pincio vient de lui faire visiter, avec une paillasse, pas de fenêtre, mais un corridor qui traboule par-derrière dans une autre ruelle, en cas d'alerte. Soudain, il sursaute : il vient de comprendre ce que Gino est en train de raconter. Il le regarde et frappe la table du poing.

— Arrête un peu, Gino... Arrête!

— Mais pourquoi? Les oreilles du Signorino sont-elles si chastes? Est-ce que tu passes tes nuits avec une nonne, Ottavio? Je raconte des choses vraies, non? Écoutez, Signorino, j'ai presque fini. Où était Floridoro? Où? Eh bien, croyez-le si vous pouvez, moi je n'y étais pas mais c'est lui qui me l'a dit, n'est-ce pas, Ottavio ? Il était (il fait ici une petite pause rhétorique comme un vrai profession-nel), il était déjà couché dans le lit de la dame der-rière les rideaux, et il se prélassait en attendant qu'elle revienne du théâtre. Qui aurait imaginé cela ? Elle, dans sa loge, au milieu de l'émeute, elle pleurait de ne pas le voir, elle demandait son car-rosse, elle rentrait chez elle à demi pâmée. Et pen-dant ce temps-là, juste après son grand air, *chi da fede alla speranza* (ah ! bien trouvé, celui-là ! Superbe, superbe !), notre Sandro avait couru au palais de la dame, il avait demandé la camérière et...

Je ne sais plus trop qui a écrit que le Destin, lorsqu'il s'apprête à frapper l'un de ses coups (que nous baptisons *hasard* à cause de notre ignorance), nous envoie presque toujours un petit signal, un message codé, auquel en général nous nous gar-dons de prêter attention de peur sans doute d'avoir à penser et pour conserver le droit d'accuser l'injustice du sort. Ce n'est rien : à peine un écart entre ce qui se passe et ce qu'on attendait. Un geste qui n'est pas le bon. Un regard. Un silence, ou une intonation qui n'a pas la note juste. Nous pensons : « Tiens, c'est étrange... » Ou bien nous ne pensons rien du tout ; à peine sentons-nous un petit vide, un creux, comme le sentiment imper-ceptible d'un oubli quand on ne sait plus ce qu'on a oublié, comme un bruit qu'on croirait avoir entendu mais sans en être certain : et puis non, ce n'était rien ; où en étais-je ? Ah, oui, je disais que... Et c'est passé. Ensuite vient l'événement, et nous sommes surpris et scandalisés : pourquoi ne nous avait-on pas prévenus ?

L'instant du Destin, c'est maintenant, durant les deux ou trois secondes après que Gino a laissé sa phrase en l'air : « Il avait demandé la camérière et... » Trois secondes, et ensuite il sera trop tard. Ils sont là, tous les trois, autour de la table. Cela ressemble à l'un de ces tableaux où le peintre tient le temps, justement, en suspens et ne nous montre que des personnages qui se regardent et font un petit mouvement de la main : juste avant que le Tricheur n'abatte son as de carreau. Les yeux du Tricheur regardent ailleurs ; sa main tâtonne derrière son dos à la recherche de la carte dissimulée dans sa ceinture. La servante tient dans sa main un verre de vin et on voit dans ses yeux qu'elle se dit : attention ! La courtisane au collier de perles regarde en coin et lève le doigt. Rien ne bouge. Personne ne parle. Personne ne sait. Dans une seconde, le Destin aura abattu sa carte.

Or, regardez bien. La main de Gino est posée devant lui sur la table, vers Ortensia qu'il touche presque de l'index lorsqu'il dit : « il avait demandé la camérière et... ». Gino rit. Les mains d'Ortensia, comme je vous l'ai dit, sont crispées sous la table : elles sont en dehors du tableau, mais la contraction de ses doigts monte jusqu'à ses épaules et à son cou. Vers la fin du récit de Gino, elle a baissé les yeux et elle regarde à terre, de côté. Par ses mains comme par ses yeux, Ortensia est absente. Sandro, lui, fixe Gino avec inquiétude; la colère qui monte de sa poitrine s'écrit dans ses doigts qui pianotent sur la table. Dans la seconde de silence que j'ai marquée par mes trois points de suspension («la camérière et...»), tout, les yeux et les mains, tout va brusquement changer de sens, comme en algèbre. Ortensia lève les yeux et fixe Gino. Sa main droite surgit de sous la table et serre le bras de Sandro, qui lâche Gino du regard et tourne la tête vers elle avec angoisse : il sait que dans une seconde elle va faire quelque chose d'irrémédiable. Sa main en même temps croche le bras de Gino qu'il tire violemment. Ainsi, si vous regardez attentivement le tableau, vous verrez que les trois mains viennent de former un cercle dans un sens, et les trois regards un autre cercle dans l'autre sens, car Gino a tourné les yeux vers Sandro en sentant ses doigts serrer la manche de son pourpoint. Une seconde. Deux secondes. Gino rit.

— Quoi? Pourquoi m'arrêtes-tu? Tu ne veux pas que je raconte qu'en attendant la dame, la camérière et toi...

Il n'a pas le temps de finir. Ortensia a attrapé son gobelet de vin et le lui a lancé au visage. Le vin rouge dégouline sur son front, sur son nez, dans sa barbe, sur le devant de son habit. Sa main se lève à retardement, trop tard pour se protéger, et il s'essuie les yeux. Ortensia s'est levée et sa chaise est tombée derrière elle avec bruit. Elle a déjà tourné le dos et traverse en courant la taverne obscure. Déjà elle monte les marches.

Tout va si vite que le rugissement que pousse Gino ébranle les murs alors qu'elle est déjà presque à la porte. Il fait de grands mouvements avec ses mains en s'essuyant les yeux et hurle : « Chanoinesse ! Nonne ! Furie ! » C'est qu'il ne voit rien et qu'il n'a même pas compris qu'elle était sortie : mais il sent à côté de lui Sandro qui prend son élan et il le saisit aux épaules en renversant le pichet de vin qui coule en ruisseau violet. Ici et là, des hommes se lèvent, mais personne ne crie ; on n'entend que les barrissements de Facciadorso : « Tu vas payer, tu vas payer... » Mais il est aveuglé et Sandro se dégage et court. Un géant barbu le saisit au passage.

Dehors, dans la ruelle, Ortensia fait quelques pas en courant dans la nuit déjà presque noire. Elle s'arrête tout à coup et fait entendre une espèce de sanglot étranglé, ou de hoquet. C'est à peine si on la voit, quand elle passe devant les lucarnes au ras du sol. Elle fait de nouveau quelques pas : et à ce moment, de l'autre côté, dans l'ombre d'un porche, on entend une voix d'homme :

— Attention ! C'est elle.

— Tu es sûr ?

— Mais qu'est-ce qu'il fait, lui ? Qu'est-ce qui se passe ?

Ce qui se passe, c'est qu'à l'intérieur Sandro est aux prises avec le géant barbu qui lui a barré la route, et qui cogne. Il n'a qu'un avantage sur son adversaire : il sait pourquoi il veut sortir, tandis que l'autre ne sait pas pourquoi il veut l'en empêcher ; il ne s'est levé que par réflexe, à cause du cri de Gino. Cela compte dans les bagarres, et même dans les grandes batailles. Sandro se débat, cherche à atteindre la petite dague qu'il porte à la ceinture, et ce geste suffit pour que le géant ait la seconde d'hésitation qu'il faut. Il cherche une arme. Sandro fait un pas, mais un autre buveur accroche sa jambe par-derrière et le déséquilibre. Au fond de la salle, Gino crie : « Ne le laissez pas sortir ! », mais la nature humaine va accorder à Sandro encore un répit d'une ou deux secondes avant l'assaut général : essayez donc de faire quitter leur table à des joueurs dans un tripot avant qu'ils n'aient eu le temps de ramasser leur mise... Ils se surveillent les uns les autres en raflant leur tas de ferraille et, pendant ce temps, Sandro étrille à coups d'éperons l'homme qui l'a saisi par la jambe, attrape un pot d'étain et lève le bras pour le frapper. Gino hurle : « Tiens-le, tiens-le ! » Maintenant, tout le monde est debout dans la salle de l'auberge, prêt à l'action : trop tard.

Sandro escalade les marches en appelant :
« Ortensia ! » Il regarde à droite et à gauche, puis il
entend le bruit de sa course, à vingt pas à peine,
dans la pente. Il crie de nouveau : « Ortensia ! »
Aussitôt, de l'autre côté, sous le porche, on
entend :

— Attention ! Le voilà ! C'est lui...

Ortensia s'est retournée en courant, d'abord vers
Sandro, puis vers cette autre voix, tout près d'elle,
à trois pas :

— Occupe-toi d'elle, je me charge de lui...

Elle ralentit et hésite, mais un homme est sorti
de l'ombre ; il la prend à bras-le-corps et la frappe.
Elle crie : « Sandro ! » Un autre homme a surgi et
s'élance vers Sandro qui dévale la pente. Mais voici
qu'en haut des marches apparaissent Pincio, le
géant barbu, et deux ou trois autres. Ils s'arrêtent
sans comprendre, puis courent derrière Sandro, et
l'homme qui tient Ortensia la laisse tomber ; il crie :
« Guarda ! », et prend la fuite. L'autre homme se
précipite vers Sandro qui descend dans sa direction : ils ne sont qu'à trois pas lorsque d'autres
têtes paraissent en haut des marches. L'homme
atteint Sandro et va le frapper : mais il pense à la
fuite, il amorce son demi-tour au moment où il
frappe, et porte son coup n'importe comment.

Le gros bataillon des buveurs est en train de sortir de l'auberge : ils sont quinze maintenant dans la
ruelle, qui parlent et crient. Aucun d'eux ne

comprend ce qui se passe. On entend Pincio :
« Rattrapez-les ! » Derrière lui, Gino, qui vient de
sortir à son tour, crie : « Rattrapez-les ! », mais il
ne parle pas de la même chose. On entend des
bruits de course, des appels. Ceux qui sont arrivés
les derniers, avec Gino, disent : « Mais où vont-ils !
Arrêtez ! »

Sandro vient de se laisser tomber près d'Ortensia. Il s'agenouille et lui passe une main sous la
nuque. De l'autre, il essaie de défaire son pourpoint. Il fait si sombre qu'il peut à peine distinguer
son visage. Elle a les yeux fermés. Il remue doucement sa nuque avec sa main.

— Ortensia ! Réponds... Dis-moi...

Elle entrouvre les yeux. Il y a du sang sur ses
lèvres quand elle murmure :

— Tu m'as toujours trompée. Je le savais. Je le
savais.

Sandro crie presque :

— Tu peux tout croire, Ortensia, sauf ça.

Mais je ne suis pas sûr qu'elle ait entendu.

Voilà. Ortensia est morte. Elle gît sur les dalles de cette ruelle misérable, devant la porte d'une auberge sordide, dans ce joli costume de garçon qu'elle a porté durant tant de semaines qu'on ne pouvait plus l'imaginer enjuponnée de soie et ornée de dentelles, ni coiffée de son petit diadème d'or et de perles. Elle a la bouche ouverte comme pour un cri, avec un filet de sang sur sa lèvre, et son beau visage est contracté de peur, ou bien de souffrance, ou peut-être encore de sa colère. Son bras droit est étendu sur la pierre et sa main gauche recouvre la tache de sang sur son justaucorps, dont Sandro, Facciadorso, vous, moi et son assassin, sommes seuls à savoir qu'il cache un tendre sein de femme et un cœur plein d'orgueil, de passion et de faiblesse.

Expliquez-moi pourquoi j'ai fait cela. Car moi, je ne puis vous dire qu'une chose : c'est que je le savais depuis longtemps. Ce que j'ignorais encore, c'est que cela arriverait de cette manière absurde, manigancée par ce que nous appelons le hasard, et d'autres le Destin, à cause de la bêtise, du vin, des paroles en trop qu'un imbécile dit pour rien, pour rire, ou pour prendre un instant cette revanche sur l'autre qui est sorti, et qui chantait trop bien au cœur des dames.

Vous avez bien compris, je pense, que j'aimais Ortensia. Je veux dire : d'amour. Je l'avais parée (de qui dit-on qu'elle est parée ? D'une princesse, d'une reine, d'une sultane), je l'avais parée donc de tout ce que je pouvais imaginer, ou plus exactement de tout ce que j'avais pu contraindre mon imagination à me fournir pour la rendre plus belle, plus désirable, et surtout plus touchante. J'avais pris un soin infini pour vous parler de ses cheveux. J'avais eu quantité d'hésitations et de repentirs, comme dit un peintre, pour vous décrire ses yeux : la lagune de Venise ne me semblait pas avoir assez de nuances, de reflets et de brumes pour vous permettre de les imaginer comme je les voyais. J'aurais aimé que, vous aussi, en me lisant, vous eussiez le désir de vous y baigner, comme on le pourrait un soir d'automne, au-delà de Murano, ou même encore plus loin, parmi les îlots déserts couverts de roseaux, là où les flots sont plus secrets, plus solitaires, plus verts et plus gris. Je ne sais combien de fois j'avais tenté de vous parler de ses lèvres que, sans doute à cause d'une timidité que je ne m'avouais pas, je ne savais pas très bien vous décrire. Je m'étais efforcé de mettre dans sa bouche des répliques vives et tendres, ou fières et naïves, que je méditais longuement avant d'oser les écrire. Indéfiniment, je suis revenu sur le mystère de sa voix lorsqu'elle chantait. Je mesurais alors la faiblesse des mots. Je sondais la misère qui est la nôtre, pauvres gens de plume et de papier, pour seulement suggérer ce qu'une chanteuse peut susciter en nous avec sa gorge et son souffle. Que voulais-je donc faire ? Maladroitement, avec des détours, peut-être des faux-fuyants, j'essayais sans doute de vous décrire une Ortensia qui flotte quelque part en moi depuis longtemps, peut-être depuis que j'ai quinze ans, ou même dix, ou même avant, et que j'aime. Ce dont je suis certain, c'est que j'aurais voulu la peindre avec assez de bonheur pour que, vous aussi, vous tombiez amoureux d'elle, le plus vite possible, du premier coup (le coup de foudre, en somme), dès sa première entrée, rappelez-vous, avec ses yeux baissés et sa révérence, et qu'ainsi votre rencontre avec elle soit exactement semblable au premier regard de Sandro. Or, moi, dès cette minute-là, moi je savais qu'elle allait mourir. Expliquez-moi cela, s'il vous plaît.

La mort est-elle vraiment nécessaire pour que le surcroît de tendresse que l'on éprouve pour le personnage que l'on invente puisse se transmettre à ceux qui lisent ? Fallait-il que je sache Ortensia en péril de mort pour espérer trouver les mots qui vous la feraient aimer ? Est-il à ce point indispensable que la beauté et la grâce soient éphémères, pour qu'elles nous touchent ? La mort, la douleur, le regret, la nostalgie sont-ils si inéluctables qu'il m'ait fallu d'abord penser Ortensia morte, pour l'aimer davantage et avoir quelque chance de vous la faire aimer à votre tour ? La beauté, le bonheur sont-ils liés de manière si intime au sentiment de l'irrémédiable, à l'image d'un paradis perdu d'avance, pour qu'on en soit plus sûrement touché après les avoir considérés comme enfuis, détruits ? La pauvre Francesca di Rimini ne nous émeut-elle que parce que Dante ne la rencontre que morte, errante au deuxième Cercle de l'Enfer et qu'il ne peut la regarder ni l'écouter sans larmes *(Francesca, i tuoi martiri A lagrimar mi fanno tristo e pio...)*, Juliette et Roméo ne sont-ils ce qu'ils sont, immortels dans notre mémoire et dans notre cœur, que parce qu'ils vont mourir, que leur douce querelle à cause d'un oiseau qu'ils ne savent pas reconnaître *(« Believe me, love, it was the nightingale... »)*, nous savons bien qu'elle n'est qu'un sursis et qu'ils ignorent que leur unique baiser sera un baiser d'adieu ?

Moi, je sais cela depuis mon enfance ; et peut-être le savez-vous aussi depuis aussi longtemps, pour peu que vous ayez comme moi reçu le premier choc de la poésie avec des mots qui alliaient l'amour et la mort. Je l'ai appris bien avant de savoir ce qu'était l'un et ce qu'était l'autre et à un âge où, Dieu merci, on n'est pas trop regardant sur la qualité littéraire (est-ce ainsi qu'on dit?) des couplets qui vous touchent au cœur, sur le gramophone de mon grand-père. C'était un énorme appareil en acajou, monté sur pieds, avec des ornements de cuivre. On le maniait en grande cérémonie. Mon grand-père disait à ma mère : « Françoise, va tourner la manivelle. Et n'oublie pas de changer d'aiguille. » J'étais très impressionné, car on m'avait expliqué que certaines de ces aiguilles étaient en fait des épines de porc-épic. Ma mère soulevait le couvercle, elle plaçait avec précaution le disque, tournait la manivelle (« attention de ne pas forcer... »), changeait l'aiguille et mettait la musique en route. On me disait : « Philippe, écoute bien. » C'est ainsi que, lorsque j'avais quatre ou cinq ans, j'ai entendu *Laideronnette, impératrice des pagodes*, *La Cathédrale engloutie*, la terrible *mort de Boris* éructée par Chaliapine et surtout, surtout, *L'Aubade du roi d'Ys*, que je n'oublierai jamais, si vieux que je vive. Quand se seront effacées toutes les musiques que j'ai connues depuis, c'est celle-là que je chantonnerai dans ma tête, dans mon fauteuil roulant, en attendant ma purée. Car il y a beaucoup plus fort que la poésie : c'est lorsqu'elle se double de la musique. Les mots prennent alors un pouvoir souverain qui ne leur vient pas d'eux-mêmes ni de ce qu'ils racontent, mais de ce que la voix les fait devenir : comme si par son office la confidence qu'ils nous font prenait la force d'une vérité absolue. On peut discuter un mot, l'accuser d'inexactitude ou de mensonge. On peut le remplacer par un autre : mais on ne le peut plus s'il est authentifié par la vocalise qui lui donne sa forme et la couleur de son émotion. C'est pourquoi je puis affirmer que j'ai fait la connaissance de l'amour et de la mort bien avant d'être en âge de savoir de quoi il s'agissait, en écoutant *L'Aubade du roi d'Ys*. Mais songez-y : écoutez un moment en vous-même, efforcez-vous de retrouver les premiers mots et la première chanson qui ont décliné pour vous le mot *aimer*. Vous l'avez oublié peut-être, et vous vous étonnez de ressentir, lorsque l'amour vous touche, quelque chose que vous n'attendiez pas de vous-même et qu'avec surprise vous découvrez dans votre cœur et dans votre corps. Vous êtes ému d'une certaine manière et pas d'une autre et vous ne comprenez pas pourquoi. Cherchez bien. Écoutez bien. C'est beaucoup plus ancien que vous ne le croyez, bien antérieur au premier baiser que vous avez donné et reçu. Lui-même avait déjà pris la forme et le dessin, la manière et la nuance, le soin et la fièvre, que lui avait depuis longtemps donné la chanson que vous aviez oubliée, et les mots qu'elle portait.

La mienne disait : « Je vais hélas mourir. » Elle le faisait avec une telle douceur et une telle tendresse que cette mort dont elle parlait était devenue consubstantielle à la douceur et à la tendresse, et à l'amour, et l'est sans doute restée sans que je le sache. Bien après la mort de mon grand-père, à l'âge où, en effet, le mot *amour* commençait pour moi à prendre sens, j'ai tourné maintes fois moi-même la manivelle. J'ai écouté et retrouvé les vers, passablement mièvres mais qui alors m'emplissaient d'une émotion douce :

> *Les soleils pourront s'éteindre*
> *Les nuits remplacer les jours...*

Quand venaient les derniers mots (« je vais hélas mourir... »), le chanteur adoucissait une interminable tenue dans l'aigu de sa voix de ténor qui concentrait pour moi sur une seule note toute la tristesse du monde. J'avais alors quinze ans : mais ce que j'éprouvais n'était pas contemporain de mon adolescence ni de mes premières rêveries amoureuses, mais reproduisait l'émotion d'un enfant provoquée par des mots qu'il ne pouvait comprendre. Pourtant, avant que j'eusse atteint six ans, le phonographe de mon grand-père m'avait fait savoir que les amants immobiles dans l'éternité attendent sans révolte et sans ressentiment que les nuits remplacent les jours, que les soleils s'éteignent et que l'amour, je ne sais toujours ni comment ni pourquoi, est inséparable de la mort.

Dans l'extrême malheur, quand le désespoir nous assaille, quand l'idée fixe commence à tourner en rond dans notre pauvre tête, nous courons vers celui qui nous est le plus proche, ou le plus cher, ou seulement le plus habituel : c'est-à-dire, presque toujours, le plus ancien. Et voici Sandro qui vient d'entrer chez Gemelli, le visage saccagé, le bras en écharpe et l'habit déchiré. Son regard erre sur le dessin des dalles de marbre, comme s'il ne pouvait supporter de rencontrer les yeux de qui que ce soit, et surtout ceux de l'homme qu'il est venu voir, pour lequel il a chevauché deux jours et deux nuits et à qui, depuis qu'il est entré, il n'a dit qu'un seul mot : « Ortensia... » Il n'a pas dit qu'elle était morte. Ce n'est pas la peine.

Gemelli (je me répète) n'a pas bougé depuis la dernière fois. Il est toujours à demi allongé dans son grand fauteuil, qui, je vous l'ai dit, ressemble si fort à celui dans lequel je suis assis en ce moment pour écrire cette page et dans lequel mon grand-père lui-même s'asseyait pour écouter « Je vais hélas mourir », après m'avoir dit : « Philippe, écoute bien... »

Le petit luthiste est assis dans son coin, près du clavecin ouvert, sur le couvercle duquel je ne crois pas vous avoir dit qu'on peut voir, peint par quelque artiste florentin dont je ne sais pas le nom, l'histoire d'Orphée charmant les animaux avec sa lyre. On voit des cygnes, des lapins, des biches, un lion couché et dans un coin, tout près du clavier, la forme blanche et vaporeuse de la tendre Eurydice qui s'éloigne : c'est Eurydice avant le serpent, Orphée quand il peut tout et qu'il est heureux. L'enfant tient son luth sur ses genoux et regarde avec effroi Sandro blessé.

Aucun d'eux ne bouge et un silence si profond et si douloureux règne dans la grande galerie que je ne puis rien en dire, si ce n'est pour parler de la lumière des flambeaux allumés, qui semblent la seule chose vivante à cet instant, et qui transmettent un imperceptible frémissement aux objets contournés et baroques, à la statue de Marsyas écorché qui gémit aux confins de l'ombre, et aux trois personnages murés dans la solitude qu'ils voudraient pouvoir rompre.

C'est Gemelli qui parle le premier.

— Mon pauvre Sandro... Tu as toujours voulu tout avoir : les femmes, la liberté, la musique, le génie... Il est vrai que tu avais tout cela...

Voilà des paroles bien dures, me direz-vous. Je les trouve même désobligeantes. Dit-on à un homme qui souffre qu'il a eu trop de chance ? Qu'est-ce que c'est que cette acidité, cet arrière-goût fielleux qui se cache derrière un rideau de bienveillance et de compassion ? Je ne comprends pas. Tout cela est indigne de ce que nous savons du vieux chanteur. On ne reconnaît pas dans ces mots la délicatesse de ses ruses ni les manœuvres roublardes et tendres dont il usait pour faire tomber Ortensia ou Sandro dans les pièges de sa maïeutique souriante. Qu'a-t-il en tête ?

Le silence est retombé. Il dure.

Il y a des larmes sur les joues de Sandro. Elles descendent doucement jusqu'à sa barbe, sans qu'il paraisse même s'en apercevoir. Sa tête a l'air de bois. Pas un nerf qui bouge sur sa face.

Le petit garçon a laissé tomber sa main sur son luth et un cliquetis dissonant a giclé des cordes, acide et malfaisant ; et le silence qui suit en garde la douleur.

— Écoute-moi, Stradella. Assieds-toi.

Il lui donne son nom, cette fois : comme si l'intimité, l'abandon du surnom amical n'était plus de mise. Stradella. Sandro. Bien, mon Sandro... Stradella... Mais Sandro ne bouge pas : on dirait qu'il n'a pas entendu.

— Tu ne m'écoutes pas. Je sais... Je sais... Pourquoi es-tu venu me voir, dis-moi, si ce n'est pour que je te parle ? Je vais le faire. Assieds-toi, te dis-je.

Lentement, lourdement, Sandro s'ébranle, tourne la tête, avise à deux pas de lui un tabouret de tapisseries aux pieds torsadés et dorés et, sans lever la tête, s'assied, les mains sur les genoux ; et voici le silence qui retombe. Mais il sonne différemment, maintenant : je ne sais comment, par le ton de sa voix, Gemelli lui a donné quelque chose de dense et presque de solennel. Il attend. Et puis il commence.

— Quand j'étais enfant, j'avais une voix qu'on disait d'ange.

Aviez-vous imaginé que ce gros vieillard flasque, ce gros tas de chair rose et gris, avait pu être enfant ? Qu'un enfant à voix d'ange avait pu être lui ? Encore un de ses coups de théâtre imprévisibles... Qu'est-ce qu'il nous prépare, en ressortant du fond de lui-même cette image de petit garçon ?

— Ah ! si tu m'avais vu, si tu m'avais entendu, quand j'avais dix ans... Je chantais à la chapelle de San Lorenzo, à la tribune. Quand notre très saint archevêque Urbain entonnait :

Deus, in adjutorium meum intende...

c'est moi qui répondais :

Domine, ad adjuvandum me festina...

Et il chante, Gemelli : il chante avec son filet de voix suave et moelleux. En fermant les yeux, on pourrait se croire à la tribune de San Lorenzo. D'ailleurs il continue.

— J'avais une aube blanche à parements brodés d'or. J'étais placé devant les chantres en soutane rouge, avec leur fraise de dentelle, qui chantaient en faux-bourdon, tandis que moi, je planais au-dessus d'eux avec mes vocalises.

Le silence est si dense qu'on croirait entendre, en effet, le chœur de ces voix graves, avec une petite colombe, un petit Saint-Esprit voletant sur les longues tenues des basses :

Donec ponam inimicos tuos, scabellum pedum tuorum...

— Ma voix... Ma voix d'enfant... Ma voix d'ange... On s'arrachait ma voix. Quand j'avais onze ans, le prince de Venosa a organisé mon enlèvement. Il avait soudoyé le maître de chapelle. Il voulait m'entendre chanter dans sa chapelle, pour sauver son âme...

Il récite, les yeux fermés. Le petit page, son luth sur les genoux, le regarde comme si c'était de lui-même qu'il parlait.

— Moi, je n'existais pas. Rien n'existait, que ma voix. Je n'étais rien d'autre que ma voix d'ange. J'avais onze ans et on a décidé que je devais rester ange toute ma vie. Je n'avais pas le droit de grandir. Je n'avais pas le droit de devenir homme, pour pouvoir garder ma précieuse voix d'enfant. Si tu avais entendu, Sandro, les belles dames romaines, dans tous les atours, pressant le beau petit Gemelli contre leurs belles poitrines moelleuses et parfumées...

Sa voix grince un peu quand il dit :

— Mais qu'il est beau! Mais qu'il est beau! Vieni, vieni caro, dammi un baccio!

Maintenant elle se fait dure et hachée :

— Mais pour que je garde toute ma vie ma voix d'ange, on a fait en sorte que, pendant toute ma vie, les belles dames, j'en sois privé. Moi, Gemelli. Oh! Crois bien qu'elles m'ont récompensé d'une autre manière... Elles se pâmaient, elles s'évanouissaient de plaisir rien qu'à m'entendre. Elles se mouraient d'amour pour ma voix.

Il rouvre les yeux.

— Pour ma voix, pas pour moi. Elles me faisaient même la faveur de m'inviter dans leurs lits parfumés et me demandaient des caresses, que je donnais. Elles les trouvaient exquises, délicieuses, elles gloussaient de plaisir... Mais moi, moi... Est-ce qu'on m'a demandé, à moi, si c'est cela que je voulais? Si c'est cela que je voulais pour ma vie?

Et, les yeux de nouveau fermés, paisible dirait-on, rose, frais, gras, poupin, sans rien sur son visage que d'aimable.

— Le chirurgien a fait cela pour moi, quand j'avais onze ans... Tu comprends, Stradella? Tu entends ce que je te dis? Pour que je puisse chanter toute ma vie avec ma voix d'ange. Mais écoute bien, Sandro. Écoute bien ce que je vais te dire.

Il s'est redressé légèrement, le doigt levé. Sa voix a changé, sur ses derniers mots. C'est si impressionnant de voir bouger ce gros tas de chair rose qu'on n'a jamais vu remuer, qu'on est saisi. On a presque peur. Mais Sandro ne regarde pas.

— Il n'y a pas d'autre manière de faire de l'art. Très vite maintenant :

— Je ne dis pas qu'on doive être châtré pour être un homme de l'art. Je dis...

Il se tait, puis reprend lentement, mot après mot, en regardant Sandro qui ne le regarde pas :

— Je dis qu'il n'y a pas d'autre manière d'être un grand artiste et un grand musicien, plus grand que tu n'es encore, Sandro, que dans la... (il hésite sur le mot), dans la privation de ce qui nous engage à créer. Comprends-tu cela? M'entends-tu, Sandro? Je dis que l'œuvre d'art est au-delà de ce qui fait qu'on veut la faire.

Il s'est renfoncé de toute sa masse dans les coussins de son fauteuil. Une grande fatigue semble s'être abattue sur lui. Mais il continue à voix ténue, comme essoufflée :

— Comprends-tu ce que je te dis? Non, tu ne comprends pas. Je sais que tu ne m'écoutes pas. Je te parle de moi, et tu me hais. Je sais. En ce moment, tu me hais, tu ne veux pas m'écouter, parce que tu t'accroches à la pensée de ta pauvre Ortensia, et que je ne te parle pas d'elle.

Un regard.

— Et de quoi crois-tu que je te parle? On t'a tué Ortensia. Tu ne me l'as pas dit, mais je le sais. Tu cries et tu grinces dans ton cœur. Crie, Sandro! Plus fort! Crie, te dis-je!

Mais c'est la voix de Gemelli qui devient rauque. Sandro n'a même pas levé les yeux.

— Vas-tu crier?

Rien. On voit seulement sur les joues de Sandro que ses mâchoires sont serrées à se briser.

— Tu en as le droit, puisque c'est injuste.

Gemelli semble s'affaisser encore davantage, et sa voix reprend de plus loin encore :

— Aussi injuste que ce qu'on m'a fait à moi quand j'avais onze ans. Toi, quand tu avais ton Ortensia auprès de toi, tu as composé de superbes musiques. Je te l'ai dit. Tu es un grand musicien, Stradella, et la musique que tu faisais pour Ortensia était belle comme elle, à cause d'elle et par elle. Je te l'ai dit aussi. Quand tu chantais la musique que tu venais d'écrire, je disais : « bravo, Ortensia ». J'avais raison. Quand je l'ai vue entrer ici, rappelle-toi, avant que tu ne m'aies fait entendre une seule note, je t'ai dit que ta musique allait devenir plus belle. J'avais raison. Maintenant, tu te tais et tu te mures dans ta rage parce qu'on t'a arraché celle que tu aimais. Tu as raison. Mais tu as tort si tu crois qu'on t'a arraché aussi ta musique, qui avait pris son visage.

C'est étrange. On croyait que Gemelli allait élever la voix, qu'il allait regarder Sandro, comme tout à l'heure. Pas du tout. Il est immobile, les yeux fermés sur lui-même : il parle à Sandro à travers lui-même. Et c'est après ce long silence, et sans lever les paupières, que soudain il profère, en lançant le cri qu'il réclamait :

— Passe outre ! Va la chercher ! Maintenant, elle ne s'appelle plus Ortensia, elle s'appelle Eurydice ! Va-t'en, Stradella ! Va la chercher ! Va-t'en, Orphée ! Maintenant, il faut descendre !

Cette fois, on dirait que Sandro a réagi. Un tremblement sur sa joue, et puis je ne sais quoi, un raclement de sa gorge, dont on ne saurait dire s'il était de souffrance, ou de colère. Le temps paraît incroyablement long, avant que Gemelli ne reprenne, de sa voix faible et humide, mais subitement éraillée :

— Quand j'avais sept ans, à Mantoue, j'ai entendu la musique d'Orphée. C'est à cause de ce que j'ai entendu ce soir-là que je suis devenu le musicien que j'ai été. J'ai fait peindre Orphée sur mon clavecin pour que toute musique désormais vienne de lui, en souvenir de Mantoue, au mois de février 1607, et moi à sept ans. L'as-tu seulement regardé, mon clavecin ? As-tu regardé Orphée ? Avec son chant et sa lyre, il charmait les bêtes sauvages et faisait pleurer les rochers. Tout ce qui est sauvage, tout ce qui est impitoyable et brutal, tout ce qui est cruel et dur, la musique d'Orphée en faisait du miel. Orphée chantait pour Eurydice, qui était la plus belle et la plus douce des femmes. Eurydice est morte, Sandro, et aucun homme n'a jamais éprouvé autant de douleur qu'Orphée. Pas même toi, Sandro, pas même toi. Cette douleur était si grande qu'il a décidé, le fou, de descendre dans les Enfers la réclamer aux dieux des morts. Il a dit adieu au monde, tant il était sûr qu'une telle action était impossible : et moi, Gemelli, je l'ai entendu de mes oreilles, à Mantoue, j'ai entendu la musique du Seigneur Claudio.

» Je l'ai entendu. Acte III, scène II. Il errait dans les galeries sombres du royaume des morts, il se heurtait aux rochers, il agonisait, l'espérance même l'avait quitté. Il lisait, sur le noir granit de la porte des Enfers : *lasciate ogni speranza*, laissez toute espérance, vous qui entrez ! Avec sa voix, il a ensorcelé le gardien des Enfers, le monstre tapi dans sa barque, il l'a endormi, et on lui a rendu Eurydice, plus belle, plus rayonnante, devenue radieuse à la condition qu'il ne se retournerait pas pour la regarder avant d'être remonté sur Terre. Tu m'entends, Sandro ? Moi, je te nomme Orphée. Les Enfers, c'est maintenant. Descends. Passe outre, Stradella, passe outre ! Continue. Elle est plus bas ! Il va falloir batailler dans le noir. Au fond de toi-même, Stradella, dans le noir ! Descends plus bas ! Courage, Orphée ! Va chercher ton âme !

Et il se tait.

C'est étrange que d'entendre de telles choses dites

d'une voix si faible, si ténue, presque épuisée et qui pourtant s'écoule comme une incantation, ou une mélopée scandée de silences et de points d'orgue ; et plus étrange encore le murmure qui suit :

Lasciate ogni speranza, voi ch'entrate !

On n'entend rien. Rien d'autre du moins qu'au fond de soi ce qui résonne aussi longtemps qu'on oublie de penser : laissez toute espérance, vous qui entrez !

Alors, si doucement qu'on l'entend à peine :

— As-tu retrouvé ton âme, Stradella ?

Et aussitôt, presque un cri :

— Ne te retourne pas sur Ortensia !

Il n'a pas crié, en vérité ; mais nous l'avons cru, à cause d'une fêlure dans sa voix. Mais je sais pourquoi : en fait, je crois que Gemelli pleure.

— Maintenant, Sandro, il faut partir. Va-t'en. N'attends pas demain matin. Pars tout de suite.

Plus doucement encore, presque un murmure :

— Moi, je ne peux plus te servir à rien.

Et comme Sandro ne bouge pas.

— Va-t'en, Stradella. Entends-tu ? Je te chasse.

Mais Sandro ne réagit pas, ne regarde pas. Gemelli tourne imperceptiblement la tête vers son petit page.

— Joue, petit.

L'enfant, l'air effrayé, se penche vers son luth. Sa

main gauche erre sur les frettes, le long du manche. Il ne sait pas quel accord prendre. Il en arpège un, dont les notes grincent, tant il tremble, puis un autre, il se trompe et dissone.

Alors, d'une seule masse, vous pouvez voir Sandro qui se relève, sans rien regarder, le visage comme une pierre brute, les lèvres si contractées qu'on dirait qu'il rit. Le voilà debout, son bras blessé serré contre son corps, soutenu par son autre main. Il fait un pas, s'arrête, puis se remet en marche vers la porte.

À l'instant où il parvient à la hauteur du petit musicien aux boucles noires, il fait un brusque écart, lui arrache des mains son précieux luth aux chevilles d'ivoire et, de son bras valide, sur son genou, il brise l'instrument avec une effroyable méchanceté.

On entend le bois qui craque et, plus terrible, celui, désaccordé, des cordes brisées.

Maintenant, le petit garçon pleure aussi, tandis que Gemelli, dans le fauteuil de bon-papa, semble dormir.

Et voilà Sandro remonté sur son cheval dans le soir qui tombe. Il l'a lancé au grand galop sur la route de Sienne, il le cravache avec hargne en lançant des espèces de bramements ou de barrissements dont on ne saurait dire si ce sont ceux d'un hussard en train de charger ou d'un furieux. Dix minutes plus tard, vous le verriez qui a rendu la main, qui laisse sa bête musarder, s'arrêter, souffler des naseaux et chauvir des oreilles, pour piquer des deux l'instant d'après avec colère. Il ne sait plus ce qu'il fait. Ne me demandez pas où il veut aller. Je n'en sais rien. Lui non plus. Il n'y songe pas, pas plus qu'à son cheval qu'il tourmente et brutalise sans raison.

Oui, je vous l'ai dit, dans l'extrême malheur, on court tout droit vers celui qui nous est le plus proche. Mais pourquoi? Sans autre idée que de l'entendre parler de nous. Rien d'autre, surtout rien d'autre. Nous voudrions qu'il ne cesse de nous redire notre malheur, qu'il nous tienne un discours infini sur notre misère, qu'il la déploie comme un manteau et nous enveloppe, nous en drape, nous calfeutre : comme si les paroles sur notre douleur pouvaient peu à peu prendre la place de la douleur, l'occuper tout entière, de sorte qu'il n'y aurait, littéralement, plus de place pour elle, mais seulement pour le discours, la paraphrase, la prosopopée ; comme si on pouvait remplacer la douleur par son reflet, son image, son écho venu de la bouche d'un autre. C'est pour cela que nous nous précipitons vers lui : pour entendre la complainte ininterrompue qui doit substituer à notre douleur son indolore copie. Pauvre Sandro... Que disait Gemelli ? De quoi parlait-il ? De sa voix d'ange, des belles dames romaines qui le prenaient sur ses genoux quand il était enfant, et puis d'Orphée, de quoi encore ? Sandro galope ; l'énorme fureur qui serre ses mâchoires, cette fureur sans images, sans mots, sans pensées, il ne peut la dire que par le galop et son cheval la ressent cruellement sur ses flancs et au mors. Elle va et vient par vagues, coupée de reflux d'abandon, de lassitude et de vide. Elle a réussi au moins ceci : qu'il ne pense même plus à Ortensia. S'il y a une seule image devant lui, entre les oreilles de son cheval, c'est celle de la trahison de Gemelli, de sa vieillesse gâteuse, de sa bêtise, de son radotage. Le malheur s'est tout entier ramassé sur sa tête. Non : il y a aussi cette bête qui est idiote, et Sandro crie en lui harcelant les flancs. Où s'en va-t-il ? Il n'en sait rien, et d'ailleurs la nuit tombe et c'est à peine si l'on voit encore le chemin devant lui.

Le Sénateur est assis dans son cabinet. Lui non plus ne paraît pas avoir fait un mouvement depuis l'autre fois. D'ailleurs il ne passe presque plus jamais ce seuil, si ce n'est le soir pour rejoindre son lit, où il ne dort pas. Son valet lui porte un petit plateau d'argent, avec une carafe de vin, un poisson grillé ou des biscuits au miel avec une décoction d'amandes douces. Il le remporte intact une heure après. Le Sénateur ne mange plus. Il a déserté le théâtre Grimani, il n'assiste plus au Conseil, il ne préside plus les réunions de la Scuola Grande. Il a fait fermer le grand salon de son palais. Son intendant a fait venir un médecin en consultation, mais le Sénateur a refusé qu'on lui tâte le pouls.

On dirait que, peu à peu, tous les personnages que j'ai introduits dans ce récit sont en train, sans que j'y prenne garde, de s'immobiliser, comme s'ils étaient pris dans les glaces. Gemelli dans son fauteuil, les yeux clos. Le Sénateur, ici, face au tableau de Véronèse. L'officier dans son poste de garde, à la recherche de la dame de trèfle. Antonella à sa fenêtre, contemplant le théâtre de la rue, accoudée à ses oreillers. Les spadassins en embuscade dans les coins de porte. Silandra qui va et vient au milieu de ses petits. Je ne parle pas d'Ortensia, la pauvre, ni de Momo : ceux-là ne bougeront plus jamais. Il n'y a plus que Sandro qui erre, qui divague sans savoir où il va. Et puis moi, qui ne quitte plus ma table et qui ne sais pas trop non plus où me mène cette histoire. Depuis la mort d'Ortensia, tout se détraque : mes personnages, mon livre, et moi. Déjà, lorsque je m'approchais de ce moment où je savais qu'elle allait tomber dans la ruelle, non pas seulement blessée à mort par le couteau, mais frappée, mortellement frappée par le doute, le déchirement, le tourment de ne plus savoir qui était Sandro, déjà alors, il m'est arrivé de faire comme si je pouvais retarder l'événement, je veux dire le moment où il me faudrait l'écrire. Je m'asseyais à ma table, devant ma feuille, je tournais mon stylo dans ma main, je regardais par la fenêtre, je mettais de l'ordre dans mes papiers, et je faisais semblant de ne pas avoir d'idée. Je traînais les pieds, comme autrefois sur le chemin de l'école les jours où je ne savais pas ma leçon. J'étais parfaitement lucide sur l'inutilité de ce retardement. Je savais très bien qu'il me faudrait entrer dans la classe, qu'il était impossible d'échapper à la fatalité de la récitation (« 14, quel est le génitif pluriel des mots imparisyllabiques ? ») et j'aggravais mon cas de minute en minute. Je savais qu'au lieu d'une mauvaise note, j'en aurais deux : une pour la leçon et l'autre pour le retard, et mon désespoir s'augmentait de cette conscience de l'impossible, ralentissait encore ma marche, tandis que je poussais des cailloux du bout du pied, que je m'arrêtais pour regarder un chien traverser la route et que je rêvais que l'école avait pris feu ou que M. Mazouillet était malade. Assis à ma table, je feuilletais le gros paquet de mon manuscrit, comme si des pages déjà écrites avaient pu surgir celles qui ne l'étaient pas. Je corrigeais une phrase, je changeais un mot. Je recopiais un feuillet trop couvert de ratures, pour rien, pour le mettre « au propre », comme la deuxième copie de mes dictées d'écolier, je m'arrêtais à des inutilités : rajouter une majuscule, changer un point en point-virgule. Puis je sortais faire un tour, je rentrais, je m'asseyais de nouveau, en colère contre moi-même comme Sandro lorsqu'il pique un galop sur la route de Sienne et qu'il l'oublie l'instant d'après. Dites-le-moi : pourquoi suis-je en train d'écrire ces réflexions inutiles, si ce n'est pas pour m'éviter encore un moment de penser à la suite de mon chapitre ? Je n'ai plus envie d'écrire.

Allons, courage.

Le Sénateur est assis dans son cabinet. Il fixe des yeux Torcello, mais on ne peut rien lire désormais dans ce regard. Lire ? Pourquoi dit-on *lire* ? Ou *déchiffrer dans des pupilles* ? Ce ne sont pas elles qui parlent : c'est leur immobilité, ou les petits mouvements de droite ou de gauche, ou les battements des paupières, et encore le rapport de ces yeux avec les sourcils, avec la bouche, avec les rides des joues qui vous transmettent ce qu'il n'y a pas dans les yeux. Mais justement : qu'y a-t-il dans le visage du Sénateur, à part les rides qui semblent s'être creusées et qui ravinent ses joues ? On dirait qu'il n'y a rien. Pourtant le voici qui parle :

— Et vous avez tué votre sœur de votre propre main ?

— De ma propre main, Votre Seigneurie.

— Je vous avais ordonné de le tuer lui, pas elle.

— Il avait trahi Votre Seigneurie et avait attenté à son honneur. Ma sœur m'avait déshonoré et trahi, moi.

Un temps.

— Vous avez raison.

Comme c'est étrange. Cette impassibilité de traits qui m'étonnait sur le visage du Sénateur quand je vous le décrivais dans sa loge de l'Opéra, certes je crois que je ne l'aimais pas : mais elle m'inspirait une sorte de respect. J'y voyais une victoire de cet homme sur sa propre faiblesse, comme une muraille de pierre froide érigée péniblement pour contenir l'inconsistance de son caractère, une digue, une vanne, une écluse. C'était une clôture, un glacis pour se protéger contre la conscience de sa médiocrité. Il s'était construit son visage, et un homme qui construit avec tant de peine mérite un peu d'estime. Maintenant, cette dureté me fait horreur. Elle ne cache plus rien : au contraire, elle dévoile. Il devrait pourtant faire pitié, le Sénateur, à cause de sa douleur. Mais puis-je aimer ce que je vais lui faire dire ?

316

— Ainsi, vous l'avez tuée, elle, pour satisfaire votre propre vengeance. Et pour accomplir la mienne, lui, vous l'avez encore manqué.

— Je recommencerai. Je le ferai moi-même. Je sais où il se cache.

— C'est moi qui vous paie, Seigneur Torcello, c'est moi qui vous paie, ne l'oubliez pas. C'est moi qui vous paie et je le fais pour que vous accomplissiez ma vengeance, et non la vôtre. Vos hommes ont-ils été payés ?

— Je m'en suis assuré, Votre Seigneurie.

— Qui les a payés ?

— Je l'ai fait moi-même.

— Je vous avais promis deux cents pistoles. Je vous les donnerai quand ce sera fait. Combien vous dois-je encore ?

— Rien, Votre Seigneurie.

— Je ne vous avais fait qu'une avance.

— Le reste me regarde. C'est aussi ma vengeance, Votre Seigneurie. Ma sœur ne s'est pas enfuie seule.

Et voilà le Sénateur à nouveau humilié. Sa vengeance : même cela, l'unique pensée à laquelle il soit encore capable d'appliquer son esprit, et qui l'obsède, l'unique ressort encore bandé qui le maintienne debout, même sa vengeance est en train de lui échapper, et c'est celui à qui il en a confié l'exécution qui la lui a volée. Volée, volée, je dis volée. Quand Torcello aura tué Sandro, ce sera sa vengeance à lui. Il a tué sa sœur de sa propre main, il l'a dit. Ortensia. Mon Ortensia. Il a tué Ortensia. C'est un assassin et un voleur. Voleur, voleur. Assassin.

Pendant que Torcello s'en va, les yeux du Sénateur demeurent absolument fixes ; ils ne s'abaissent pas lorsqu'il s'incline avec une lenteur étudiée, ils ne le suivent pas quand il se retourne pour sortir, ils ne cillent pas. On se demande ce qu'ils regardent. En fait ils ne regardent rien. Leurs pupilles se sont transformées en deux petites billes brillantes et froides qui ne relient plus rien à rien. Plus rien ne passe. Il n'y a plus désormais, derrière le masque de parchemin séché, que cette humiliation qui imprègne et imbibe chaque parcelle de son être, qui se répand comme une eau vaseuse, qui suinte, s'infiltre, transperce, dissout. Tout le reste, de l'autre côté de la digue, l'herbe des champs, les chemins, les repères, tout s'est dilué, la dignité, le désir, l'honneur, l'amour de la musique et des précieux objets d'art, et même l'orgueil, et même la colère : je n'appelle pas colère cette espèce de violence visqueuse au goût de bile amère. Sur le visage aux yeux brillants et vides, la raideur n'est plus que celle d'une momie remplie de chair aigre.

C'en est fini du Sénateur : que pourrais-je vous dire de plus à son sujet ?

D'ailleurs je ne le reconnais plus. Ce personnage

m'a échappé. Souvenez-vous. J'avais écrit les premiers dialogues. J'avais déjà mis dans sa bouche ses premières répliques. La première fois que je vous ai parlé de lui, avant même de vous le montrer dans sa loge de théâtre tandis qu'Ortensia chantait son petit air, ce fut pour vous annoncer que je venais de jeter au feu toutes les pages où je l'avais fait paraître. L'image que j'avais construite me déplaisait. J'avais imaginé ce barbon amoureux que j'avais fait descendre des tréteaux du théâtre, rongé d'obsessions et de manies, rendu fou par l'impuissance et les désirs séniles. J'avais jeté au feu toutes ces pages parce qu'il m'était apparu qu'il fallait à Ortensia un amant digne d'elle et à Sandro un rival à sa hauteur, et non un docteur Bartolo. Avec soin, je l'avais donc reconstruit. Afin qu'il pût prétendre à l'amour d'Ortensia, j'avais suggéré son goût de l'art et des belles choses, même si c'était pour ne la lui faire aimer que d'une passion froide, de même nature que celle qu'il portait aux objets précieux de ses collections et aux airs d'opéra qu'il commanditait. Je m'étais efforcé de le peindre, tout corseté d'énergie et de raideur pour contrarier les faiblesses de son caractère, même s'il est vrai qu'il le faisait seulement par orgueil. J'avais été jusqu'à lui confier le soin de polir, d'affiner, de façonner Ortensia, de la conduire jusqu'à la perfection de la musique, de faire d'elle une grande chanteuse, même si c'était pour se doter lui-même aux yeux du monde d'une maîtresse qu'on pût admirer pour son art autant que pour sa beauté : et c'est ainsi que Sandro allait pouvoir entrer dans ma trame, comme simple instrument de l'élévation d'Ortensia, comme vulgaire outil dans la main de mon Sénateur : comme si le Destin avait choisi l'exacte couture de son orgueil et de sa faiblesse pour y faire germer et s'épanouir le buisson serré et touffu de la jalousie, de la passion, de la haine et de l'amour. Je voulais en tout cas que Sandro et le Sénateur fussent à armes égales, pour autant que cela se peut dans les choses de l'amour, où elles ne le sont jamais puisqu'il n'est là justement que pour fausser le jeu.

Tout cela me paraissait correctement pensé. Or, regardez ce qui s'est passé, et où j'en suis. De chapitre en chapitre, sans que je le veuille, sans même que je m'en aperçoive, le Sénateur que j'avais ainsi reconstruit se redéfaisait fil à fil, maille après maille. Chaque moment de sa colère et de sa violence le ramenait vers ce que je n'avais pas voulu qu'il fût. Page après page, il ressemblait un peu plus au portrait que j'avais cru jeter au feu. Il se ravageait lui-même pour mieux ressembler au vieillard consumé de délires que j'avais banni : et cela par l'effet des phrases que je disposais, que je tirais de moi-même pour les placer dans sa bouche, des lignes que je traçais de ma propre main sans même prendre conscience que chaque mot (mes mots) le rapprochait de l'image dont je ne voulais pas. Torcello ferme derrière lui la porte du cabinet de travail et, tandis qu'il écoute son pas décroître dans la galerie, le Sénateur laisse sa bouche se tendre en une horrible grimace, comme s'il voulait mordre : fou, fou par amour impossible (mais est-ce bien de l'amour ?), obsédé du désir d'une vengeance qu'il croyait amoureuse, et qu'il croit encore telle à cette minute. Avec une mauvaise foi sournoise, le personnage que je m'imaginais inventer me conduisait par la main et se détruisait, se gangrenait, se dissolvait, pour mieux devenir le pauvre être falot, ridicule et tragique qui m'était d'abord venu à l'esprit, et que j'avais décidé qu'il ne serait pas.

J'en suis là. Oui ou non, est-ce encore moi qui suis l'auteur ?

Lorsque le Sénateur montre les dents parce que enfin il se croit seul, et lentement se retourne pour contempler dans le précieux miroir de Venise l'affreuse grimace, qu'est-ce qu'il hait ? Torcello qui vient de sortir ? Sandro ? Ortensia ? Lui-même ? Venise ? La femme qui riait au fond de la salle pendant le concert, alors qu'on lui annonçait la fuite d'Ortensia ? Est-ce le Destin ? Est-ce Dieu ?

Le hasard vous a-t-il conduit, un jour, sans que vous le vouliez, sans même que vous y songiez, dans un lieu où quelque chose de votre vie s'est passé autrefois, que vous aviez oublié, qui s'était échoué sur les grèves de votre mémoire, ensablé, disparu doucement sans trace? La musique possède ce don particulier de conserver, intacte dans les interstices des notes, l'exacte figure d'un moment perdu de vue, avec son parfum, sa nuance : trois notes, et le revoilà, sans que rien manque. Mais un lieu a parfois le même pouvoir; et lorsque cela arrive, il se trouve alors renforcé par la surprise. Vous n'y pensiez pas, vous dérouliez le fil de votre temps qui passe, vous regardiez le paysage de chaque côté de la route, et tout d'un coup : c'est là! C'est là que j'ai... Parfois vous vous demandez quoi. Vous respirez le parfum, et vous ne parvenez pas à lui donner de nom. Tout est là, le ton, le son des mots (leur son, pas leur sens...), le galbe des phrases, le mouvement du cœur, mais pas le sujet. Du moins pas encore : cela viendra peut-être. Non, non : cela n'a rien à voir avec ce qui se passe quand on trempe un petit morceau de madeleine dans sa tasse de thé, ni quand on heurte un pavé inégal. C'est beaucoup plus direct, et plus sournois. Un petit morceau de madeleine, c'est trop fragile, trop précaire : cela se dissout dans le thé et avant qu'on ait eu le temps de penser, son goût a déjà rejoint les souvenirs perdus dans les sables. Un lieu, c'est là, autour de vous, et vous êtes dedans, encadré, claquemuré. Il vous dit : tu es obligé de te souvenir. Tu ne peux pas t'échapper. Alors, tout doucement, remonte le parfum du bonheur, qui serre le cœur inévitablement, puisqu'il n'est plus. Et si justement vous vous trouvez déjà enfermé dans votre douleur, ou dans votre colère, comme est Sandro, cela vous éclate dans la poitrine.

Moins d'une minute auparavant, la lumière brève et sèche tombait sur vous et vous faisait cligner des yeux, répercutée par les pierrailles du chemin et le dos des collines de terre de Sienne ; et tout à coup vous entrez dans cette masse verte et fraîche dont vous surveilliez des rondeurs douces, avec l'espoir que la route allait s'y arrêter un moment. Ce n'est qu'un tunnel, une caverne de feuillages dont vous apercevez la sortie à une portée d'arquebuse, mais il y fait presque nuit, ou du moins vous le croyez en entrant, tant les ramures sont épaisses ; et vous voici réveillé de votre somnolence par ce bruit d'eau quelque part, une fontaine qu'on ne voit pas, ou une cascade, ou bien un simple ruisseau entre les cailloux ; on ne sait trop, tant il fait sombre.

Sandro vient d'arrêter son cheval au milieu du chemin ; à moins que ce ne soit le cheval qui ait fait halte de lui-même : car il flaire le sol humide en gonflant ses naseaux et cherche l'eau, il ronfle et souffle, gratte le sol du sabot et secoue la tête. Sandro s'éveille. Il est vrai que c'est à peine s'il a dormi la nuit dernière, par terre sous un olivier, roulé dans son manteau, son cheval attaché à une branche à portée de sa main. Il est reparti avant l'aube, sans savoir pourquoi ni pour où, au gré de sa monture. De temps en temps, sans plus de raison, il mettait pied à terre et marchait à côté de la monture, puis se remettait en selle et se laissait conduire. Sur son visage bouffi et mal rasé, il y a pourtant quelque chose de plus que l'expression naïve d'un dormeur que vient d'éveiller un bruit ou une sensation inattendue et qui cherche à se reconnaître : je ne sais quoi d'attentif et de tendu se mêle à la lourdeur qu'ont prise ses traits. Il tourne la tête de droite et de gauche, il lève les yeux vers les arbres, il regarde derrière lui et soudain, il pousse un cri qui fait mal à entendre, une espèce de cri de guerre qui se terminerait en gémissement ou en geignement, et en même temps brutalise son cheval qui fait un écart et souffle bruyamment.

Voilà : Sandro est éveillé. Il a compris. Il a

reconnu. Il était si loin dans ses... non pas ses pensées : il ne pense pas, mais ses ruminements, qu'il lui a fallu tout ce temps. C'est l'eau, c'est le bruit de l'eau, ce bruit de source et cette sensation de fraîcheur sur soi, cette caverne de verdure, je me souviens, refuge, repaire, tanière, quel plaisir! C'est là que tu plonges tes mains dans la fontaine, Ortensia! Tu me lances au visage des gerbes d'eau glacée, avec un éclat de rire comme une cascade qui coule sur mes joues, qui inonde ma nuque, qui ruisselle dans mon cou et sur ma poitrine. Je me souviens! Tu t'échappes et te laisses prendre après trois pas dans une grande spirale de ton corps qui fuit et s'offre du même mouvement. Je te saisis et tu ris sous mes lèvres tandis que j'invente sur tes lèvres la cantate de ton rire et du mien,

Deh! Perche fuggi, o Dafne!

Je chantais sur tes lèvres et pendant que je ruisselais de ton eau sur ton visage, nous entendons la voix du vieux petit moine, là, derrière la fontaine, que nous n'avions pas vu, qui surgit de l'ombre comme un Socrate barbu et qui va nous marier. Sandro tressaille. Ce qui s'échappe de lui, cette fois, ce n'est plus un gémissement, c'est presque une plainte.

Comme c'est étrange. Jusqu'à cette minute exactement, ce qui bouillonnait en lui, cette espèce de

Stromboli éructant sa lave et cognant ses coups en désordre, c'était une énorme colère suffocante, une explosion de forces confuses, par bouffées, sans objet, comme celle d'un homme dans le noir qui brise tout par la rage de ne pas comprendre. Il criait avec haine le nom de Gemelli, il hurlait au fond de lui-même : trahison ! trahison ! Tout à coup, oui, il s'est éveillé. Ortensia ! Et ce n'est plus un cri, c'est cette plainte, tout droit venue de cette fraîche coulée de douceur qui entre avec son goût de larmes ; et en même temps qu'il gémit, Sandro querelle sa monture et lui tourmente les flancs avec ses genoux, ses jambes, ses bottes, ses éperons, lui gifle l'encolure avec les rênes, se scandalise qu'elle proteste et il se trouve à deux doigts d'être le cul en l'air. Alors il se penche en avant, prend appui et amorce un mouvement tournant de son buste, comme s'il se préparait à enjamber la croupe pour mettre pied à terre.

— Vous voici de retour, Signor Maestro !

Là-bas, près de la fontaine, derrière les buis, le vieux petit moine bat des ailes.

— Ne me reconnaissez-vous pas ? C'est moi, je suis le Padre Ugolino ! Ne vous souvenez-vous pas ? Le Padre Ugolino ! Ah ! Signor Maestro, vous arrivez comme Pâques en Carême et c'est un bonheur de vous voir. Un moment encore et je n'aurais su quoi faire. Les pieds dans cette humidité, je me sentais devenir grenouille. Bénie soit la Sainte Providence qui vous fait venir à temps. C'est qu'il ne fait pas bien sec auprès de cette fontaine, cela déborde partout, il y a de quoi baptiser trois mille Turcs. Je la connais, vous savez que je viens chaque semaine : mais ce matin, Dieu sait ce qui se passe, Vincenzo n'arrive pas. Dites-moi, Signor Cavaliere, sommes-nous aujourd'hui jeudi ? J'attends depuis si longtemps que j'en venais à croire que je m'étais trompé. C'est bien aujourd'hui jeudi, n'est-il pas vrai ?

Que peut faire Sandro, si ce n'est rire ?

— Padre, je vous reconnais, mais il se pourrait bien que vous vous soyez trompé d'un jour.

— Trompé d'un jour ? Vendredi ? Est-ce aujourd'hui vendredi ? O Dio, Dio, qu'ai-je fait !

Le vieux petit moine entreprend alors un monologue avec lui-même, de plus en plus vite, avec une panique croissante dans la voix, comme s'il tentait désespérément de remonter la mécanique du temps.

— J'ai pourtant bien récité ce matin l'office de saint Irénée, oui, oui, *lex veritatis in ore ejus, iniquitas non est in labiis ejus*, c'est bien ce que j'ai récité. Me serais-je trompé ? Êtes-vous bien certain, Signor Cavaliere ? O Santa Madre de Dio, qu'ai-je fait ? Et pourquoi donc le Padre ne m'a-t-il rien dit ? Il est si distrait, ce pauvre homme, il ne se sera même pas aperçu que je ne disais pas l'office du jour... Ou bien s'il a remarqué quelque chose, il aura ri dans sa barbe et se sera gardé de me prévenir. Je vous le demande, Signor Maestro, est-ce que c'était bien difficile de m'arrêter et de me dire : « Pardonnez-moi, Padre Ugolino, je crois que vous faites erreur, ce n'est pas aujourd'hui la Saint-Irénée, c'est aujourd'hui vendredi. »

— Mercredi, Padre : vous vous êtes trompé d'un jour, mais en avance, pas en retard.

— Mercredi! Merci, mon Dieu! Alors, je vais pouvoir redescendre demain...

Il émet un petit rire de crécelle.

— Car voyez-vous, Signor Maestro, chaque jeudi, je descends de notre ermitage, où nous habitons, le Padre Baldassare et moi, chaque jeudi depuis dix ans je descends avec ma hotte et j'attends ici le bon Vincenzo et sa carriole : mais vous le savez, puisque vous m'avez déjà vu une fois. Connaissez-vous Vincenzo? Non? Vous ne le connaissez pas? Pourtant il est bien connu ici, et même jusqu'à Pienza. Il est vrai que vous n'êtes pas d'ici, vous travaillez pour Notre Saint-Père le Pape, Signor Maestro, vous me l'avez dit l'autre fois, je m'en souviens. D'ailleurs vous revenez sans doute de notre sainte ville de Rome. Avez-vous fait bonne musique, Signor Maestro? Notre Très Saint-Père vous a-t-il donné assez de bonnes louanges? Je suis bien assuré que oui, et j'en suis heureux. Il ne faut pas cesser de louer Dieu pour la quantité de génie qu'il nous donne, grande ou petite. Le mien est bien chétif, mais j'en fais ce que je peux pour la gloire du Seigneur. Et pourtant, vous voyez, je me suis trompé de jour en disant l'office de saint Irénée. Et maintenant, il faut que je m'en retourne à notre ermitage jusqu'à demain. La Divine Providence, dans sa sagesse, ferait-elle que vos pas, Signor Cavaliere, se dirigent...

— Vers votre ermitage, Padre ?

Les bavards, lorsqu'ils sont aimables, ont parfois ceci de bon qu'ils font la lessive de notre esprit. Leur parole est comme un torrent d'eau mousseuse : elle emporte tout, les poussières, les cendres, les débris qui nous cachaient la vue. Nous étions accablés de peines et de soucis, anxieux et tourmentés ; les pensées aigres ou incertaines, et même le malheur et la souffrance, tournaient en rond dans notre tête ; et tout à coup, le bavard s'installe comme un figurant ou une doublure qui se mettrait à improviser sur le devant de la scène, sans laisser le temps de leurs répliques aux rôles-titres, aux pères nobles et aux jeunes premiers. Quelquefois, c'est reposant. De fait, on pourrait presque voir un sourire effleurer le visage de Sandro, tandis qu'il aide le petit moine à se hisser en croupe.

— C'est difficile, voyez-vous, Signor Maestro, c'est difficile de vivre à deux dans un ermitage (j'appelle cela un ermitage, on ne peut pas lui donner le nom de couvent) comme nous faisons, le Padre Baldassare et moi. Et encore, j'ai la chance de descendre chaque semaine, le jeudi, pour aller avec le bon Vincenzo à Montefiorito demander l'aumône et acheter le pain et la polenta pour nous deux, et un peu de légumes. Heureusement que nous sommes mercredi, et non vendredi comme je croyais. Vincenzo aurait été bien surpris de ne pas me voir. Autrefois, c'était le Padre Baldassare, un bien brave moine, bien aimable, bien zélé, ce pauvre Padre. Il est né à Longobucco, en Calabre, pauvre, pauvre, pauvre... Et c'est lui qui était en charge de la cuisine et d'aller à Montefiorito. Et croyez-vous, Signor Cavaliere, croyez-vous qu'il me faisait, à moi qui suis piémontais, une cuisine calabraise, avec de l'huile, de l'huile, encore de l'huile, et de l'ail, et des *peperoni*. Ce qu'il mettait dans l'huile, on ne pouvait même pas en reconnaître le goût, et je n'aurais pas distingué un blanc de poulet d'un morceau de bœuf. Alors, après cinq années, j'ai demandé à notre prieur, quand il est venu faire sa tournée, il vient tous les deux mois, je lui ai demandé de faire moi-même la cuisine et d'aller acheter notre nourriture à Montefiorito. C'est bien pénible, croyez-moi, pour un Piémontais, de manger chaque jour de la cuisine calabraise. C'est carême toute l'année, vigiles et quatre-temps. Et vous, où êtes-vous né, Signor Maestro, si je peux vous demander, d'où êtes-vous? Non. S'il vous plaît, racontez-moi d'abord : où est partie cette mignonne gentildame vêtue en gentilhomme avec qui vous me demandiez de vous marier? Ah! Vous m'avez fait bien rire, tous les deux, avec le respect que je vous dois. L'avez-vous perdue en route, ou bien lui avez-vous laissé la garde de votre maison tandis que vous cheminez ?

— Oui, c'est cela : je l'ai perdue, répond Sandro.

— Perdue, mon pauvre bon Seigneur, perdue ? Vous voulez dire que... qu'elle... qu'elle vous a quitté ?

— Oui, c'est cela, Padre : elle m'a quitté.

— Ah, mon pauvre Seigneur, mon pauvre Seigneur, que la vie est triste parfois. Saint Bernard l'a dit, une vallée de larmes. Nous récitons cela tous les jours et nous ne le comprenons pas. Et pourquoi vous a-t-elle quitté ? Mon pauvre Seigneur, ne me dites pas que vous vous êtes disputés.

— Non, Padre. Non, vous ne me comprenez pas. Je vous ai dit qu'elle était morte. Morte.

— O Dio, Dio... Morte, dites-vous ?

Le vieux petit moine, dans l'espace resserré qui le sépare du dos de Sandro auquel il s'accroche, fait précipitamment trois signes de croix, à petits gestes des doigts, faute de place :

— *In paradisum deducant te angeli, chorus angelorum te suscipiat. Amen.* Si mignonne, o Dio, Dio, une si mignonne demoiselle. Si mignonne. Moi, je l'avais d'abord prise pour un garçon. *Delicta juventutis meae,* elle avait un si joli sourire, *et ignorantis meae ne memineris, Domine.* Il faudra que nous disions une neuvaine pour son âme.

Ce n'est pas parce qu'il a cessé de parler à Sandro, comme pris d'une soudaine frayeur, qu'il a renoncé à être bavard : mais maintenant, il parle tout seul. Il récite dans sa barbe, à toute vitesse, une quantité incroyable de mots latins qu'il entremêle de réflexions étonnées et craintives : en fait, il parle encore plus vite qu'auparavant. Il interpelle tout le monde et dans le plus grand désordre : lui, le dos de Sandro, le bon Dieu, le Padre Baldassare son collègue, la cohorte des anges. La large croupe du cheval sur laquelle il est juché en arrière de Sandro le balance à chaque pas, droite, gauche, droite, gauche, et la hotte triangulaire de jonc et d'osier accrochée à son dos, si haute qu'elle dépasse ses épaules et sa tête, roule et tangue. On se prendrait à rire tout seul, à seulement regarder de loin cette espèce de métronome géant qui s'éloigne devant vous sur la route. J'aimerais qu'un jour on m'explique pourquoi le comique, le ridicule même parfois ajoutent à la bonté du cœur, comme si c'était être plus bon que d'être bon et faible, alors qu'ils renforcent la malveillance et l'aigreur, comme si l'on paraissait plus méchant d'être méchant sans être fort. Pourquoi un doux sot semble-t-il bon, et un sot triste donne-t-il le sentiment qu'il est hargneux et veut du mal ? Expliquez-moi pourquoi la hotte burlesque du petit moine et son monologue sans queue ni tête ajoutent à la naïveté de son cœur et pourquoi, si on sourit en le regardant, marmonnant dans sa barbe, caché derrière son balancier de paille, pourquoi on le fait avec tendresse ?

Mais le voici qui penche la tête sur le côté, bloquant ainsi sa hotte à bâbord, et qui interpelle Sandro, au-delà de la muraille de ses épaules.

— Signor Maestro! Quel est votre nom? Vous ne m'avez jamais dit votre nom.

— Je m'appelle Sandro.

— Comment dites-vous?

Sandro est obligé de parler aussi à forte voix, en tournant la tête.

— Sandro. Je m'appelle Sandro.

— Ah... Sandro.

— Mon nom est Alessandro Stradella. Mais ceux qui m'aiment m'appellent Sandro.

— Signor Stradella, permettez-vous que je vous appelle Sandro?

— Vous le pouvez, Padre.

— Je vous demande cette permission, parce que vous m'avez dit que vos amis font ainsi. Et la Signorina, quel était son nom?

— Ortensia.

— Ortensia. Ah! Elle s'appelait Ortensia. Et ils voulaient que je les marie. Sandro et Ortensia. Mais comment aurais-je pu les marier? Il faut des témoins. Il faut une permission du Père prieur. Je leur ai dit de revenir. Je leur ai donné ma bénédiction : cela, je le pouvais sans permission. Un mariage... J'aurais voulu voir la tête du Padre Baldassare, si on avait célébré un mariage dans notre ermitage! On aurait demandé à Vincenzo de se faire témoin. Ortensia, voulez-vous prendre Sandro, *ego conjungo vos*. Ah! Pauvre mignonne. Savez-vous, Sandro, depuis l'autre fois, j'ai souvent pensé à vous, presque chaque jour...

De nouveau, il s'égosille en penchant la tête sur le côté :

— Le jeudi, quand je descendais de l'ermitage pour aller à Montefiorito, pendant que j'attendais Vincenzo, je me disais : « Est-ce qu'ils vont revenir aujourd'hui ? » « Ce sera pour une autre fois. » Je savais bien que je vous reverrais, vous et la gentille Signorina. Ce matin, quand je vous ai aperçu, je n'ai pas du tout été surpris. J'ai seulement été étonné que vous soyez tout seul. Cela, non, je ne m'y attendais pas.

Il est idiot, ce moine.

— Expliquez-moi, Sandro. Ce malheur... Dites-moi comme ce malheur est arrivé. Est-elle tombée malade ? A-t-elle eu un accident ? Quelqu'un lui a-t-il fait du mal sans le vouloir ?

Idiot, peut-être : mais j'aime bien les gens qui ne peuvent même pas imaginer qu'on puisse faire du mal en le voulant.

— Vous m'entendez, Sandro ? Comment cette terrible chose a-t-elle pu arriver ?

Mais Sandro ne répond pas. Le petit mouvement de douceur et d'affection qui était monté en lui tout à l'heure est passé. Il s'est refermé. Il a verrouillé tous les orifices. Non seulement il ne pense plus, mais il fait en sorte que pas une pensée ne trouve le moyen de pénétrer dans sa tête. Il regarde la route devant lui. Pas même : juste les oreilles de son cheval qui balance le cou à chaque pas et qui souffle de temps en temps. Dans son dos, les marmonnements du petit moine se mêlent au crissement âpre des cigales, tout autour. Chacun dans son coin, cela pourrait durer longtemps. Et puis tout à coup, cela explose :

— Je lui enseignais la musique, à Venise.

— À Venise ?

— Oui. Elle chantait.

— Elle chantait ?

— Oui. À l'opéra.

Tout cela par-dessus l'épaule de Sandro, à forte voix, comme feraient aujourd'hui deux motocyclistes sur l'autoroute. Le petit moine bredouille deux ou trois fois, à part lui, « à l'opéra... ». Il ne doit pas très bien savoir ce que c'est. Que peut bien savoir de la vie un petit moine qui serait entré au couvent à onze ans, comme on faisait, et ne l'aurait jamais quitté, sauf le jeudi pour aller à Montefiorito ? Que pourrait-il savoir de la vie, de la mort, de l'aventure, du hasard, de la passion, de l'angoisse, du désespoir ?

— Elle avait un protecteur, un riche, un puissant, un noble. Cet homme aimait la musique, comme tout le monde à Venise. Mais il était riche et orgueilleux, et il voulait avoir sa chanteuse à lui, pour se faire honneur. Il avait choisi Ortensia, parce qu'elle était belle et peut-être aussi parce qu'il avait deviné qu'elle pourrait être une grande chanteuse. Il n'avait pas une mauvaise oreille, Padre. Il devinait juste. Mais moi, je devinais mieux que lui, parce que, moi, sa voix me brisait l'âme

Il dit cela avec ces mots-là : sa voix me brisait l'âme. Sandro emploie les mots qu'il peut. Mais ce sont les vrais. Avions-nous compris, Ortensia avait-elle compris, Gemelli avait-il compris, que la voix d'Ortensia lui avait brisé l'âme ?

— Tout le monde peut avoir une voix. On attrape ça comme on est blond ou brun, qu'on a le nez long ou court. La voix, ce n'est rien. C'est l'instrument. On a une belle voix comme on a un bon violon. Il faut faire des exercices, il faut étudier la *messa di voce*, il faut apprendre à faire les *passaggi*, mais c'est encore l'instrument. Moi, je savais. Je savais ce qu'elle ferait avec sa voix quand... Vous comprenez, Padre ? Vous comprenez ? Quand la musique se serait installée dans sa voix. Un jour, la musique a été plus forte que nous deux. Je l'ai prise, je l'ai emportée, je l'ai volée. Padre, lorsque vous nous avez vus tous les deux, nous venions de quitter Venise. Nous étions fugitifs. Nous nous cachions. Il y avait des soldats qui nous poursuivaient. Je le sais.

Il se tait ; et ce silence serait prêt à durer. Je ne crois pas que Sandro avait envie d'ajouter autre chose. Il y a des choses qu'il ne peut pas penser ; si elles s'approchent, il se tait, il s'esquive, il fait un tour, il installe quelque chose d'autre, n'importe quoi, dans son esprit. Il prend la tangente. Mais le petit moine se penche à nouveau sur bâbord et dit derrière son dos :

— Mais vous n'aviez pas peur ! Vous ne cessiez de rire ! Je vous ai vus. Vous me demandiez en riant...

— De nous marier ?

— Oui, vous me l'avez demandé. Et vous riiez. Vous me faisiez rire aussi...

— Nous avions tout oublié...

Les mêmes mots, exactement les mêmes mots qu'Ortensia disait à Gemelli. Mais la suite est différente :

— Eux pas. Ils voulaient me tuer. Ils voulaient la ramener à son Sénateur. Ils ont essayé une fois. Ils ont recommencé ; et elle est morte, elle.

— Parce qu'elle était habillée en homme ? Ils se sont trompés ? Ils l'ont tuée à votre place ? À votre place, Sandro ?

Il ne comprend rien à rien, ce pauvre moine. Et le voici qui se remet à marmonner dans sa barbe, en italien ou en latin, je ne sais pas. Il s'est penché en avant et son front touche le dos de Sandro. Il se pourrait qu'il pleure. Oui, je crois qu'il pleure, car sa voix est toute défaite quand il reprend :

— Pauvre, pauvre Sandro... Que cela doit être funeste (il dit : funeste) de penser... de penser...

Il murmure encore je ne sais quoi, entrecoupé de
« pauvre Sandro... », et puis :

— Alors, elle est morte au lieu de vous ? Et votre
vie... Alors, votre vie n'est plus à vous ? Vous vous
reprochez de vivre ? Vous pensez que ce n'est pas
juste que vous viviez, parce que...

Mais Sandro tout à coup serre les rênes. Le cheval frémit et dresse le cou. La hotte virevolte dans le
dos du petit moine qui s'accroche à Sandro. Mais
Sandro secoue les épaules et se redresse, il donne un
coup de botte dans les flancs du cheval, et il crie :

— Vous vous foutez de moi, Padre ?

Il se dresse sur ses étriers et, d'un seul coup de
reins, saute à bas de sa monture, attrape le moine
par la taille et, d'un seul élan, le hisse, le tire et le
pose à terre comme une poupée de chiffon, avec sa
hotte. Sans même le regarder, avec la même dureté
que lorsqu'il sortait de chez Gemelli. Il repousse le
pauvre petit vieux d'un mouvement de coude,
remonte en selle, claque les rênes et botte les flancs
de sa monture. Dix pas plus loin, il crie aux
branches des arbres, aux oreilles du cheval, aux cailloux du chemin :

— Est-ce que vous ne comprenez pas qu'elle est
morte ? Est-ce que vous ne comprenez pas que je ne
peux pas savoir si elle a entendu ce que je lui disais ?
Est-ce que vous ne comprenez pas que je ne peux
pas savoir si elle est partie en croyant que je la trompais ? Est-ce que vous ne comprenez pas ? Est-ce
que vous ne comprenez pas ?

Et ces mots, ces cris, résonnent comme si un mauvais écho les répétait indéfiniment, l'écho de cette espèce de caverne verte dans laquelle il s'enfonce, comme Orphée quand il descend dans l'obscurité.

Mais bien avant qu'il n'ait atteint le bout de ce tunnel, on va pouvoir remarquer quelques-uns de ces petits signes annonciateurs par lesquels il arrive que le Destin se trahisse quand il est en train de préparer un de ses nouveaux coups. Il faut beaucoup de pénétration et de flair pour les interpréter, car il est habile et les ajuste artistement à la composition d'ensemble. Il les mêle sournoisement à cent petits événements de la vie ordinaire auxquels ils ressemblent, et ceux qui vont se produire dans un instant seront à l'échelle exacte de cette cavalcade désordonnée : rien de commun avec le mystère immobile et le silence des trois secondes suspendues avant que Facciadorso ne brandisse son as de carreau. Ici, tout est brutal, bruyant, violent, arrogant : c'est justement ce qui trompe. Sandro crie à pleine voix : « Est-ce que vous ne comprenez pas ? Est-ce que vous ne comprenez pas ? », en battant son cheval du talon. Le cheval frappe en mesure le sol de ses quatre sabots et fait cliqueter tout ce qu'il peut y avoir de ferraille sur son dos et son harnachement. Le petit moine, de plus en plus loin derrière eux, court et sa hotte brinquebale dans son dos tandis qu'il patauge dans la boue et appelle : « Sandro ! Ne partez pas ! Attendez-moi, Sandro ! »

Le premier signe, le plus inattendu, c'est que tout à coup le cheval bloque ses quatre sabots, les jarrets raides et la queue dressée. Sandro est projeté en avant et mord la crinière. Il se redresse et hurle en fouettant l'encolure et lui donne des coups de botte dans les flancs. Sa colère déborde de partout. Mais le cheval (c'est le second signe, le plus étrange) a baissé la tête vers le sol, il flaire, il ronfle ; puis, lorsque Sandro secoue encore une fois les rênes, il relève le cou et encense de la tête, puis hennit. L'homme et le cheval forment une espèce de monument de violence, de fureur et de bruit. C'est à peine si on entend, à vingt mètres derrière eux, la litanie : « Attendez-moi, Sandro ! Ne partez pas ! »

À votre avis, que se passe-t-il quand un cheval ne veut plus avancer, que son cavalier s'énerve et que dans sa panique il fait n'importe quoi ? C'est bien entendu le plus têtu des deux qui va l'emporter, c'est-à-dire celui qui veut le plus précisément ce qu'il veut. Or Sandro s'entête à vouloir avancer : mais il ne sait ni pourquoi ni pour où. Sa colère contre le cheval n'a rien à voir avec le cheval : tandis que celui-ci sait exactement ce qu'il veut ; il veut

341

boire. Tout simplement, il veut boire. Il y a cette fontaine, derrière lui, qu'il a été le premier à flairer, qui ruisselle de partout et inonde le sol, et dont on ne l'a même pas laissé approcher. Quand Sandro l'a remis en marche, il a obtempéré : mais maintenant, c'en est trop. Il a fait de ses quatre sabots quatre racines fichées en terre et il continue à encenser de la tête, ce qui est la manière d'un cheval pour dire *non*. Que se passe-t-il quand l'un veut aller et l'autre rester, et qu'en outre ils sont aussi nerveux et irrités l'un que l'autre ? Il ne reste plus qu'une direction possible : vers le haut. Et le cheval hennit, se dresse, se cabre, balaie l'air de ses antérieurs, et voilà Sandro par terre, la tête dans la boue et la cuisse meurtrie, tandis que l'autre s'en va au petit trot où il avait décidé d'aller et que le petit moine, clopin-clopant, la hotte en bataille, accourt en faisant des signes de croix :

— O Dio ! Dio ! Qu'arrive-t-il ! Signor Maestro ! Sandro ! Êtes-vous blessé ? Il ne répond pas... Il est mort, ce pauvre Seigneur, o Madonna... *Tribulationis succurre placatus, Domine...* Sandro, mon ami, revenez à vous, je vous prie... *Ohimè !* Que vais-je faire ?

Et c'est ainsi que Sandro est arrivé à l'ermitage de San Crisostomo, attaché, ficelé, encordé sur le dos d'un âne, escorté par un paysan hirsute et par le Padre Ugolino récitant son monologue :

— J'ai voulu chercher de l'eau pour lui frotter le visage, mais quand je me suis approché de la fontaine, o Madre de Dio, imaginez, Signor Vincenzo, le cheval! Le cheval s'est sauvé, comprenez-vous? Je ne lui voulais pas de mal à ce cheval, moi je pensais au Maestro, je voulais de l'eau pour rafraîchir son visage, le pauvre, si vous l'aviez vu, couché par terre, mais je n'avais rien, rien que les manches de ma robe, voyez, voyez, elles sont toutes mouillées : je les ai trempées dans l'eau, jusqu'au coude, que pouvais-je faire? et j'ai couru vers lui. Il ne bougeait pas. J'avais peur qu'il soit mort : par ma faute, Signor Vincenzo, par ma faute... C'est moi qui lui ai dit ces paroles cruelles qui l'ont fâché.

Voilà donc ce que le Destin a machiné en arrêtant le cheval de Sandro au bout de quelques pas, avant même qu'il ne soit sorti de la clairière pour rejoindre, là-bas, les collines huilées de soleil jaune.

Bien entendu, le Destin, c'est moi. Ne croyez pas que ce soit par hasard que je lui aie mis une majuscule. Le destin d'un homme, avec un d ordinaire, ce sont les événements habituels qui se succèdent pour tisser une vie, et dont on s'accommode. Le Destin majuscule, c'est autre chose : c'est un dieu, le plus terrible de tous, issu des noces de la Nuit et du Chaos, et dont tous les malheurs illustres que l'on se raconte en tremblant depuis la nuit des temps, Œdipe, Jocaste, Oreste, Minos et Pasiphaé, tous sont ses fils. Quand tout va bien, que la vie opportune se déroule sans trop d'à-coups, on ne parle pas du Destin : on ne le nomme que lorsque se prépare l'irrémédiable, et que les hommes ni les dieux n'ont plus leur mot à dire.

Mais qu'est-ce qu'un romancier quand il se prend pour le Destin, avec un grand D ? Déjà, il aimerait se faire passer pour le Bon Dieu en essayant de plagier la Création. Il invente des gens, il les modèle à sa fantaisie, il les façonne (l'argile humaine, comme dit le poète), il leur donne un nom, il souffle dessus pour les faire penser et les lâche dans le monde en leur affirmant qu'ils sont libres : ce qui est faux puisque à chaque page il dispose les lieux et les péripéties, comme un biologiste qui laisse filer ses souris blanches au milieu de ses traquenards.

Mais le romancier n'est qu'un apprenti sorcier. Mon Sénateur a fait de moi ce qu'il a voulu. Quand j'ai eu la prétention de jouer au Destin avec Ortensia en la laissant mourir dans la ruelle, c'est tout mon ouvrage qui a commencé à se déglinguer, parce que je n'avais pas prévu que c'est moi, oui, moi, touché, oui, touché, blessé, qui allais commencer à douter de moi.

Alors je demande : qu'est-ce qu'un romancier qui commence à douter de lui et qui passe des heures devant sa table, la plume en l'air ? Qu'est-ce qu'un Destin qui ne croit plus à sa majuscule ? Est-ce que le Destin peut avoir des états d'âme ?

Je croyais pourtant avoir employé les grands moyens. Quoi de plus sûr et de plus efficace, me semblait-il, que de faire voyager Sandro, inanimé, sans connaissance, la tête pendante, saucissonné et ballotté comme un paquet sur le dos d'un âne pelé, de lui faire ainsi traverser les collines rocailleuses, cette espèce de désert coupé de cyprès et de murs de pierre sèche, et de le faire arriver de cette manière pitoyable jusqu'au bâtiment à demi ruiné, là-haut, qui sert de repaire à deux pauvres moines ? Plus rien, plus de cheval, plus de bagage, plus de guitare, et en ce moment même plus de pensée. Voilà Sandro.

Pouvez-vous tenter de vous représenter le cortège grotesque de ces trois vieux, le petit Père Ugolino trottinant sans cesse de débiter ses exclamations craintives, comme si chaque incident, un caillou sur le sol, une marche à gravir, était l'amorce d'une tragédie qui le frappait au cœur (« Prenez garde à la tête, Padre, prenez garde à la tête... »), son collègue Don Baldassare, accouru au bruit et qui ne comprend rien à cette aventure, et le vieux Vincenzo avec son bonnet sur la tête, qu'il voudrait bien ôter en entrant, par déférence, mais qui ne le peut pas, car il tient les jambes de Sandro, et qui guide la manœuvre en s'excusant à chaque mot (« Scusate... Je vais trop vite... »). Et puis Sandro, dont ils portent en soufflant et en gémissant le grand corps, dont la tête pend sur le côté et qui laisse traîner ses bras.

Ils ont traversé le petit patio qui sert de cloître

(« Par là, par là, Padre, dans la chambre des hôtes... ») et l'ont installé, aussi doucement que possible pour ce grand poids, sur une paillasse couverte d'une bure brune. Ce qu'ils appellent la chambre des hôtes, c'est une petite resserre aux murs de sable et de cailloux, avec une fenêtre cintrée et une grosse poutre au plafond. « Où est-il blessé ? — Je ne sais pas, Padre, je ne sais pas... Il est tombé de son cheval. Je... — Savez-vous qui est ce gentilhomme ? — Je ne sais pas, Padre. Il s'appelle Sandro. Il m'a permis de l'appeler Sandro. Je... l'avais rencontré une autre fois, comprenez-vous, avec la Signorina... Heureusement, le Ciel a voulu que Vincenzo passe par là, n'est-ce pas, Vincenzo ? Qu'aurais-je fait sans lui, O Madonna... Pauvre Sandro, que va-t-il devenir ? »

Que va-t-il devenir, en effet ? Le voici allongé sur cette paillasse, dans ce réduit misérable, où deux vieux moines le veillent à tour de rôle. Tout à l'heure, le Padre Baldassare lui apportait des tisanes et des décoctions d'herbes dont il a le secret : maintenant il est allé dormir et le Padre Ugolino a pris sa place. Il a posé par terre près de ses pieds une lanterne, pour ne pas aveugler Sandro s'il ouvre les yeux. Cela fait sur sa robe de bure brune une traînée de lumière lisse. Elle accroche au passage la corde qui lui sert de ceinture, s'arrête longuement sur cet autre nœud, celui de ses grosses mains serrées, frise sa barbe, creuse les rides de son visage et rend encore plus naïfs les deux yeux qu'il tient fixés sur Sandro tout en récitant ses patenôtres à demi-voix ; Sandro, qui n'est qu'une lourde masse d'ombre, immobile, sauf de temps en temps un mouvement de la tête, de droite et de gauche, comme s'il disait « non ».

À qui dit-il « non » ?

À tout, je pense. La grande colère universelle qui l'a submergé d'abord, le cheval en a eu raison, d'un coup et complètement : et quand, tout à l'heure, il laissait filer un geignement, était-ce sa jambe, ou sa tête, qui le faisait souffrir, ou bien cette plainte venait-elle de plus loin dans son corps, ou plus loin que son corps, ou n'était-ce pas plutôt que quelque chose en lui s'apprêtait à ressembler de nouveau à une pensée, et que c'est à cela que Sandro répondait en faisant « non » avec sa tête ?

— Padre ?

— Ah ! Bénie soit la bonne Madone... Le voilà qui parle... Sandro ! Mon ami Sandro, avez-vous mal ? Où souffrez-vous ? À la tête ? Non, tant mieux. Ah ! Sandro, j'étais bien inquiet, j'ai cru... nous avons cru que votre dernière heure était venue, pauvre Sandro... Dites-moi. Non, ne parlez pas... Nous avons bien prié pour vous, le Padre Baldassare vous a veillé aussi. Je vais aller le prévenir. Il est allé dormir. Buvez un peu de tisane. C'est le Padre Baldassare qui l'a préparée. Il a couru la montagne pour chercher des herbes. Il connaît très bien les herbes. C'est un si bon moine... Mais vous ne vouliez pas boire. Buvez, Sandro, buvez... Quel bonheur de vous entendre parler...

Il était si calme, ce petit moine : il ne bougeait pas, il ne disait rien ; il a suffi que Sandro entrouvre les yeux et dise un mot, et le voilà parti...

— Merci, Padre, merci beaucoup, vous êtes très bon. Mais il ne faut pas trop parler, s'il vous plaît.

— Ah, pardonnez-moi, je... O Dio, Dio, qu'est-ce que j'ai encore fait : c'est vrai, je parle, je parle... Je me tais, Sandro, je me tais.

Puis dans sa barbe :

— *Tribulationem nostram, quaesumus, Domine...* Je me tais, je me tais...

Et à mi-voix, il parle au bon Dieu, à la Madone, aux anges gardiens : c'est ce qu'il appelle se taire.

Ce qui va se passer dans un instant est extraordinaire : de tout ce que j'avais à vous raconter, c'est peut-être ce qu'il y a de plus étonnant. Il faut d'abord que vous ayez la scène présente à l'esprit dans tous ses détails, sa nudité, sa pauvreté, et en même temps sa pure beauté lisse (encore un La Tour, allez-vous dire : mais qu'y puis-je ? Moi aussi je travaille avec les images que j'ai en tête ; et est-ce que je peux faire que le vieux moine éteigne la lanterne qu'il a posée par terre, tout contre son pied droit ? Est-ce que je peux faire que Sandro et lui ne soient pas tous les deux sans mouvement, comme dans un tableau ?). Vous devez donc vous représenter d'abord l'immobilité têtue et compacte de Sandro, entièrement dans l'ombre : obscurité de son corps sur la paillasse brune, obscurité et immobilité de son âme, sans pensée, sans volonté, sans même de souffrance. Il faut ensuite que vous voyiez très précisément le Padre Ugolino, aussi naïf, aussi

suranné, aussi désuet que son nom remonté du
Moyen Âge, et qui marmonne tout seul en frottant
ses gros moignons sur sa poitrine. Il faut enfin que
vous vous rappeliez que ni Sandro ni lui n'ont
aucun moyen de savoir ce que Gemelli a confié à
Ortensia, alors qu'ils étaient seuls et qu'elle pleurait
en lui racontant la bohémienne. Souvenez-vous. Il
lui disait : quand nous portons en nous une image
trop forte, liée dans les profondeurs de nous-mêmes
par des racines trop secrètes et des milliers de radi-
celles blanches qui serpentent dans tous les coins de
notre chair, il arrive que nous ne soyons pas
capables de la reconnaître. D'ailleurs la plupart du
temps nous nous la cachons, nous faisons semblant
de l'avoir oubliée. Et c'est vrai : nous l'avons
oubliée. Sandro, j'en suis certain, ne pensait jamais
à la bohémienne ; il n'y a qu'Ortensia qui pleurait.
Il faut alors qu'un autre la nomme, comme a fait
Gemelli en désignant Salomé. Un mot suffit, qu'il
prononce en parlant d'autre chose, et qui accroche
au fond du marais l'une de ces racines qui flottaient
dans la vase : on tire, et tout vient d'un coup...

Pauvre petit Padre Ugolino... Il récitait sagement
son catéchisme de bon petit moine, il marmonnait
dans sa barbe, si heureux que Sandro ait enfin
parlé : « mais nous n'avions pas perdu la bonne
espérance... », et il répète deux ou trois fois, comme
pour soupeser ce mot de vieux marin qui vire de
bord au milieu de son tour du monde : « la bonne

espérance ». Comment se douterait-il de ce dont Sandro n'a même pas pris conscience : que Gemelli a gravé ce mot *espérance* dans le granit noir de la porte des Enfers : « Laissez toute espérance, vous qui entrez... » C'est là, dans le noir, tout en bas de la caverne.

Ici, il y a deux ou trois secondes absolument creuses. Puis cela éclate : le rire de Sandro, énorme et grinçant.

— Alors vous aussi, Padre ?

Le petit moine a rentré la tête dans les épaules, de surprise et de peur : il y a tant d'heures qu'il veille sur le silence de Sandro. Une ou deux secondes encore, et de nouveau le rire.

— Et où est-elle, l'espérance ? Où la trouvez-vous, l'espérance ? *« Lasciate ogni speranza »*, il l'a dit, le gros ! Il me disait : « Descends ! Descends ! Descends plus bas, Sandro, plus bas ! » Où ça, plus bas ?

Et tout à coup, le voilà assis sur le bord de sa paillasse, d'un seul bond, lui qui n'a pas bougé depuis deux jours, ni bu ni mangé. Mais sa voix a brusquement changé :

– Avez-vous entendu ce que j'ai dit, Padre ? Avez-vous entendu comment j'ai parlé de mon Maître ? Allez-vous-en, foutez le camp, Padre. Vous avez entendu comment je l'ai appelé ?

Il se passe la main sur la figure, fait une énorme grimace, redoublée par la lumière et les ombres.

— S'il vous plaît, allez me chercher mon papier rayé !

— Votre... Du papier rayé ? Qu'est-ce que...

— Mon papier rayé ! Pour écrire de la musique !
Il y en a dans le sac de mon cheval. Où est mon
sac ?

Le voilà debout.

– Apportez-moi mon sac, Padre, s'il vous plaît.
Voilà. Je sais ce que je vais faire... Ah ! mon Maître,
pardonnez-moi mes paroles. Je suis un malheureux.
« Descends plus bas, Sandro, plus bas... Moi je te
nomme Orphée » : c'est ce qu'il a dit. Vous entendez, Padre ? Où est mon sac ?

Le pauvre moine passe de la surprise à la peur. Il
ne comprend rien.

— Du papier rayé... Votre cheval, Maestro...
Mais votre cheval est parti...

— Parti ? Comment, parti ?

— Il s'est sauvé, Sandro, il s'est sauvé à la fontaine !

— Et vous l'avez laissé partir ?

— Mais, Maestro, vous...

Il ne parvient plus à articuler une phrase.

— Mon cheval ! Pourquoi l'avez-vous laissé partir ? Il me faut du papier rayé et mon écritoire...

— Mais, Sandro, nous n'avons pas de papier
ici...

— N'importe quel papier, je tracerai des lignes.

— Mais, Sandro, du papier... Nous n'avons pas
de papier. Nous... nous ne nous en servons pas... Je
vais aller voir. Je vais demander au Padre. Il dort...

Mais non : rien à faire. Ces petits moines ont un grand missel pour dire l'office, un volume des *Fioretti* de saint François, un livre de cantiques, mais c'est tout le papier qu'on puisse trouver dans leur ermitage. Ils bêchent leur jardin, ils soignent leur chèvre, ils fendent du bois, ils récitent prime, sexte, none, complies, mais pour ce qui est d'écrire, non, vraiment, ils n'écrivent pas.

De ce que Sandro vient de réclamer avec tant d'insistance du papier à musique, je crains que vous n'ayez déduit qu'il vient brusquement d'être saisi par ce qu'on appelle l'inspiration. Tous les symptômes sont là : l'agitation, la hâte, après ce brutal réveil. Détrompez-vous. Ce n'est pas cela, du moins pas exactement. D'ailleurs, je vous l'ai dit, l'inspiration, je ne sais pas très bien ce que cela veut dire. Ce que je connais, c'est l'effet, incroyablement violent parfois, et dont je m'émerveille, que produit le hasard d'un mot, d'une pensée, d'une image, d'un son, et qui croche quelque chose qui sommeillait et tout à coup se réveille, avec bruit et gesticulation. Mais ce n'est qu'un réveil : rien ne se passerait si tout n'était pas déjà là, tapi dans l'ombre, enfoui dans les sables. Ce qui cause tout ce tapage, c'est seulement la surprise : alors, pendant un moment, on dit n'importe quoi, en attendant que cela prenne forme et sens. On tourne autour, on s'agite, on trépigne.

— Orphée! C'est moi Orphée! C'est lui qui l'a dit : « Moi je te nomme Orphée! »

Sandro parle assis sur la paillasse, tout seul dans le noir car le petit moine a emporté sa lampe lorsqu'il est parti tout affolé réveiller son collègue et tenter de dénicher quelques morceaux de papier. On ne voit rien, à peine un rayon de lune qui entre par la fenêtre cintrée et vient la dessiner de travers sur le mur. C'est à peine si l'on peut deviner les gesticulations de Sandro qui scande ses exclamations par de grands moulinets de ses mains. Il ne crie pas, il parle même d'une voix modérée, mais elle monte et descend avec une sorte d'emphase, en exagérant le remous des mots.

— C'est moi qui suis le musicien qui commande aux choses et aux bêtes avec ma lyre. Approche, bestiaux! Ah! Ah! Même mon cheval fout le camp!

Il claque ses mains sur ses cuisses.

— Je suis Orphée à l'envers! Je chante, et il galope, le canasson! Et hue, cocotte, fous le camp, Orphée t'appelle! Et les grenouilles! Et les lapins! Ça saute, quand j'approche!

Ces mots sans suite, ces bouts de phrases, il faudrait que vous les entendiez. Il ne les aligne pas comme on fait quand on parle. D'ailleurs il faudrait que vous les entendiez en italien, afin que vous sentiez que ce ne sont déjà plus tout à fait des mots, mais une musique qui s'apprête à prendre possession d'eux. La voix de Sandro s'élance, elle s'appuie sur les mots et rebondit, ricoche droit vers les points d'exclamation :

— Et ma guitare! Orphée n'a plus de guitare! Ni de luth! Ni de théorbe! Ni de chitarrone! Rien dans les mains, tout dans la tête! Pleurez, les rochers! Fendez-vous de tristesse! Eurydice, mon amour! Et c'est vous qui parliez d'espérance, Padre? Lui me disait : « Descends plus bas, Sandro! Descends plus bas! »

Et pendant qu'il prononce et répète : « descends plus bas », encore une fois, deux fois, sa voix en effet s'abaisse, lui rentre dans la gorge et plonge, jusqu'à ce qu'il s'étrangle et tousse.

Alors, il se tait.

Il se tait parce que, en le faisant tousser, la musique vient de gagner la partie. Il ne le sait pas encore, il n'a pas encore compris. Il ne s'est même pas aperçu qu'à mesure qu'il proférait, avec sa voix de chanteur, ces bouts de phrases désordonnés et fous, c'est elle, justement, qui peu à peu s'emparait des mots, et que progressivement elle les ajustait, commençait à choisir les sons et à organiser ses dessins, et qu'en lui faisant dévaler tous les tons de sa gorge pour dire « descends plus bas, Sandro », jusqu'à ce qu'elle refuse. Elle ne parlait plus, mais déjà elle chantait. Il a toussé encore une ou deux fois, et sa toux alors a bifurqué vers le rire, un curieux rire gloussant qui m'a rappelé celui qui m'a échappé à moi-même lorsque j'ai dit à haute voix en frappant le bras de mon fauteuil : « Mais Gemelli, c'est bon-papa... »

Sandro s'est tu. Il vient de comprendre : et c'est dans le plus grand silence et dans le plus grand calme que les deux moines sont entrés, tout doucement, avec la lumière de cette lanterne au couvercle pointu que porte le Padre Ugolino, suivi du Padre Baldassare qui tient à la main quelques petits morceaux de papier froissés et chiffonnés que, tout en se baissant pour passer la porte, il essaie de lisser avec sa manche.

— C'est ce que nous avons pu trouver, Sandro... Sandro rit ; mais sa voix est timide, maintenant.

— C'est que... Je voudrais écrire de la musique. Ce n'est rien. Je tracerai des lignes. Mais il faudra m'en trouver beaucoup plus, Padre...

— Nous en trouverons, nous allons chercher. Nous avons beaucoup d'amis. Je vais descendre à Montefiorito. Nous vous en trouverons. N'avez-vous plus mal, Sandro ? Don Baldassare...

— Asseyez-vous, Padre, je vais vous expliquer... Vous, aussi, Padre...

Don Baldassare n'est pas beaucoup plus grand que son collègue, ni plus gros ni plus jeune. Comme lui, il porte une barbe, encore plus longue et plus embroussaillée. La différence tient au silence. Lui ne parle jamais : et quand je dis qu'il ne parle pas, je veux dire que même son regard, même son sourire sont muets. Il tient les yeux baissés, même quand vous lui parlez. Et si vous faisiez devant lui une plaisanterie, alors, oui, il lèverait les yeux, sans sourire, mais sans réprobation ni blâme : son âme est absolument lisse.

— Que disiez-vous tout à l'heure, Padre ?

Sandro a l'air un peu égaré. La tête baissée, il regarde la lanterne par terre. Il passe sa main dans ses cheveux, puis la pose sur la manche du Padre Ugolino, comme on fait pour dire à celui à qui l'on parle : écoute bien, c'est important.

— *Speranza...* Oui. Oui, Padre. Vous avez dit l'Espérance. C'est une très belle femme, grande et très douce, avec un visage souriant comme une madone. Sa voix... Voyez-vous, Padre, quand elle chante, c'est quelque chose de suave, tout en rondeur, comme un brouillard tendre et souple qui flotte. Ah ! Je l'entends ! Je l'entends !

Il se tait et, de la main qu'il avait posée sur le bras du moine, il dessine des petites courbes dans l'air, qui paraissent et s'effacent suivant qu'elles croisent un rayon venu de la lanterne ou qu'elles rentrent dans l'ombre.

— Et puis Speranza rentre dans son propre nuage, elle s'éteint, comme cela (il refait le geste avec sa main) ; elle était là, et tout à coup elle n'y est plus, sans qu'on sache comment ; et là, je fais un miracle : je passe en *fa* mineur. Le plus désolé, le plus ténébreux de tous les modes de la musique : en m'écoutant, le plus ignare des sourds a le cœur serré. Elle s'en est allée, Dame Espérance. Vous entendez ça ?

Il rit tout seul, d'un petit rire enfantin qui s'enchaîne sur une note qu'il chantonne très doucement, pour lui-même.

— Elle a disparu. Alors, Orphée descend encore un peu et il voit écrit sur la porte de pierre noire : *lasciate ogni speranza, voi ch'entrate!* Ça, je vais le lui faire chanter et, son chant s'enchaînera sur un cri : où t'en vas-tu, Espérance ? Pourquoi m'abandonnes-tu ? *Ohimè!* Vous entendez, Padre ? Il crie de peur : *Ohimè!* Que vais-je devenir, si tu me délaisses ? Je me perds dans le noir, je suis perdu, je descends, moi, Orphée, dans les sombres paluds où Pluton règne sur le noir empire des ombres mortes, et je suis seul ! Là, il va falloir que je dise toute sa peur. Je vais couper la musique en petits morceaux, je la déchiquette. De la musique en lambeaux. Orphée tremble de peur, il bégaie de peur. Vous avez déjà entendu cela, Padre, de la musique qui bégaie ? Moi je la fais.

Ils sont restés ainsi une bonne partie de la nuit, tous les trois, jusqu'à ce que la chandelle posée dans la lanterne commence justement à faiblir. Elle a eu deux ou trois petites éclipses, qu'ils regardaient fixement ; et puis elle les a laissés dans l'obscurité. Ils sont restés en silence dans le noir, sans plus bouger, et, au bout d'un moment, c'est Don Baldassare qui pousse un souffle :

— Ohimè !...

Ce que nous pensons, ce que nous imaginons, les objets et les êtres auxquels nous essayons de donner forme dans notre esprit, le musicien, lui, l'entend. Cela prend corps dans cette matière qui pour nous autres est insaisissable et fluide, le son des choses. Pour vous, pour moi, c'est aérien et volubile, cela n'a pas de substance, cela coule et fuit, c'est sans forme et sans matière : mais pour lui, c'est aussi dense et aussi massif, aussi ferme qu'un objet qu'on peut tenir dans la main et soupeser. Un être, c'est une voix, et la voix lui dit tout : le visage, les attitudes, les gestes. Il est avec les bruits comme sont avec les odeurs, les arômes, les fumets, ces parfumeurs qui, lorsque vous leur parlez de lavande et que vous avez dans l'esprit ces douces étendues tendrement bosselées de mauve que l'on trouve en Provence, ne les voient pas, mais les hument ; pour eux le mauve n'est pas d'abord une couleur, mais un effluve. Leur regard est un accessoire, un à-côté, une simple confirmation. Quand un musicien imagine, il entend d'abord : mais le son a pour lui autant de densité, autant de pesanteur, qu'en a l'objet que vous voyez en fermant les yeux et dont, sans le toucher, vous évaluez la masse ; et autant de lumière et de couleur.

Comme l'imagination sonore est légère et fluide! Qu'elle est riche, elle aussi, d'images endormies qui n'attendent qu'un autre son pour reprendre vie... Un matin, je l'ai découverte par hasard, la première fois que je suis allé à Saint-Pétersbourg, qui s'appelait, en ce temps-là, Leningrad. Je cheminais seul, cherchant comment atteindre le musée de l'Ermitage. C'était au mois de mars, il faisait presque doux. Je longeais un petit canal, dans un quartier solitaire et silencieux. Tout à coup, je me suis arrêté, saisi par une sorte de pressentiment. Depuis un moment, je percevais un bruit étrange, inconnu, impossible à identifier et à nommer, pour lequel je vais essayer de trouver des mots. Tout en haut, dans l'aigu, un froissement continu, un frémissement d'on ne sait quoi, comme un bruit de vent dans les peupliers ou les trembles, mais plus corsé, d'une étoffe plus forte. Puis, dans le grave, des coups, des chocs, sourds et sans vibration, irréguliers. Je me suis arrêté, l'oreille aux aguets et, plus encore que l'oreille, la mémoire : car ce bruit que je ne reconnaissais pas, je le connaissais. Je ne pouvais pas lui donner de nom, ni lui attribuer de cause. Je faisais des cercles autour de lui dans mon souvenir, je m'approchais peu à peu. Oui, le frémissement des peupliers, un bruit de campagne. Non, pas de campagne, mais de nature, plus vaste, plus ample : la forêt ; plus vaste encore, à l'infini : la toundra. C'est ce nom qui m'a donné la clef ; et j'ai dit : c'est le bruit du dégel ! Ce que j'entends, c'est le dégel sur la Neva ! Je n'avais pas encore vu la Neva, mais mon plan me disait qu'elle n'était pas loin. Une impression incroyable de joie : être à Saint-Pétersbourg et entendre le bruit du dégel sur la Neva ! J'ai repris ma marche, avec hâte, pour vérifier mon bonheur ; et tout en marchant, je me disais : mais où donc ai-je pu entendre le bruit que fait le dégel et le reconnaître ? Je suis un homme du Sud, les cigales, oui, je connais ce bruit-là, mais le dégel ? J'ai trouvé la réponse un peu avant d'arriver au bord de la Neva et de la contempler. J'avais déjà entendu ce bruit, mais dans ma tête, comme fait Sandro. C'était encore une fois à l'époque de mes douze ans. Que n'ai-je lu à cet âge ! *Michel Strogoff*, bien sûr : la seule relation avec un dégel, c'est celle que j'avais imaginée, que j'avais entendue, dans mon imagination d'enfant, là-bas, dans cette ville au nom étrange, Irkoutsk, au fin fond de la Sibérie glacée où Michel Strogoff porte le message du tsar. Cette image sonore dormait dans mes oreilles depuis cinquante ans, tellement juste, tellement fidèle, tellement précise, que j'avais pu la reconnaître. Accoudé à la rambarde, je regardais, pour la première fois de ma vie, le cheminement des blocs de glace, leur dérive entrecoupée de chocs et de fracas surimprimés au froissement de l'eau.

Ainsi, lorsque Sandro pense au dieu Pluton assis au fond des Enfers sur son trône de rochers noirs et regardant Orphée s'approcher, c'est sa voix qu'il entend d'abord. Ce personnage apparaît dans sa tête à cause du bruit qu'il fait : et quand je dis que Sandro entend sa voix, je veux bien dire qu'il en sent le grain, qu'il en palpe la chair. La voix de Pluton, c'est une voix noire : bien sûr, puisque moi, en écrivant, il faut bien que je lui donne une couleur. Il faut que je la voie, pour pouvoir l'entendre et en imaginer le son. Mais Sandro, lui, n'a nullement besoin de ce *noir* : il l'entend noire. Cette voix, il l'entend grasse et grenue, avec du sable en suspension dans son tissu épais et même, au fond, une couche de gravillons rauques qui raclent. Cette voix, il la soupèse ; il la palpe comme un marchand de farine ; il la remue et la malaxe ; il en mastique le gras ; et à mesure qu'elle commence à prendre comme une pâte, que sa substance se fait ferme et solide, alors Sandro commence à la faire parler ; je veux dire chanter. Il découvre les mots à cause de leur son et, bien entendu, ce sont de sonores mots italiens, qu'il me faut traduire en essayant de ne pas leur ôter trop de leur résonance. «Je suis le comptable des morts », chante Pluton et chaque syllabe sonne comme une cymbale. « Je compte et je recompte les morts. Nul mort ne peut sortir de mon royaume. »

L'entendez-vous, le voyez-vous, Sandro ? Dans cette cellule misérable, assis sur sa paillasse recouverte de bure brune, il chante à tue-tête, et il écrit sur une extravagante table dorée et bancale, qui vient on ne sait d'où, qu'on a trouvée dans la sacristie, avec des pieds torsadés, des bords sculptés et moulurés. Il a posé sur le plateau marqueté les morceaux de papier jaunis, déchirés et racornis que lui a apportés le Padre. À une vitesse incroyable, il griffonne des signes illisibles et désordonnés après avoir chaque fois zébré de cinq coups de plume irrités les lignes de ses portées. Il n'a rien, Sandro, que cette table d'archevêque, cette paillasse de prison, ce papier de vieux grenier : pas de clavecin, pas de luth, pas de guitare. Tout sonne dans sa tête, ce qui est la plus grande liberté que puisse connaître un musicien lorsqu'il compose, à part, naturellement, celle d'être sourd. Il invente les mots en même temps que les notes, les mots pour les notes, les notes pour les mots. Il se dédouble, tout comme je fais moi-même (et chaque fois, croyez-moi, avec la même surprise) quand je fais parler Gemelli à Ortensia ou le moine à Sandro. Il est Orphée, à travers la chambre il braille en ténor : « Si je ne puis repartir avec Eurydice, alors je resterai aux

Enfers! », et puis racle en basse : « Personne ne peut entrer ni demeurer s'il n'est pas mort! »

Il pense avec la voix de chacun. Mais déjà Orphée, ce n'est plus lui. Tout à l'heure, il criait : « C'est moi Orphée! », mais Orphée a poursuivi son chemin avec la voix de Sandro, comme Sandro fait avec mes mots.

On frappe à la porte ; mais pas du tout les trois ou quatre petits coups humbles et timorés du Padre Ugolino : de bons coups allègres et hardis. C'est pourtant sa voix qu'on entend à travers la porte : « Sandro... Sandro... », et c'est bien sa tête qui paraît sans avoir attendu la réponse : chaque ride illuminée de bonheur.

— Regardez, Sandro, ce que je vous apporte... Regardez...

Il entre aussitôt, portant un grand panier de jonc qu'il pose sur le carreau. Il soulève le vieux chiffon qui le recouvre : il tremble de bonheur et d'excitation.

— Que les braves gens sont aimables et généreux, Sandro... Dieu les bénisse...

Et que voit-on ? Du fond jusqu'au bord, un monceau de vieux papiers, de toute taille, pliés, cornés, jaunis. Il les prend par liasses qu'il pose sur la table dorée.

— Ils m'ont fait la charité toute la journée. N'êtes-vous pas étonné? N'êtes-vous pas heureux? Ce matin, je suis descendu, j'ai attendu Vincenzo qui m'a conduit à Montefiorito. Mais en plus de ma hotte, j'avais pris ce panier. Vincenzo m'a demandé pour quoi faire : il ne comprenait pas, le pauvre... Ah! Sainte Vierge, les braves gens... Chaque jeudi, ils me font l'aumône d'un peu de polenta, ou de légumes, ou de *faglioli*, mais ce matin je leur demandais : avez-vous du papier? Du papier pour écrire? Regardez, Sandro, regardez, chez maître Bartolomeo, le *coadjutore del cancelliere*, regardez tout ce qu'ils m'ont donné pour vous : tout ça! Est-ce que ce n'est pas trop ennuyeux pour vous s'il y a des choses écrites de l'autre côté de la page?

Si je laisse le petit moine raconter sa journée à Montefiorito, nous en avons pour jusqu'à demain : car il vient de passer les moments les plus réjouissants de sa modeste existence. Chaque jeudi, il va de porte en porte : mais il a fait de ce jeudi-ci la fête du papier. La nouvelle s'était transmise plus vite qu'il n'allait : « Don Ugolino demande du papier, du papier pour écrire. Du papier? Mais pour quoi faire? Il vous dira. C'est pour un musicien. Un musicien? Il y a un musicien là-haut? » À la fin du jour, il s'était installé sur la place devant l'église, avec son panier, comme un camelot ou un marchand d'orviétan, et les villageois faisaient cercle autour de lui, pour le plaisir.

— C'est un musicien, un grand musicien, il s'appelle Sandro, il revenait de Rome où il a chanté pour notre Très Saint-Père, que Dieu bénisse. Il fait de si bonne musique, malgré son malheur... Il s'appelle Sandro...

À cette époque où l'on écrivait peu, où l'on n'écrivait pas du tout quand on était charron, ou cordonnier, ou même moine, le papier était rare et cher : même le changeur avec son boulier ne s'en servait guère. On l'économisait et on écrivait dans les recoins de la moindre feuille. Et pourtant on apportait au vieux Don Ugolino de vieilles liasses chiffonnées, de vieux contrats hors d'usage, les comptes du notaire, des registres fatigués, et tout l'après-midi, en vrai conteur qu'il est, le Padre a inlassablement ressassé l'histoire si belle et si triste de son ami Sandro, le grand musicien :

— C'est moi, comprenez-vous, c'est moi qui ai perdu son cheval, oh, peccato! avec son papier. Il était si malheureux, il avait perdu la pauvre Signorina Ortensia, miserella! Si belle, si aimable. Ils voulaient que je les marie... Je leur ai donné ma bénédiction, pauvre Sandro! C'était une chanteuse, elle chantait à Venise, à l'Opéra, si belle...

Pauvre petit moine... Si seulement il savait se taire de temps en temps, et surtout lorsque, au milieu du petit peuple de Montefiorito assemblé autour de lui, on remarque deux étrangers, dont l'un a tout l'air d'un soldat, et dont l'autre ressemble étrangement à Torcello...

Accoudé à sa table dorée, Sandro lève le nez en se souriant à lui-même. En fait, intérieurement, il exulte. Il vient d'avoir l'un de ces coups de génie, l'une de ces illuminations imprévisibles comme tous ceux qui écrivent, qui composent, rêvent d'en avoir de temps en temps. Oui, l'inspiration... Vous savez ce que j'en pense : rien ne vient si tout n'est pas absolument prêt. Mais alors la sensation en est à ce point exquise que l'idée même qui vient de vous gonfler la poitrine finirait par vous paraître secondaire, comme une mariée qu'on oublierait dans un coin à cause de l'excès de joie des invités à la noce.

L'idée qui vient, non pas de germer, comme on dit, mais véritablement d'exploser dans l'esprit de Sandro, c'est vrai qu'elle est magnifique, et que toute la fougue, toute la passion qu'il met depuis trois jours à se propulser dans l'histoire d'Orphée ne suffisent pas à expliquer l'arrivée d'une si belle image, si touchante, si émouvante. Je n'ai pas le temps de vous l'expliquer, tant il va vite, griffonnant sur le dos d'un contrat ou d'une facture. C'est l'air de Proserpine. « Ô mon noble époux, chante-t-elle à Pluton, mon digne Seigneur, souviens-toi... » Et Sandro chante, tout en écrivant, une ample, douce, nostalgique mélodie, d'un seul tenant : « Souviens-toi de ton amour pour moi, si fort et si délicieusement violent que tu as osé braver les lois divines et m'enlever, moi déesse, cueilleuse de fleurs et semeuse de gazon... » Puis, plus doux encore, encore plus tendre (« en *mi* mineur », dit tout haut Sandro, en riant tout seul) : « Et que je t'ai aimé au point de te suivre dans ton ("et là, je passe en *si* mineur !") terrible et sombre empire... »

Sandro ne parvenait pas à se dépêtrer du dialogue de sourds entre la basse profonde, Pluton, et le ténor, lui, Orphée. « Rendez-moi Eurydice ! » : « Non, je ne peux pas. Personne, etc. » C'est alors qu'a surgi l'air de Proserpine dont il vient d'avoir l'idée : « Comment peux-tu, mon noble époux, ne pas avoir pitié d'un amoureux qui te supplie et qui a bravé les lois divines comme tu l'as fait toi-même quand tu avais son âge ? » Les dieux n'ont pas d'âge, mais Sandro s'en moque. Tout ce qu'il sait de l'amour et même peut-être ce qu'il ne sait pas est en train de se transfuser dans la tendre supplication de Proserpine : et cet air est si beau, il en est si heureux que je crois bien qu'il a écrit mécaniquement et sans trop réfléchir le récitatif qui suit, où Pluton cède (« Je contreviens aux lois par amour pour toi ») et, au dernier moment, se ressaisit et reprend, dans le plus grave de sa voix de basse : « Mais qu'il ne se retourne pas sur Eurydice avant d'être remonté à la lumière du jour... »

Il est des moments, lorsqu'on est comme moi occupé à raconter une histoire, ou bien, comme Sandro, quand on compose un opéra, où les événements, les péripéties, les êtres, les choses, les idées, les accords, les répliques, les airs semblent se précipiter à votre rencontre, si aisément, avec tant de justesse et d'à-propos, qu'on ne peut s'empêcher de lever le nez au-dessus de sa feuille : « D'où cela me vient-il ? » Pas le temps d'y penser. Vite, la suite... Orphée va se retourner. Il se retourne. Bon : je verrai plus tard. Et on saute une étape sans se poser de questions (au fait : pourquoi Orphée se retourne-t-il ?), tellement on est pressé d'attraper au vol l'image qui vient de traverser comme un papillon jaune et bleu tout l'espace de votre pensée. Eurydice... Je la vois, je la vois, je la vois, alors que les Enfers déjà reprennent possession d'elle. Dans sa longue robe blanche déjà mangée par l'ombre dans le bas de ses plis, cette ombre qui monte lentement vers les hanches et que je regarde avec une fascination impuissante s'acheminer vers sa poitrine, tandis que son pauvre visage semble de plus en plus clair, de plus en plus pâle, de plus en plus brillant, la bouche ouverte sur son cri...

Moi, je la vois : mais Sandro, lui, l'entend. Il entend l'ombre qui monte. Il ferme les yeux, il écoute dans sa tête la voix d'Eurydice en train de murmurer les premiers méandres du plus tendre et du plus désespéré des chants d'adieu : celui d'une femme aspirée par l'ombre de la mort parce que celui qu'elle aime n'a pu se retenir de jeter sur elle un regard. « Je meurs, hélas, de l'impatience de ton amour... »

Sandro répète : « Je meurs, hélas. » Il effleure dans sa pensée la mollesse de ce *m*. Il répète encore : « Je meurs, ma mort » ; puis : « Je meurs parce que tu m'aimes » et enfin s'arrête, étonné de ce qu'à haute voix il vient de dire. Étonné, comme je n'ai cessé de l'être, moi aussi, depuis que je les ai entendu décliner l'un à côté de l'autre sur le gramophone, ces deux mots si doucement caressés ensemble par le velours de leurs sons.

— Comment peut-on dire une telle chose : Je meurs de ce que tu m'aimes ?

Il recommence : « Tu m'aimes, je meurs » et il essaie de chanter, puis soudain s'interrompt :

— Qu'est-ce qu'il disait, à la fontaine, le petit moine ?

J'espère que vous le voyez exactement, Sandro, à cette minute précise. Il ne regarde plus sa feuille, ni sa plume, dont il caresse sa joue. Il a les yeux droits devant lui vers le pauvre mur de pierre grossière et de sable jaune où il n'y a rien à voir. Il y a sur ses lèvres une moue de surprise qui remonte par le pli de sa joue jusqu'aux yeux et aux rides du front.

— Je ne me rappelle plus. Il disait : « À votre place, Sandro ? Elle est morte à votre place ? » Pourquoi disait-il cela ? C'est idiot, cela n'a aucun rapport...

Il plisse les yeux, comme s'il faisait un grand effort, se lève et aussitôt se rassied. Il redit, tout haut : « Je meurs, hélas... », puis essaie à nouveau de chanter : « Io moro, lassa... »

Il se relève encore et cette fois ouvre la porte de sa cellule, marche dans le patio, à tout petits pas car il fait noir, en continuant à parler tout seul ; et il dit cette chose absurde :

— Je n'arrive pas à écrire l'air d'Ortensia...

Puis, sur un curieux ton de surprise naïve :

— J'ai dit « l'air d'Ortensia » ?

Il fait quelques pas encore et, pour voir la nuit tout entière, ouvre la porte de l'ermitage. Elle a de très gros gonds de fer et un énorme verrou qu'il faut tirer à deux mains, ce que fait Sandro tout en répétant : « Je meurs, hélas... » Puis, tandis qu'il tire le lourd battant avec effort :

— A-t-il vraiment dit : « Elle est morte au lieu de vous » ? Ou bien est-ce qu'il a dit : « À cause de vous » ?

Il sort et s'avance dans la nuit. Il ne va pas aller bien loin : deux mètres, trois mètres. Tout se passe dans le plus grand silence. C'est Torcello qui l'a frappé.

Pour la dernière fois, nous pénétrons dans la longue galerie peinte, sculptée, dorée, toute brodée de délicats festons de stuc et de pendeloques de cristal. Rien n'a changé, si ce n'est que la nuit, en faisant glisser sur les objets ronds et dorés la lumière des quatre flambeaux allumés, en augmente à la fois la richesse profuse et caressante, et le mystère. On peut enfin s'apercevoir que, dans ce qui pouvait paraître d'un baroquisme trop mignard, se cache quelque chose de plus incertain et de plus inquiet qu'on n'aurait cru, de même que sur un sourire et des mots légers, il suffit parfois d'une seule bougie, le soir, de l'autre côté de la table, pour dévoiler plus de secret sur les lèvres qui se sont tues.

— Petit... Te souviens-tu de l'air que chantait Sandro ? Celui qu'il a composé ici : *Io per me*...

— Oui, Maître. Je l'ai retenu par cœur. Je les sais tous.

— Tu es un bon petit. Nous allons le chanter. Sais-tu quel accord prendre ?

L'enfant cherche ses notes. Il tâtonne un moment en hésitant, et cela fait une sorte d'accompagnement décousu sous le récitatif de Gemelli qui marmonne :

— Je voudrais bien savoir quelle musique il est en train d'inventer pour Orphée, s'il a bien compris ce que je disais...

Et comme le petit ange aux boucles noires a enfin trouvé son chemin parmi les cordes qu'il pince :

— Pas si vite, petit... Doucement. Je lui ai dit : « Ne te retourne pas... » Mais a-t-il compris ? Encore un peu plus lentement, petit. Rappelle-toi : avec tes accords, c'est toi qui es la mesure du temps. Voilà : comme cela. Pas plus vite. Est-ce qu'il sera parvenu à ressortir des Enfers au fond de lui-même ? Est-ce qu'il se sera retourné ? Est-ce que tu crois ?

L'enfant a levé la tête : il ne comprend pas. Mais déjà on entend chanter. La voix qui vous caresse si doucement, si insidieusement, ne ressemble pas à celle de Gemelli. On croirait entendre celle, plus hardie, de Sandro. À moins que ce ne soit Ortensia. En fait, ce n'est rien d'autre que celle que vous entendez en vous-même, si vous avez bien voulu me lire jusqu'à cette dernière ligne, et qui a pris le ton, l'humeur, le caractère de ce que vous êtes.

Écoutez bien.

DU MÊME AUTEUR

Aux Éditions Gallimard

LE JEU DE LA PIERRE ET DE LA FOI.

LE BIOGRAPHE (repris en Folio, n° 2679. *Nouvelle édition revue par l'auteur*).

L'ARCHÉOLOGUE (repris en Folio, n° 2888, et L'Imaginaire, n° 191).

VERSAILLES OPÉRA.

LA BELLE AU BOIS.

LULLY OU LE MUSICIEN DU SOLEIL (*en coédition avec le théâtre des Champs-Élysées*).

HÉLOÏSE (repris en Folio, n° 2763). Grand Prix du roman de l'Académie française 1993.

STRADELLA, prix Pelléas 2000 (repris en Folio, n° 3548).

LE ROI-SOLEIL SE LÈVE AUSSI.

Chez d'autres éditeurs

« DARDANUS » DE RAMEAU (Albin Michel).

FRANÇOIS COUPERIN (Fayard).

RAMEAU DE A À Z (Fayard).

VOUS AVEZ DIT « BAROQUE » ? (Actes Sud).

VOUS AVEZ DIT « CLASSIQUE » ? (Actes Sud).

LOUIS XIV ARTISTE (Payot).

DU MÊME AUTEUR

COLLECTION FOLIO

Composé et achevé d'imprimer
par la Société Nouvelle Firmin-Didot
à Mesnil-sur-l'Estrée, le 19 juin 2001.
Dépôt légal : juin 2001.
Numéro d'imprimeur : 55568.
ISBN 2-07-041950-9 / Imprimé en France.

2389